Man kann sich seinen Gott nicht aussuchen. In Susanne Röckels unwiderstehlichem Roman entpuppt sich eine geheime Welt als unsere. Eine Welt, in der die Natur ihre Freundschaft aufkündigt und wir ihrer Aggression und Düsternis gegenüberstehen. Eine wissenschaftlich orientierte Familie wird durch eine zufällige Entdeckung auf einem Kirchenbild in den Mythos eines Vogelgottes hineingezogen – mit einem Sog, dem der Vater und seine erwachsenen Kinder ebenso wenig widerstehen können wie die Leser dieser Geschichte. Spätestens als sich herausstellt, dass dieser Mythos eben nicht nur ein Mythos ist.

Susanne Röckel wurde 1953 in Darmstadt geboren. Sie arbeitete als literarische Übersetzerin und Sprachlehrerin, 1997-98 auch in China. Susanne Röckel lebt in München. Ihre Texte wurden vielfach ausgezeichnet, zuletzt erhielt sie den Tukan-Preis und den Franz-Hessel-Preis. »Der Vogelgott« stand 2018 auf der Shortlist des Deutschen Buchpreises.

Susanne Röckel

Der Vogelgott

Roman

btb

Sollte diese Publikation Links auf Webseiten Dritter enthalten, so übernehmen wir für deren Inhalte keine Haftung, da wir uns diese nicht zu eigen machen, sondern lediglich auf deren Stand zum Zeitpunkt der Erstveröffentlichung verweisen.

Verlagsgruppe Random House FSC® N001967

1. Auflage
Genehmigte Taschenbuchausgabe März 2020
btb Verlag in der Verlagsgruppe Random House GmbH,
Neumarkter Straße 28, 81673 München
© 2018 Jung & Jung Verlag, Salzburg und Wien
Lizenzausgabe mit freundlicher Genehmigung
Umschlaggestaltung: semper smile, München
nach einem Entwurf von © BoutiqueBrutal.com
Covermotiv: shutterstock/supida khemawan
Druck und Bindung: GGP Media GmbH, Pößneck
CP · Herstellung: sc
Printed in Germany
ISBN 978-3-442-71871-9

www.btb-verlag.de
www.facebook.com/btbverlag

PROLOG

… Es war, wie mir bald klar wurde, jene sagenhafte Gegend, von der ich bei den Großen meines Fachs schon so viel gelesen hatte. Während die ramponierte Lok in irgendein Depot geschleppt wurde, erhielt ich mehrere Angebote ortsansässiger Taxifahrer mit Schnauzbärten und schmutzigen Gummistiefeln, die wünschten, mich über die kurvigen und schlaglochreichen Bergstraßen zum nächsten Bahnhof zu fahren, doch nach einem Blick gen Himmel, der ungewöhnlich hell und rein zu werden versprach, beschloss ich, an Ort und Stelle zu bleiben und mir in dem Dorf Z., das mir gezeigt wurde – wie es unregelmäßig und schief zwischen den Felszacken hing, ähnelte es dem Brutplatz eines Wanderfalken –, eine Unterkunft zu suchen.

Der Weg schlängelte sich zwischen Wiesen, Wäldchen und Äckern in sanfter Steigung aufwärts. Auf den ersten Blick war mir die Landschaft malerisch erschienen, doch während ich mit meinem schweren Gepäck voranrückte, bemerkte ich, dass mir die Erinnerung an die gelesenen Bücher den Blick getrübt hatte. Pechstein und von Boettiger hatten vom abwechslungsreichen Anblick der bestellten Felder geschwärmt, von grünen Hügeln, sprudelnden Quellen, reizenden Hainen, von der erhabenen Silhouette der Felsenberge am Horizont. Droste hatte – besonders diese Stelle seiner *Lustreisen eines Vogelnarren* war mir im Gedächtnis geblieben – den melodiösen Gesang der fleißigen Bäuerinnen beschrieben, der sich mit dem frommen Jubel der Lerchen mischt. Ich fand nichts von alldem. Neben dem monotonen Grillengezirp ließen sich weder menschliche noch Vogelstimmen hören, und die Felder wurden offenbar schon seit Jahren nicht mehr bestellt. Ich sah die Reste von Zäunen, Heuschobern, Unterständen für Tiere und ähnliche Anzeichen ehemaliger landwirtschaftlicher Tätigkeit, doch waren sie sämtlich bis zum Boden eingesunken und von Disteln, Quecken, Brennnesseln überwuchert. Ein einst schmuckes Bienenhaus mit farbig gestrichenen Anflugbrettern hatte man offenbar zu zerstören und in Brand zu setzen versucht; die herausgerissenen Kästen steckten halb vermodert in der Erde. Die Hecken glichen undurchdringlichen Stacheldickichten, und die Wäldchen waren so lange nicht mehr gelichtet worden, dass sie sich zu wahren Wildnissen entwickelt hatten, in denen das Totholz weißlich leuchtete. Die einstigen Quellen waren versandet, und ein kleiner See, der am Fuß eines Hügels gegen verschilfte Ufer schwappte, hatte trübes, faulig riechendes Wasser, dessen Genuss ich mir trotz großen Durstes versagen musste. Einzelne hohe, oft kahle Bäume sah ich da und dort, manche mit geborstenen, zersplitterten Stämmen; andere mit wie abrasierten Wipfeln. Auf den höchsten Bäumen machte ich die Silhouetten einer Gruppe großer Greifvögel aus, doch sparte ich mir die Mühe, den Feldstecher herauszuholen, um sie genauer zu erkennen; wenn ich mich erst einmal im Dorf eingerichtet hätte, werde noch reichlich Gelegenheit dazu sein, sagte ich mir. In den Hügeln klafften da und dort riesige Löcher, die ich mir nicht erklären konnte. Noch seltsamer waren die Felsbrocken, die überall verstreut waren. Sie sahen aus wie Splitter des steinigen Gebirges, das hinter dem Dorf aufragte, und auf ihren sonnenbeschienenen Abbruchflächen bemerkte ich Eidechsen in großer Zahl (leuchtend grün auch häufig *Lacerta viridis*). Die Häuser des Dorfes, das nun nicht mehr fern lag, hatten dieselbe Farbe wie diese Steine, sie waren aus grauem Holz gebaut und hatten graue Dächer, und sie wirkten nicht weniger verwahrlost und abweisend als das Land ringsum.

Das Gewicht meiner Ausrüstung zwang mich, immer wieder innezuhalten. Es war heiß geworden, und mein Hemd war durchgeschwitzt. Von der hoch liegenden Ansiedlung aus musste man mich längst gesehen haben, doch vergeblich hielt ich nach einem Menschen Ausschau, der mir beim Tragen des schweren Rucksacks und des Koffers behilflich sein konnte. Ein Graben zog sich am Rand des Weges hin. Er war voller Abfall. Aber ich bemerkte nicht nur verrottete Kleidungsstücke, einzelne Schuhe und andere Reste gewöhnlichen Zivilisationsmülls, sondern auch große rostige Metallteile, eine verschimmelte Pistolentasche, etwas, was halb im Boden steckte und wie eine Granate aussah, und an einer Stelle ein verbranntes, verbogenes Gewehr. Im Verbund mit den vorhergehenden Beobachtungen schien der Gedanke nahezuliegen, dass es in dieser Gegend in nicht allzu ferner Vergangenheit kriegerische Auseinandersetzungen gegeben hatte, deren Werkzeuge in diesem Graben verfaulten. Ich hatte nichts davon gehört oder gelesen – obwohl ich regelmäßig unser *Tagblatt* las und als einer der Ersten im Kollegium sogar einen Fernsehapparat besaß –, ich wusste nicht, wofür hier gekämpft und vielleicht getötet worden war, was Menschen dazu bewogen hatte, auf das Verderben anderer zu sinnen und sich mit der Waffe in der Hand auf ihre Nächsten zu stürzen. Wieder einmal wurde mir schmerzlich die Zersplitterung unserer Welt bewusst, deren einzelne Teile nichts voneinander zu wissen und noch weniger voneinander zu lernen scheinen, nichts jedenfalls, was über die oberflächlichen Bedürfnisse von Fremdenverkehr und Handel hinausgeht. Ich musste an meinen Vater denken, der mir in seinen letzten Jahren so oft vom Krieg erzählt hatte, daran, dass er sich von seinen Vorgesetzten und nicht weniger von seinen Kameraden abgestoßen gefühlt hatte wie von Teufeln; und daran, dass in der langen Gefangenschaft die Liebe zur Natur, insbesondere zu den Vögeln, in ihm gewachsen war, die er mir vererbt hat. Auch für mich war die Natur in ihrer schönen Ordnung, deren Glieder letztlich »alle zum Leben wirken«, wie der Dichter sagt, Zuflucht und Trost; es war mir zur Gewohnheit geworden, in den wenigen freien Stunden, die der Beruf mir ließ, Flora und Fauna eifrig zu studieren, auch wenn ich mir die Meinen damit nicht gewogen machte, und angesichts der eigentümlichen Verwundungen dieser Landschaft tröstete mich der Gedanke, dass die Natur auch hier schon bald für Erneuerung und heilsames Vergessen sorgen würde.

Das Dorf, das ich nach dem mühevollen dreistündigen Fußmarsch endlich erreichte, war schmutzig und machte einen düsteren Eindruck. Alles sprach von Rückständigkeit und bitterer Armut. Die grauen Häuser hatten Fundamente aus fest gefügten Steinen, doch die Stockwerke wirkten so primitiv, so hastig und kunstlos gebaut, dass es aussah, als könnte der nächste Sturm sie mühelos in ihre Einzelteile zerlegen. Allerdings war es offenbar gerade diese meinen menschlichen Maßstäben so wenig genügende Bauart, die den lieben Vögeln in höchstem Maße nützlich vorkam. Während ich eine schmale schattige Gasse bergauf ging, wurde mir klar, dass sie sich in ungewöhnlich großer Zahl hier heimisch fühlten. In den Rinnsteinen, den breiten Steinfugen, den Löchern und Höhlungen der Wände und zwischen den wie erschöpft aneinanderlehnenden Häusern bemerkte ich ihre Nester. Wo ich auch hinsah, schwirrten Aves aller möglichen Gattungen und Arten ein und aus, überall zeigten sie sich in lärmender Geschäftigkeit. Die Zahl der in bodennahen Ritzen und Spalten, in einzeln hervorwuchernden Büschen und auf den unregelmäßig gepflasterten Wegen herumhüpfenden Sperlinge war kaum zu schätzen, es mussten viele Hundert sein. Darüber, auf Dächern und Antennen, flogen Dohlen, Elstern, Stare, Finken, Meisen, Zeisige und noch vieles mehr, was ich nur flüchtig wahrnahm und nicht gleich prüfen konnte. Durch die Luft stürzten mit schrillen Rufen zahllose Mauersegler, und auf den zwischen den Gebäuden gespannten Drähten saßen junge Schwalben. Es wurde mir nun auch bewusst, dass Menschen um mich waren, die mich beobachteten. Aus den dunklen Fensterlöchern traten ausdruckslose Gesichter ins Licht, und hinter mir sammelte sich eine Reihe zerlumpter Kinder, die mir in Gesellschaft ihrer stummen, struppigen Hunde im Abstand von einigen Metern misstrauisch folgten.

Ich wählte ein Haus, dessen verwitterte Inschrift auf der Vorderfront es als »Hotel International« auswies. Unter seinem löchrigen grauen Ziegeldach klebten die Nester einer Mehlschwalbenkolonie, und die muntere vielstimmige Unterhaltung der anmutigen Tiere war für mich der schönste Willkommensgruß. Ich trat durch die Tür und befand mich in einer Art Glasveranda mit weißen gehäkelten Vorhängen. Ein schwarzer alter Tisch stand in der Mitte, darum herum einige Hocker. In der Wand waren Fächer eingelassen, in denen grobes gelbliches Steingutgeschirr Platz fand. Alles war still, niemand schien mein Kommen bemerkt zu haben. Ich rief ein paarmal leise in Richtung der engen Treppe, die an der Breitseite des Raumes in den ersten Stock führte, aber niemand antwortete. Wie entlegen kam mir plötzlich das kleine Land vor, das ich Heimat nannte und dem ich doch mit so viel Freude entflohen war. Und ich selbst, mit meiner weißen glatten Haut, meiner unnützen Beschäftigung, von Landsleuten und Familie gänzlich abgesondert, musste ich den hier

Ansässigen nicht vorkommen wie ein Simpel? Nach einer quälend langen Zeit öffnete sich endlich eine Tür, und eine junge Frau kam herein. Mit einem Blick umfasste ich hinter ihr einen Hof mit aufgespannter nasser Wäsche, pickenden Hühnern, Kaninchenställen und einem rostigen Blechbottich, der wohl zum Schnapsbrennen diente. Die Frau war stark und breitschultrig, und unter ihrem Kopftuch hing ein langer blonder Zopf zwischen ihren Schulterblättern herab. Merkwürdiger noch als ihre raue, krächzende Stimme waren ihre Augen, große, runde, dunkle Augen, die mich mit ungeheuerlicher Feindseligkeit anstarrten. Vergeblich versuchte ich mich ihr verständlich zu machen. Sie verstand kein Wort der heutigen bekannten Verkehrssprachen (die ich, wie ich mir schmeicheln darf, sämtlich fließend spreche), sodass unsere Unterhaltung auf Gesten beschränkt blieb. Ich begriff, dass es keine Zimmer und kein Essen gab und dass sie mich allerhöchstens für eine Nacht notdürftig unterbringen könne. Da ich viel zu erschöpft war, um mich nach etwas anderem umzusehen, ließ ich mich zu dem Zimmer führen und hoffte, dass sich für meinen knurrenden Magen noch Abhilfe finden lassen würde.

Das Zimmer war ein großer Raum mit mehreren Fenstern und niedriger Decke, vollgestellt mit grobgezimmerten Betten ohne Matratzen und Decken. Dass hier einmal viele Menschen gelebt hatten, zeigten Schriftzüge und eingeschnitzte Zeichen auf den Bettgestellen; vielleicht waren es Soldaten gewesen. In einem Nebenraum war ein Wasserhahn mit Gartenschlauch und ein Loch im Boden als Abort. Ich stellte meine Sachen ab und ließ klares kaltes Wasser aus dem Schlauch über meinen Rücken laufen. Danach fühlte ich mich besser. Die Fenster boten eine spektakuläre Aussicht. Ich sah einen grünen Hang mit Obstbäumen und dahinter sehr nah den schroffen Fels der Berge. Als ich etwa dreißig Meter entfernt auf dem Dach eines alten Schuppens einen bräunlichroten Vogel mit langem, gebogenem Schnabel und schwarz-schweiß gebänderten Flügeln erblickte, durchfuhr mich ein freudiger Schreck. Hastig griff ich nach dem Feldstecher und konnte mich bald vergewissern, dass es sich tatsächlich um einen Wiedehopf handelte, der wohl das Herz jedes Vogelliebhabers höher schlagen lässt.

Bis zum Einbruch der Dämmerung beschäftigte mich dieses eigenartige Tier, das mit seinem langen Schnabel im Gras stocherte, um ein ihm folgendes fast ausgewachsenes Junges mit Raupen und Grillen zu füttern; immer wieder sah ich beide Vögel in der Pracht ihrer aufgestellten fächerförmigen Federhaube, und im Streiflicht der untergehenden Sonne gelangen mir einige schöne fotografische Aufnahmen. Nach beendeter Fütterung flog der Altvogel auf einen Pfosten, und ich hörte das dumpfe, weittragende Up-up-up, von dem sein wissenschaftlicher Name *Upupa epops* abgeleitet ist. Ich brauchte das Glas nicht mehr. Reglos am Fenster stehend, war ich ganz dem Anblick der vor meinen Augen ruhig hin und her spazierenden, sich höchstens zu kurzen Flügen auf benachbarte Dächer aufschwingenden Vögel hingegeben. Welch ein Privileg schien es mir zu sein, diesen wunderbaren Wesen eine Zeit lang nahe sein zu dürfen. Fast kam es mir vor, als hätte nicht ich sie aufgespürt, sondern als hätten sie mich hierher gerufen, und es war mir auf einmal ganz begreiflich, dass dem Wiedehopf in östlichen Glaubenstraditionen die Rolle des Boten und Seelenführers auf mystischen Wegen zugeschrieben worden ist.

Es wurde dunkel, und mein knurrender Magen zwang mich, auf Nahrungssuche zu gehen. Meine Wirtin war nirgends zu sehen, ebenso wenig gab es Anzeichen einer Küche oder Kochgelegenheit. In den Gassen des Dorfes waren nur noch die Hunde unterwegs, und als ich die Tür eines Ladens öffnen wollte, in dem grelles elektrisches Licht ein ärmliches Viktualienangebot beschien, sprangen mehrere dieser Köter mit wütendem Gebell auf mich zu und drängten mich mit gebleckten Zähnen zurück. Ich hatte nichts, mit dem ich mich ihrer erwehren konnte, versuchte aber, mit Geschrei auf meine Notlage aufmerksam zu machen. Es bewirkte zwar, dass die Hunde knurrend von mir abließen und sich vor dem Eingang des Ladens hechelnd niederließen; Menschen kamen mir aber nicht zu Hilfe – ich sah im Gegenteil ringsum Gesichter hinter Fensterscheiben vor mir zurückweichen. Enttäuschung und Empörung ließen mein Herz schneller schlagen, ich durchmaß das Dorf in schnellem Schritt und gelangte auf die ansteigende Wiese, auf der ich eben noch den Wiedehopf gesehen hatte. Ich lief weiter bis zu einem kleinen Buckel, von dem aus das ganze weite Land vor mir lag. Weiße Wolkenschlieren am Himmel erinnerten mich an eine bekritzelte Schultafel. Doch als die Sonne unterging, nahmen sie die Farben von Flammen an, die den einförmig hellgrauen Himmel umgriffen, um dann in Zeitlupe in unregelmäßige orange-gelb-schwarze Flecken und Spritzer zu zerreißen und wie ein erstarrter Funkenregen in der Luft zu verharren. Von der Erde stieg Rauch auf, es war die Nacht, deren Schwärze allmählich auch das letzte matte Orange am Himmel verschlang. »Es bricht die neue Welt herein und verdunkelt den hellsten Sonnenschein«, diese Verse fielen mir ein, die ich vor Kurzem gelesen haben musste, doch ich verscheuchte die traurigen Gedanken, die dabei in mir aufsteigen wollten. Seit Langem hatte ich es mir zum Prinzip gemacht, eine missliche Lage so zu betrachten, dass sich doch irgendetwas Gutes für mich herausholen ließ, und so sagte ich mir jetzt, dass die Begegnung mit dem Wiedehopf schließlich den ganzen mühseligen Abstecher wert gewesen sei. Ich würde meinen Freunden etwas zu erzählen haben! Gleich am nächsten Morgen, so nahm ich mir vor, würde ich das ungastliche Dorf wieder verlassen, entweder ein Auto auftreiben oder zur Not zu Fuß den nächsten Bahnhof erreichen, um dort auf den Schnellzug zu warten. Die Stadt B., mein ursprüngliches Reiseziel, war keine hundert Kilometer entfernt; ein komfortables Hotelzimmer erwartete mich.

Im Dorf herrschte vollständige Dunkelheit. Alle Lichter, die in der Dämmerung noch da und dort geleuchtet hatten, waren verschwunden, und in der Stille der Nacht lösten sich die Konturen der Häuser auf und verschwammen mit der tiefen Nacht. Zum Glück habe ich ein sehr gutes Orientierungsvermögen, doch meine Angst vor den Hunden hatte keineswegs nachgelassen, und so tastete ich mich zaghaft abwärts. Einmal sah ich etwas Helles neben meinem Kopf und wurde von etwas Weichem gestreift. Gleich darauf vernahm ich ganz in der Nähe die charakteristischen zischenden Drohrufe einer Schleiereule (*Tyto alba*). In größerer Höhe – oberhalb des Pfostens, auf dem nachmittags der Wiedehopf gesessen hatte – schienen noch mehr Nachtvögel zu jagen; einmal hörte ich das wütende Fauchen einer Waldohreule, dann das langgezogene Glissando eines Steinkauzmännchens und an anderen Stellen die Rufe weiterer Vertreter der so oft als Unglücksvögel verkannten Vertreter der Strigiformes, die hier offenbar einen besonderen Tummelplatz gefunden hatten. Endlich befand ich mich wieder in meiner Unterkunft. Auch hier war alles stockfinster. Kein Mensch ließ sich sehen. Im Zimmer wollte ich ein Streichholz anzünden, aber ich fand den Rucksack nicht, in dessen Seitenfach sich die Streichhölzer befanden, und so zog ich mich aus und ließ mich einfach auf das ertastete Bett am Fenster fallen. Nach unruhigem Schlaf wurde ich gegen Morgen durch einen ungeheuren Aufruhr im Hof wach. Hähne krähten, Gänse schrien, Hunde bellten, und ein schreckliches Geraschel verriet den Einfall eines nächtlichen Jägers ins Revier der Haustiere. Von Menschen hörte ich indessen keinen Ton, sodass ich auf den absurden Gedanken kam, der Eindringling müsse mit ihrer Billigung sein blutiges Werk verrichten. Oder waren die Menschen gar nicht da? Schliefen sie vielleicht nicht in ihren Häusern, sondern frönten an irgendeinem geheimen Versammlungsort dunklen Leidenschaften? Sobald das erste Morgenlicht über den Bergen erschien und die Hauswand gegenüber wieder sichtbar werden ließ, lachte ich über diese bizarren Spekulationen und stellte fest, dass stundenlanges Fasten im Verbund mit der fremden Umgebung wohl eine ungewohnt starke Phantasietätigkeit bei mir ausgelöst hatte.

Mein Bett stand parallel zu den Fenstern. Das Dorf lag noch im Schatten, während die taufeuchten Dächer schon in der Sonne glänzten. Schlaftrunken sah ich hinaus und erstarrte: Über der grauen Felsenkette war mit ausgebreiteten Schwingen ein großer Vogel aufgetaucht. Und was für ein Vogel! Die Schönheit seiner Gestalt, die Leichtigkeit und Eleganz seines schwebenden Fluges schlugen mich sofort in Bann, und mit angehaltenem Atem verfolgte ich jede Bewegung dieses unbeschreiblich majestätischen Tiers. Mein Jagdinstinkt war geweckt. Denn mir war klar, dass es sich um etwas Besonderes handeln musste. Weihen und Milane schloss ich sofort aus, da sie sich nicht in solcher Höhe bewegen. Konnte es ein Stein- oder Schreiadler sein (oder ein seltenerer *Aquila heliaca*)? Nein, auch wenn sich die Silhouette ähnelte, war dieser Vogel doch viel größer. Wegen der Kopfform konnte man an einen Schmutzgeier (*Neophron percnopterus*) denken; die weiteren Merkmale, die ich mit zusammengekniffenen Augen ausmachte – der lange, keilförmige Stoß, die riesigen Flügel, der helle Kopf –, legten einen Lämmer- oder gar Mönchsgeier (*Aegypius monachus*) nahe; doch die Form der Schwungfedern, die Farbe des Gefieders ließen mich gleich wieder daran zweifeln. Wie ich es auch drehte und wendete, die Einzelheiten passten nicht zusammen, und ich kam zu keiner befriedigenden Lösung. Blitzschnell schossen mir die abenteuerlichsten Möglichkeiten durch den Kopf, flüchtig dachte ich sogar an die furchterregende, dämonisch wirkende Harpyie (*Harpia harpyja*), der der Vogel mit seinen breiten Flügeln, dem mächtigen Kopf entfernt glich, doch da ihr Verbreitungsgebiet bekanntlich auf der anderen Seite des Globus liegt, führte auch diese Spur nicht weiter. Als ich mich zur Seite beugte, um wie gewohnt den Feldstecher aus dem Rucksack zu ziehen, griff ich ins Leere.

Ich hatte den Rucksack eigens deshalb unter das Bett geschoben, um ihn während der Nacht in der Nähe zu haben. Man musste ihn mir schon gestohlen haben, als ich mich am Vortag auf die Suche nach etwas zu essen gemacht hatte. Er enthielt Dinge von allergrößtem Wert, die gleichzeitig meine gesamte Forscherexistenz symbolisierten: mein liebes altes Fernglas, das mein Vater mir zum Examen geschenkt hatte; das erst vor Kurzem erworbene Spektiv; meine gute Leica; außerdem das unabdingbare Bestimmungsbuch und einen klappbaren Habichtfangkorb. Als Präparator verließ ich mich vor allem auf diesen praktischen Apparat, mit dessen Hilfe ich schon viele herrliche Stücke hatte erbeuten können. Der Verlust der Ausrüstung war ein empfindlicher Schlag für mich. Mit meinem mageren Lehrergehalt hatte ich lange dafür sparen müssen; manches, was ich als Ehemann und Vater meiner Familie hätte zukommen lassen können, war in die teuren Utensilien geflossen – kurz: Dieser Rucksack war das Beste, was ich besaß. Das Gefühl, von den Leuten des Dorfes grundlos zurückgewiesen zu werden, steigerte sich angesichts dieses ungeheuerlichen Raubes zu hitziger Wut. Doch nachdem ich eine Weile wie blind das Zimmer und die Umgebung abgesucht hatte, wurde mir bald die Sinnlosigkeit meines Tuns klar. Mein Rucksack war weg, und ich konnte auf niemanden hoffen, der mir half, ihn wiederzufinden.

Immerhin, den Koffer hatten sie mir gelassen. Und in diesen Koffer hatte ich aus einem seltsamen Impuls heraus kurz vor der Abreise noch das kleine Fangnetz zwischen die Wäschestücke geschoben, an das ich mich jetzt erinnerte.

Mit diesem Fangnetz in Händen stand ich am Fenster, bis ich meine Seelenruhe wiedergefunden hatte. Nein, ich durfte jetzt nicht kapitulieren. Die großen Vögel – allmählich erkannte ich, dass es zwei oder noch mehr waren, die gemeinsam jagten – zogen vor meinen Augen in der Höhe ihre majestätischen Kreise. Sie waren das Beste, das Größte, das Wunderbarste, was mir je begegnet war; sie waren das, wovon jeder träumt, der sich unserer Zunft je angeschlossen hat, das Besondere und Einmalige, das die vielen langen Stunden fruchtlosen Wartens und Beobachtens in der ersten Morgenfrühe, zusammengekrümmt im einsamen Tarnzelt oder im Unterholz, rechtfertigt, das Unerhörte, nach dem jeder von uns sich sehnt, auf das jeder von uns hofft, wenn er, aufgeschreckt durch eine nicht gleich einzuordnende Silhouette, ein erstaunliches Flugmanöver, einen befremdlichen Ruf, das Fernglas zückt – um mit einer gewissen Enttäuschung immer nur wieder auf die erwartbaren Arten zu stoßen.

Meine Reise hatte sich also doch gelohnt. Während ich das Fangnetz prüfte und die Schuhe schnürte, gingen mir viele

Gedanken durch den Kopf. Sie bezogen sich auf Konkretes und Naheliegendes; ich fragte mich, wie ich meinen Vogel möglichst unbemerkt transportieren konnte, wie ich ihn durch den Zoll bekam usw. *Dass* ich ihn fangen würde, daran bestand für mich nicht der geringste Zweifel. Natürlich bedauerte ich, den Habichtskorb nicht benutzen zu können, aber ich hatte genug Erfahrung, um zu wissen, dass es mir auch ohne dieses sichere Hilfsmittel gelingen würde. Ich sah ihn vor mir. Ich würde ihn mit halb ausgebreiteten Flügeln darstellen, auf einem rauen, malerischen Stein, etwas geduckt, aber wach und gespannt, in der typischen Haltung eines Greifvogels, der im Begriff steht, sich in die Luft zu erheben. Er würde zwischen meinen besten Präparaten den Ehrenplatz einnehmen; mit seinem gesträubten weißen Kopf, seinem starken Schnabel würde er die Bussarde, Falken, Sperber und Milane meiner Sammlung überragen, ja, sie würden sich ihm gegenüber unbedeutend und trivial ausnehmen wie Diener vor ihrem Herrn. Der unergründliche Blick seiner schwarzen, glänzenden Glasaugen würde jeden Betrachter das Fürchten lehren – und ich wäre der Schöpfer dieses beeindruckenden Werks! Ich sah schon die bewundernden Blicke meiner Freunde vor mir, dieser Angsthasen und Stubenhocker, die den kleinen Kreis der Ornithologischen Gesellschaft bildeten, mit ihren Wandertreffs, ihren Vorträgen und Diaabenden – ach, wie hilflos und armselig waren unsere Versuche gewesen, uns der Natur zu nähern, dieser geheimnisvollen Fremden, die, je mehr man von ihr weiß, nur umso unergründlicher wird ... und doch hat dieses alte Gesetz noch keinen Menschen davon abgehalten, mehr über sie wissen zu wollen ... und ich würde nun Gelegenheit haben, mich vor ihnen allen auszuzeichnen und unsere Zunft einen großen Schritt voranzubringen ...

Unter solchen Gedanken trat ich aus der Tür. Ich sah weder Menschen noch Hunde, und sogar die Vögel schienen sich zurückgezogen zu haben; von ihrer munteren Regsamkeit am Vortag war jedenfalls nichts mehr zu spüren. Die Stille war voller Feindseligkeit, doch niemand behelligte mich. Erst als ich die letzten Häuser erreichte und den Hang mit dem alten Telefonpfosten vor mir sah – dahinter wand sich ein schmaler Pfad in langen Schleifen stetig bergauf –, wurde ich aufgehalten.

Bevor der Mann in mein Gesichtsfeld trat, wich ich zurück. Ich hatte einen leichten Geruch wahrgenommen, der mich auf unbestimmte Weise reizte, alarmierte, erschreckte. Es war ein Geruch nach etwas Unzuträglichem, Fauligem, ein Geruch, der aus dem Tierreich kam und sofort tiefste Abneigung in mir weckte. Er haftete an dem Unbekannten, schwächte sich allerdings ab, als er zu reden begann, sodass er mich bald gar nicht mehr störte (oder war das schon der Effekt der Gewöhnung?). Der Mann war kleiner als ich, aber überaus kräftig und stämmig, hatte schwarzes, dichtes Haar, eine niedrige Stirn und tief liegende Augen, und unter der bleichen, sorgfältig rasierten Haut sah man den Schatten des dunklen Barts, der sich von den starken Wangenknochen bis zu dem muskulösen Hals zog. Äußerst gepflegt, europäisch gekleidet, begrüßte er mich akzentfrei in meiner Sprache und kannte sogar – was mich aufs Äußerste verunsicherte – meinen Namen.

»Darf ich Sie bitten, mich zu begleiten, Herr Weyde«, sagte er. »Es dauert nicht lange.«

Man hätte ihn für einen Fremdenführer halten können, doch seine diskrete Aufforderung klang eher wie der Befehl eines Polizisten oder Geheimagenten, dem unbedingt Folge zu leisten ist. Ich war abgestoßen, verblüfft, sprachlos – und, wie ich gestehen muss, auch unbändig neugierig. Mit überraschend gewandten, fast tänzerisch-leichten Bewegungen ging er mir voran und führte mich zu einem Haus – es war mir zuvor nicht aufgefallen –, das besser gebaut und höher war als die anderen Gebäude im Dorf. Im Innern war es kühl, still, doch man hörte entfernte Stimmen und metallische, irgendwie bedrohlich wirkende Geräusche. Über eine abgetretene Treppe gelangten wir in einen weiten, unregelmäßigen, feierlich wirkenden Raum, in den durch ein kuppelartiges Oberlicht der helle Tag fiel. Flüchtig sah ich mit Schlössern versehene Kisten auf dem Boden und darüber an großen Haken Kleidungsstücke, die ich zunächst für lange, zottige Flickenmäntel hielt. Erst ein paar Minuten später – wir waren schon im nächsten Raum – machte ich mir klar, dass die grau-braun-weißen Flicken, die ich gesehen hatte, in Wahrheit *Federn* waren.

Der nächste Raum war klein und wohnlich. Die Wände waren weiß verputzt, durch das große Fenster blickte man auf das pittoreske Felsengebirge. Schöne alte Teppiche lagen auf dem Boden und auf den Bänken an der Wand, und auf einem Tischchen standen Teetassen und eine Schale mit Gebäck bereit. Der Unbekannte wies mir einen Sitzplatz an. Angesichts der verführerischen Leckereien überwältigte mich der Hunger, und ich stürzte mich auf die klebrigen Kuchen, die allerdings meinen Hunger nicht stillen konnten, ihn mir vielmehr erst recht fühlbar machten. Mein Gegenüber goss mir Tee ein und sah mit unangenehmer Miene zu, wie ich gierig aß und trank. Dann stellte er fest: »Deshalb sind Sie hier«, und zeigte zum Fenster.

Ich traute meinen Augen nicht: Da war er wieder, der unbekannte Vogel, das herrliche Wesen, das noch keinen Namen hatte. Es schwebte verblüffend nah über den letzten Krüppeltannen des Hangs.

Die Stimme meines Gastgebers drang an mein Ohr. Doch ich bin außerstande, in wörtlicher Form wiederzugeben, was er mir sagte. Das alles war so überraschend, so rätselhaft, dass ich zunächst kaum begriff, worum es überhaupt ging. Was er sagen wollte, war, dass man mir den Fang des Vogels nicht erlaubte. Dass ich, wenn ich das Verbot nicht achtete, mit einer Strafe zu rechnen hätte. In wessen Namen sprach er? Wer hatte ihm seine Autorität verliehen? Jedenfalls wurde mir klar, dass die Leute in diesem wie von der Zeit vergessenen Dorf den sonderbaren Greif als eine Art Gott verehrten. Sie schrieben ihm überirdische Kräfte zu und glaubten, ihm Gehorsam zu schulden. Der Stämmige schien eine Art Wächter oder Gesandter zu sein, der sich für berechtigt hielt, anderen Weisungen zu erteilen. Er sprach von »wir«, von »unseren Bergen«, »unseren Pflichten«.

Musste ich mir das alles anhören wie ein dummer Junge? »Sie reden immer von ›wir‹«, rief ich ihm zu, »aber Sie vergessen *mich*! Ihr seid nicht mehr allein – denn jetzt bin ich da!« Übermütig lachte ich ihm ins Gesicht. Plötzlich erkannte ich, dass sich unter seinem feinen Anzug ein unansehnlicher grober und schmutziger Körper verbergen musste. Er zeigte wieder zum Fenster: Der Vogel war so nah, dass er fast das Fenster streifte – aber im nächsten Augenblick sah ich ihn nicht mehr – er musste in einem rasanten Manöver abgedreht haben. Die Hand meines Gegenübers lag im Schoß. Jetzt hob er sie – erneut schwebte der Vogel heran und drehte seinen imposanten Kopf hin und her – um beim nächsten Handsenken blitzschnell zu verschwinden. Ich beobachtete diesen sinnverwirrenden Hokuspokus eine Weile und spürte, dass ich immer wütender wurde. Glaubte dieser Mensch wirklich, mich mit seinen Zauberkunststücken beeindrucken zu können? Wer war er? Und warum sollte ich mehr in ihm sehen als ein hässliches, stinkendes, aufdringliches Scheusal, das versuchte, mich von dem abzubringen, was ich mir nun einmal vorgenommen hatte?

Ich ließ mich nicht von ihm aufhalten – weder von ihm noch von den anderen, deren Anwesenheit ich schattenhaft wahrnahm, während ich mich wieder hinausführen ließ. Diesmal ging es über eine wacklige Außentreppe direkt auf die Gasse.

»Dann also auf Wiedersehen«, sagte der Unheimliche ganz ruhig, während er mich mit einem kalten, stechenden Blick bedachte.

Ich war immer noch voller Ärger, fühlte mich provoziert, beleidigt, aufgebracht bis zur Erbitterung, und konnte mich nicht dazu überwinden, die Hand zu nehmen, die er mir hinstreckte. Da tippte er mich mit einem Finger ganz leicht an und traf den Stoff meiner Jacke genau dort, wo in der Innentasche das Fangnetz steckte. Es war natürlich Zufall – es war *nichts* –, und doch empfand ich die leichte Berührung wie Feuer und krümmte mich unwillkürlich, als hätte mich ein glühendes Messer gestochen. Im nächsten Augenblick war es vorbei, und ohne zu zögern strebte ich von ihm fort, den Felsen zu, über denen die geheimnisvollen Vögel kreisten. Die schmerzhafte Empfindung verschwand aber nicht ganz. Obwohl ich mich vergewissert hatte, dass mein Äußeres völlig unversehrt war, drängte sich mir immer wieder die absurde Vorstellung auf, dass ich mit der kleinen Berührung der haarigen Hand irgendwie markiert oder gezeichnet worden war. Verwirrung, Unruhe mischte sich in die Entschlossenheit, mit der ich von meinem Kontrahenten wegstrebte. »Kontrahent«? Wie kam ich dazu, den Unbekannten so zu bezeichnen? Ich weiß es nicht. Ich weiß nur, dass mir unser kurzes Treffen in diesem Moment wie ein Kampf vorkam, ein Duell um einen Gegenstand, den ich ebenso wenig benennen konnte wie die Ursache der seltsam erhobenen, mit der Energie der Neugier, dem Feuer des Zorns gemischten Stimmung, in die ich geriet, als die grauen Felsen, von tiefschwarzen Rissen und Spalten zerklüftet, mit dürren, verkrümmten Gewächsen und verharschten Schneefeldern an den Schattseiten, wie unübersteigbare Wände vor mir auftauchten.

Bald war das Dorf nicht mehr sichtbar, und ich wanderte mit gleichmäßigem Schritt bergauf. Immer wieder lachte ich laut, als die Mienen meiner Freunde schemenhaft vor mir auftauchten, dieser so wackeren und wissbegierigen Männer, mit denen ich stumme Zwiesprache hielt. Wer von ihnen hätte nicht genauso gehandelt wie ich? Waren wir nicht alle dazu entschlossen, dem Zauber trügerischer Mythen zu widerstehen, strebten wir nicht nach neuen Entdeckungen, nach erweitertem Wissen, besserem Begreifen? Begriff und Besitz aber sind miteinander verwandt; und wie wir als beflissene Forscher alles taten, um zu bemeistern, was uns durch immer neue Rätsel herausforderte, indem wir uns um die treffende Bestimmung bemühten, schien uns auch der Wunsch nach Bereicherung unserer Sammlungen, Abbilder des ungeheuren Reichtums der Natur, tief eingewurzelt zu sein. Was trieb mich also? Ich hätte das Nächstliegende tun können, hätte, statt mich auf diesen ebenso strapaziösen wie riskanten Aufstieg zu begeben, den Weg zum nächsten Bahnhof einschlagen können, wie ich es mir am Abend des vorigen Tages vorgenommen hatte, aber das stand nun – selbst wenn ich die Prüfungen gekannt hätte, die mich noch erwarteten, das Ausharren unter dem Felsvorsprung, die nächtliche Kälte, zitternde Muskeln, quälender Hunger und Durst – völlig außer Frage. Der Raub des Rucksacks und dann das seltsame Geplänkel mit dem Unbekannten hatte mein Jagdfieber erst richtig entfacht. Ich wollte diesen Vogel nicht nur benennen. Ich wollte ihn *haben*. Und ich sollte ihn bekommen ...

Der beste Jäger geht mit kaltem Blut vor, sagt man, doch im Grunde folgt er einer inneren Weisung, einem Instinkt, der ihn hellwach und scharfsichtig und seinem tierischen Gegner ebenbürtig werden lässt. Er nähert sich diesem Gegner, verliert dabei sein höheres Selbst und sinkt zurück auf die Stufe eines primitiven Seins, auf dem Mensch und Tier noch nicht scharf geschieden sind. Mir wuchsen Kräfte zu, von denen ich selbst nichts gewusst hatte. Jede Angst war verflogen. Statt der zerstreuten Gedanken und oberflächlichen Empfindungen des Normalzustands war nur noch eins in mir lebendig: das Verlangen, die Beute aufzuspüren, zu fangen und zu töten. Nach einigen Stunden sah ich einen Punkt über mir kreisen. In einiger Entfernung einen weiteren. Auch ohne Feldstecher wusste ich, dass ich das Revier des Vogels erreicht hatte, und nun dauerte es nicht mehr lange, bis ich den Horst ausfindig gemacht hatte und mir eine geeignete Strategie für mein Vorhaben überlegen konnte.

Es gab aber, bevor es zum letzten, entscheidenden und erfolgreichen Schritt kam, ein Vorkommnis, das mich für einen Moment aus der Bahn warf, etwas Unerklärliches und zutiefst Beängstigendes, eine Art Traum im Wachzustand. Wie sich zeigen sollte, hatte es am Ende stärkere Auswirkungen auf mein Leben als der Fang selbst. Ich sprach mit keinem Menschen darüber, aber ich konnte es nicht vergessen, und die Freude an meiner Sammlung, die durch die herrliche Trophäe unter Fachleuten bald Berühmtheit erlangte, war mir auf immer vergällt.

Die Hänge waren steinig, und immer wieder kollerten schwere Steine in einer Staubwolke nach unten, sodass ich mich, sobald ich das Geräusch über mir hörte, an die tief im Schatten liegende Wand drücken musste, um nicht getroffen zu werden. Mit Mühe war ich über einen astreichen entwurzelten Baum geklettert, der den Weg versperrte, als ich den großen Greif plötzlich vor mir sah. Leicht geduckt, mit halb ausgebreiteten Schwingen, hockte er in genau der Haltung, die ich mir für die Präparation vorgenommen hatte, auf einem aufragenden Felszacken mir gegenüber und starrte mich an. Die Entfernung betrug etwa zwanzig Meter. Ich sah das prachtvolle, schillernde Gefieder, das mir einmal grau-braun, einmal schwärzlich vorkam, den weißen Kopf, die runden Augen unter den knöchernen Vorsprüngen des Schädels – diese Augen, deren Schärfe das Menschenauge um ein Vielfaches übertrifft –, ich sah den mächtigen Schnabel, die dolchspitzen gelben Krallen – und im selben Moment hörte ich auf, ich selbst zu sein. Es war, als ob ich mich plötzlich mit *seinen* Augen sehen könnte. Mein Tun schien mir ebenso gespenstisch wie lächerlich und vergeblich zu sein, da es an dem grundsätzlichen Faktum meiner Schwäche, meiner Unterlegenheit nichts änderte. Meine Neugier hatte mich hierher geführt; meine Wissbegierde rechtfertigte das Sakrileg; mein Jagdinstinkt, das brennende Verlangen, mich mit diesem Tier zu messen und es als Abbild zu besitzen, hatten mir Kraft und Ausdauer verliehen, aber jetzt fiel das alles in sich zusammen wie ein Feuer, dem man den Sauerstoff entzieht. Ich spürte die tiefe Ermattung meines Körpers im Schatten, während der Vogel sich ohne Eile in den Abgrund fallen ließ, die majestätischen Schwingen ausbreitete und, in der abendlichen Sonne glänzend, ruhig unter mir schwebte. Als ich ihn aus den Augen verlor, fühlte ich mich so einsam wie nie zuvor. Die Einsamkeit ließ mich erstarren. Meine Arme und Beine waren eiskalt und bewegten sich nicht mehr, und meine Gedanken verloren ihren Zusammenhang. Die äußere Welt – meine nächste Umgebung – Steine, Staub, gelbe Flechten, Ameisen, ein Mauseloch – kam mir fremder vor als die Oberfläche des wüstesten Planeten. Ich hörte meine Zähne aufeinanderschlagen. Die Vorstellung, im kalten Schatten dieser Felsen unsichtbar zu werden, verloren zu gehen, zu verschwinden, ließ mich nicht mehr los. Ja, ich würde verschwinden – und mit mir meine Kinder und deren Kinder –, vom Licht vergessen, würden unsere Konturen sich auflösen, unsere Körper würden mit dem Schatten der Erde verschwimmen, und die Finsternis des Universums würde uns aufsaugen und verschlucken – dieser Gott aber, dessen Machtbefugnis ich nicht mehr bezweifeln konnte, er würde bleiben...

(Konrad Weyde, *Der Vogelgott*.
Unveröffentlichtes Manuskript)

I

IM LAND DER AZA

Niemand hat mich gebeten, diesen Bericht zu schreiben, und ich fürchte, er wird nur Widerwillen oder herablassende Besorgnis ernten wie alles, was ich seit meiner Rückkehr aus Kiw-Aza den Ärzten gegenüber geäußert habe. Es wird nicht leicht sein, noch einmal einzutauchen in die so schmerzlichen und verwirrenden Geschehnisse, mich noch einmal dem Schrecken auszusetzen, der mich damals fast um den Verstand brachte. »Hier sind Sie in Sicherheit«, wurde gesagt, als ich zurückkehrte. Man gab mir ein Zimmer, ein kahles, zellenartiges Zimmerchen in diesem großen stillen Krankenhaus am Stadtrand, verschrieb Tabletten, das Übliche. Sicherheit? All diese langweiligen und lächerlichen Therapien können die Erinnerung nicht löschen. Was ich gesehen habe, habe ich gesehen. Ich müsse erkennen, dass ich keine Schuld trage, sagen sie. Doch wie können sie sich anmaßen, über diese Dinge zu urteilen? Je länger ich gezwungen bin, mir ihr beschwichtigendes Geschwätz anzuhören, desto klarer wird mir, dass ihnen die Fähigkeit fehlt, sich das, was dort geschehen ist, auch nur annähernd vorzustellen. Ihrer Arglosigkeit zum Trotz halte ich an dem fest, was meine Albträume zuverlässig überliefern. Ich kann nicht behaupten, dass ich über alles, wovon hier die Rede sein soll, präzises Wissen besitze. Vieles wird in der Schwebe bleiben, weil es mir im Strudel von Ereignissen, die mich mit teuflischer Macht in ihrem Bann hielten, nicht immer gelang, kaltes Blut zu bewahren; und die papiernen Begriffe, die eine auf Lehrstühlen thronende »Wissenschaft vom Menschen« für haarsträubende barbarische Gebräuche geprägt hat, wollen zu dem, was ich erlebte, nicht passen. Die Ärzte mögen glauben, was sie wollen, aber wenigstens sollen mein Bruder und meine Schwester – die Einzigen, die noch an meinem Leben Anteil nehmen – erfahren, wie es wirklich war. Ich passe mich den Regeln an, die hier herrschen, und tue, was von mir erwartet wird. Ob allerdings jener Thedor Weyde, der von hier aufbrach, noch derselbe ist, der ein paar Monate später zurückkehrte, bezweifle ich, und ob dieser Thedor Weyde – also ich – je wieder das werden kann, was man unter einem selbstgewissen Mitglied der Gesellschaft versteht, ist mehr als fraglich. Bin ich deshalb krank, wie sie behaupten? Die Antwort muss ich anderen überlassen, ebenso wie die Folgerungen aus dem, was ich – immer in den frühen Morgenstunden, wenn die Wirkung der Tabletten nachlässt und der leere, kalte europäische Himmel in meinem Fenster sichtbar wird – hier aufschreibe.

Aus diesem Himmel schwebt eine weiße Feder zu mir herab. Schaudernd lege ich sie auf mein Blatt.

Ich war ein schwaches, unentschlossenes Kind, das jüngste von drei Geschwistern, und wurde, vielleicht zu meinem Unglück, von meinen keineswegs besonders vermögenden Eltern stets mit besonderer Großzügigkeit behandelt. Über meine Geschwister pflegte mein Vater, Lehrer und Ornithologe, regelmäßig zu Gericht zu sitzen (meine Mutter fungierte als stumme Beisitzerin), wegen mangelnder Leistungen, irriger Meinungen, unüblicher Wünsche und sonstiger Verfehlungen, die stets reichlich vorhanden waren. Dabei kam es zwischen ihm und meinem Bruder Lorenz zu hitzigen Auseinandersetzungen. Lorenz war klug und aufgeweckt, eloquent; er mühte sich ab und ließ sich in Machtkämpfe verwickeln, ohne die dunkle Angst des Vaters zu spüren, die seiner Strenge, seinem Ehrgeiz zugrunde lag. Für Lorenz fielen die Strafen stets am härtesten aus. Auch mit Dora suchte der Vater den Kampf und machte ihr die Jugendjahre schwer. Doch der Streit mit seinen beiden älteren Kindern schien ihn immer mehr Mühe zu kosten und Kraft zu rauben. Ich jedenfalls, der kleine, bebrillte, ungewandte Thedor, war von alldem ausgenommen, mir fiel die Milde, die väterliche Güte und Nachsicht zu, die den anderen vorenthalten war, für mich fand er stets Entschuldigungen und versöhnliche Worte – was der bedrückenden Wirkung jener Zusammenkünfte auf mich keinen Abbruch tat.

»Was habt ihr heute gelernt?«

Mit diesem Satz pflegte er die Sitzung zu eröffnen, womit er sofort jeden Wunsch in mir erstickte, mich zu äußern. Denn mir war nur allzu bewusst, dass ich, im Gegensatz zu seinem älteren Sohn und seiner Tochter, die Fähigkeit des Lernens nicht besaß. Ich kann nicht sagen, wie es mir gelungen ist, die Schule zu absolvieren. Statt mir Dinge zu merken und über die Lösung von Problemen nachzudenken, statt mir neuen Stoff zu erkämpfen oder Wissensgebiete zu erobern, statt zu pauken, zu büffeln und nach Höherem zu streben, konzentrierte ich mich darauf, nach Zufällen und günstigen Gelegenheiten Ausschau zu halten, die mir halfen, das alles möglichst unbehelligt zu überstehen. Ich mogelte mich durch; ich wartete ab. Ja, mein Leben bestand – bis zu jenem Tag, an dem ich plötzlich beschloss, meiner Stadt den Rücken zu kehren – eigentlich nur aus Warten. Ich wartete auf das Ende der Schulstunden; ich wartete auf die Abende, an denen ich mich wegschleichen konnte, um ins Kino zu gehen; ich wartete darauf, dass irgendetwas Besseres kam. So wartete ich auch auf das Ende der Gerichtssitzungen mit meinem Vater. Vielleicht hatte er gerade heute irgendetwas mit seinen Freunden vor, was ihn daran hindern würde, sich unsere Hefte vorlegen zu lassen? Denn er liebte es, Hefte geräuschvoll durchzublättern und ironisch zu kommentieren. Besonders die langen Aufsätze, die Lorenz damals so gern verfasste und in denen er die Lage der Armen, die Ungerechtigkeit der Welt anprangerte, kritisierte er mit schneidenden Bemerkungen. »Wir werden sehen, was *ihr* einmal aus unserer Welt macht«, sagte er mit abgrundtiefem Pessimismus.

Auch wenn ich selbst also nur selten von ihm zur Rechenschaft gezogen wurde, wirkten diese Abende bis weit ins Erwachsenenalter in mir nach. Immer wieder sah ich mich dort, in unserem Wohnzimmer, wo er an seinem großen Schreibtisch saß, während die von ihm präparierten Vögel mit ihrem glatten, schimmernden Gefieder, ihren blitzenden Glasaugen in der Vitrine über seinem Kopf hockten und auf uns hinunterstarrten, als wären sie die eigentlichen Richter, vor denen wir alle uns zu verantworten hatten.

Lorenz musste während seines Studiums nachts in einer Spedition schuften; Dora musste wegen Mangel an Geld ihren Traum aufgeben, Künstlerin zu werden. Nur mir, dem Unbegabtesten von uns dreien, wurde das Studium finanziert, das ich auf Drängen meines Vaters endlich aufgenommen hatte. Ich hatte die nebelhafte Idee, Arzt werden zu wollen. Vielleicht war die Krankheit meiner Mutter daran schuld. Sie hatte sich lange als Stummheit und Mattigkeit getarnt; erst als die Krankenhausaufenthalte immer länger wurden, Lorenz das Mittagessen kochte und meinem Vater die alltäglichsten Dinge über den Kopf wuchsen, war mir die bedrohliche Wahrheit gedämmert. Oft stellte ich mir vor, zu den weißbekittelten Klinikmännern zu gehören, denen das ganze Vertrauen meines Vaters gehörte. Wie sie würde ich mit ehrfurchteinflößenden Gerätschaften hantieren, knappe und zuversichtliche Sätze von mir geben und stets Herr der Lage sein. »Die heutige Medizin ist noch nicht so weit...«, hatte ich einen dieser Ärzte einmal sagen hören. Ich hatte mir vorgestellt, dass alles anders wäre, wenn ich in vielen Jahren an seiner Stelle saß. Als die Mutter gestorben war, hatte Dora mir meine Gleichgültigkeit vorgeworfen. »Du denkst immer noch wie ein Kind«, sagte sie, »du glaubst, sie kommt zurück.« Sie hatte recht; jahrelang tauchte die Idee, dass ich ein Zaubermittel fände, das sie wieder lebendig machte, in meinen Träumen auf.

Nachdem ich das erste Semester durchgehalten hatte, schwelgte ich in dem Gefühl, endlich Anschluss an die Welt der Arbeitenden und Strebenden gefunden zu haben. Doch auf die Dauer war ich dem Studium nicht gewachsen. Beim Anblick der nackten Leichen wurde mir übel; ich war ungeschickt und merkte mir nichts; ich war nicht beharrlich; kleinste Misserfolge warfen mich aus der Bahn. So verlor sich die Lust am Lernen, und ich war so rat- und mutlos wie zuvor.

Lorenz kam nie darüber hinweg, dass ich es so viel einfacher hatte als er; während er als junger Familienvater und schlechtbezahlter Journalist kaum in der Lage war, sich über Wasser zu halten, verbummelte ich die Tage, fiel durchs Physikum und zeigte keinerlei Neigung, beim nächsten Anlauf mehr Engagement an den Tag zu legen. Nach einem heftigen Streit, bei dem er mich als Niete beschimpfte und mich verwöhnt und unreif nannte, hörte ich jahrelang nichts mehr von ihm. Dora hatte mehr Erbarmen; doch auch sie erkannte, dass an meinem Versagerstatus nicht zu rütteln war. Wenn sie in der Stadt war, gingen wir ins Kino, oder sie nahm mich mit zu einer Ausstellungseröffnung, einem Atelierfest. Dann stand ich herum, schüttete Wein in mich hinein und betrachtete fast beschämt die prahlerischen und kraftlosen Erzeugnisse von Leuten, die ihr Leben lang davon träumten, dass die Welt von ihnen sprach, und sich darüber beklagten, dass andere, Geringere, mehr Erfolg hätten. Manchmal verbrachten wir die Nächte in Clubs mit betäubender Musik, in denen wir für ein paar Stunden das Gären und Schwanken in uns vergessen konnten. Doch dann kam der Morgen, und alles war so eng begrenzt, so vorhersehbar und eintönig wie immer.

Mehrere Jahre vergingen, in denen ich manchmal studierte, manchmal nicht, und mich nie entschließen konnte, mich irgendeiner Sache ernsthaft zu widmen.

Wie ich es schon als Jugendlicher getan hatte, las ich in dieser Zeit oft tagelang, ohne dass meine Lektüre irgendeine Spur in mir hinterlassen hätte. Wenn ich Lorenz über Bücher sprechen hörte, die ich auch kannte, kam es mir stets vor, als wäre ich zum Kern dessen, was die Autoren sagen wollten, gar nicht vorgedrungen. Die Wörter nahmen mich gefangen, doch die Fähigkeit der Übersicht, der Einordnung und Beurteilung fehlte mir, sodass ich über die Stufe eines naiven, staunenden Mitgerissenseins nie hinauskam. Das ärztliche Examen rückte in immer weitere Ferne, von Studium konnte immer weniger die Rede sein. Eines Tages – nach einem Gespräch mit einem Kommilitonen, der mir mit dem herablassenden Lächeln des zum Erfolg Entschlossenen von Prüfungen und nächtelangem Lernen erzählte – entschloss ich mich zum endgültigen Abbruch.

Ich hatte gehofft, dass dieser Schritt die Lösung brächte, dass mein Leben, befreit vom Korsett der Studienpläne, vom Druck der Zensuren, eine Richtung fände. Aber das geschah nicht. Alles wurde nur noch schlimmer. Ich hatte zu nichts Lust. Ich lebte wie im Nebel, in einer Welt, die mir fade und vergreist vorkam, wie ich selbst in meinen besten Jahren immer fader und greisenhafter wurde. Meine Mutter war nun schon lange tot. Dann starb auch der Vater, der bis zum Schluss nichts von meinen wahren Verhältnissen ahnte. Da ich keine besonderen Ansprüche hatte, konnte ich dank eines bescheidenen Erbes in unserer kostspieligen Stadt zwar existieren, ohne auf die Stufe wirklicher Armut herabzusinken, aber mein Dasein Leben zu nennen, wäre eine groteske Übertreibung gewesen. Ich stumpfte immer mehr ab, vegetierte in einem winzigen Apartment mit Schimmelflecken an der Decke, trug jahrelang dieselben Kleider und Schuhe, las kaum noch und leistete mir nur selten einen Besuch im Kino, als fürchtete ich mich vor dem Zustand, dem ich mich früher so gern hingegeben hatte: In dem dunklen Saal war ich mühelos in andere Welten, andere Leben geglitten und hatte für kurze Zeit das Glück gekostet, ein anderer zu sein.

Ab und zu lernte ich Frauen kennen. Sie kochten für mich oder überredeten mich zu Ausflügen, die schreckliche Löcher in mein Budget rissen. Wenn sie mich verließen, empfand ich kein Bedauern. Mir wurde klar, dass mir eigentlich nichts an ihnen lag und es ohnehin besser war, allein zu sein. An den meisten Tagen kam ich erst nachmittags aus dem Bett. Ich schaltete den Computer ein, spielte ein wenig, überflog die Nachrichten, ging dann aus dem Haus, um herumzuwandern und irgendwo etwas zu trinken und mich mit Leuten zu unterhalten, die auf dieselbe Weise ihre Zeit totschlugen wie ich. Es war ein Dasein, in dem nichts herausstach, nichts wehtat, langweilig, traurig, aber keineswegs elend oder unglücklich, und ich akzeptierte es gleichmütig wie eine mir zu Recht auferlegte lange Strafe. Die Tage, die Jahre verflogen; der dreißigste Geburtstag kam und ging; eben noch hatte ich das Gefühl gehabt, alles vor mir zu haben, und plötzlich war mir, als hätte ich das Leben verpasst.

An einem kalten Märznachmittag war ich wieder einmal in einer Kneipe gewesen. Doch die Reden der Trinker, die politischen und erotischen Plänkeleien hatten mich bald gelangweilt, und ich war in die Dämmerung geflüchtet. Nach einer ziellosen Wanderung fand ich mich am Stadtrand, in der Gegend, in der ich meine frühesten Jahre verbracht hatte. Sie hatte sich völlig verändert. Aus den Schotterstraßen mit den ärmlichen Einfamilienhäusern und großen Gärten, die an Wiesen und Äcker, Hügel und Wälder grenzten, war ein dicht bebautes modernes Wohnviertel geworden, eigentlich nur eine Schlafstadt mit breiten Verkehrsschneisen, auf denen Lkws entlangdonnerten. Von hier aus waren wir jeden Sonntag mit dem Auto meines Vaters in die Innenstadt aufgebrochen, um den Gottesdienst in St. Michael zu besuchen und danach (gelegentlich) in einem italienischen Lokal Meeresfrüchte zu essen, die mein Vater liebte. Es war für mich von eigenartigem Reiz, mich in jene Zeit zurückzuversetzen. Überall meinte ich Dinge zu entdecken – ein Ornament im geplättelten Gehsteig, der übriggebliebene Schriftzug eines längst nicht mehr existierenden Kinos, ein Tierkopf als Brunnenfigur –, die mich an damals erinnerten. Auf diesen Spuren wanderte ich in die Stadt zurück und gelangte in das Michaelsviertel, das ich gut kannte. Es wurde mir bewusst, dass ich seit Jahren nicht mehr hier gewesen war. Einige der heruntergekommenen Wohnhäuser aus dem 19. Jahrhundert hatte man inzwischen prächtig renoviert; viele waren abgerissen worden, um Bürogebäuden Platz zu machen. Ich bog in eine Nebenstraße ein. Wenigstens die alte Kirche, St. Michael, war noch da, in der wir Kinder getauft worden waren. Ich trat durch einen Seiteneingang ein und bemerkte überrascht, dass sich auch in ihrem Innern kaum etwas verändert hatte. Da war der Altar, dort die Nische mit dem großformatigen Gemälde *Tobias und der Engel* von Wolmuth; an der gegenüberliegenden Wand ein weiterer Wolmuth-Engel, die Posaune blasend, die den Anbruch der Endzeit verkündet, und über seinem Kopf das flatternde Schriftband mit den Worten REX COELESTIS DEUS PATER OMNIPOTENS.

Ich saß eine Weile in einer Bank und erinnerte mich an die öden Sonntagsstunden, die ich hier mit Lorenz, Dora und den Eltern verbracht hatte. Als es mir zu kalt wurde, wollte ich wieder den Seiteneingang benutzen, um hinauszugelangen. Aber die Tür war verschlossen. Ich probierte das Hauptportal – es war ebenfalls verschlossen. Irgendjemand musste in den letzten zehn Minuten geräuschlos abgeschlossen haben, ohne mich in der dämmrigen Wolmuth-Nische wahrzunehmen. Nachdem ich zweimal rundum gelaufen war, wurde ich endlich auf eine unauffällige Pforte neben der Sakristei aufmerksam. Ich drückte die Klinke herunter, zog den Kopf ein und stand im Freien. Aber es hatte sich etwas verändert, und das lag nicht nur an dem Umstand, dass ich mich nun auf der anderen Seite der Kirche befand und die meisten der hohen Gebäude ringsum dunkel geworden waren. Eine schneidende Bö traf mich, und ich fühlte mich einsam, wie ausgesetzt zwischen den Gebäudewürfeln mit den schwarzen Fenstergittern, die aussahen wie riesige Käfige. Kein Geschäft war zu sehen, kein Café, nicht einmal eine Bushaltestelle. Außer mir schien kein Mensch unterwegs zu sein; nur die Autos rasten vorbei und blendeten mich mit ihren Scheinwerfern. Ich wusste, wo ich war, und hatte doch das Gefühl, mich verirrt zu haben. Da sah ich ein schwach erleuchtetes Fenstervierreck, das mich neugierig machte. Es erinnerte mich an einen Laden mit blau gestrichenen Tür- und Fensterrahmen, in dem wir als Kinder einst Bastelbücher, Stifte, aber auch Süßigkeiten und Bilderheftchen gekauft hatten. Eine steinalte, stets schwarz gekleidete Frau hatte hinter der Theke gestanden. Ihre Miene hatte ausgedrückt, dass sie uns – und alle Kinder – für unerträglich laut, ungehobelt und verzogen hielt und es als eine Zumutung betrachtete, uns bedienen zu müssen. Neben der knarrenden Tür in ihrem Rücken, die in ein winziges Zimmerchen mit einem alten Sofa und einem Kohleofen führte, hatten aus der Zeitung ausgeschnittene Todesanzeigen geklebt. All das hatte uns Angst eingejagt; das Einkaufen in diesem Laden war eine Mutprobe gewesen, doch wenn wir sie bestanden hatten, freuten wir uns umso mehr über die für wenig Geld dort erworbenen Kleinigkeiten. Natürlich gab es diesen Laden längst nicht mehr – er gehörte auch nicht hierher, sondern in die noch ländlich geprägte Gegend unseres alten Hauses am Stadtrand –, doch das Fenster, auf das ich nun zuging, rief dieselbe seltsame Mischung von Anziehung und Furcht in mir hervor, die ich als Kind vor dem eigenartigen Geschäft empfunden hatte. Im Schaufenster hing ein Werbeplakat mit den Buchstaben STW und einer Abbildung des Posaunenengels aus St. Michael. Eben erst hatte ich ihn in der Kirche betrachtet, aber jetzt... War es der Aufnahmewinkel des Fotos? Ich erkannte die geflügelte Gestalt und erkannte sie nicht. Sie wirkte fremd, bedrohlich. Die Abkürzung STW sagte mir nichts. Aber der wuchtige Schriftzug – *DU bist gefragt!* – beeindruckte mich. Er war so platziert, dass der Eindruck entstand, der Engel selbst verkünde diese Botschaft.

Ich trat ein. Hinter einem großen Schreibtisch mit Papieren, aufgeschlagenen Ordnern, Kabeln, Papptellern mit Essensresten und mehreren Computerbildschirmen saß ein Mann halb sitzend, halb liegend auf einem Drehstuhl mit dem Rücken zur Tür und sprach laut und in einer Sprache, die ich nicht verstand und keiner Gegend der Welt zuordnen konnte – einer Sprache, die mich im Innersten abstieß und aufwühlte, auch später noch, als ich sie täglich hörte –, in den Telefonhörer in seiner Hand. Überwältigt von der Masse der abgenutzten und schäbigen Gegenstände und fasziniert von einer seltsamen vibrierenden Kraft, die den Raum durchströmte, blieb ich an der Schwelle stehen. Er aber wirbelte auf seinem Stuhl herum und winkte mich zu sich, ohne im Telefonieren innezuhalten, mit einer Geste, als hätte er mich erwartet. Sein Gesicht war schwer zu beschreiben; die Züge mit der niedrigen Stirn, den tiefliegenden Augen, der grobporigen Haut wirkten maskenhaft starr, doch der Blick war von blitzender Lebendigkeit. Kurz darauf stand er auf und kam mir entgegen. Er war hässlich, kurzbeinig, stämmig, und doch bewegte er sich mit überraschender Geschmeidigkeit, wie ein Tänzer. Es war auch etwas Hochmütiges und Lässiges an ihm, was mich an einen Philosophen denken ließ, der mit scharfem Geist alles durchdrungen hat, alle Vorstellungen, Anschauungen und Theorien über die Welt, um sie als gleichermaßen degoutant zu verwerfen.

»Da sind Sie!«, sagte er. »Vic. Vic Tally. Setzen Sie sich. Wir werden sehen, was wir für Sie tun können.«

Er streckte mir die Hand entgegen, eine kräftige, behaarte Hand, und ich nahm sie und fühlte mich aufgerichtet, ja erhoben, obwohl ich gleichzeitig einen äußerst unangenehmen, modrigen oder fauligen Geruch wahrnahm, der von ihm ausging. Er erinnerte mich an das sogenannte Arbeitszimmer, den Präparierraum meines Vaters, aus dem er manchmal mit blutverschmierter Schürze, einen Vogelbalg in der Hand, heraustrat, um energisch Ruhe zu verlangen, wenn ihm unser Spielen und Streiten zu laut geworden war. Instinktiv drehte ich mich weg, aber während mein Gegenüber weitersprach, schwächte sich der Geruch ab, und am Ende merkte ich nichts mehr davon. Ich merkte allerdings, dass ich im Begriff stand, etwas Folgenschweres zu tun, von dem ich ein paar Minuten zuvor noch nichts geahnt hatte. Dieser Mann nahm mich ernst; er schenkte mir sein Vertrauen; wenn er mir eine Chance gab, durfte ich sie nicht vertun. Ich hörte ihm mit äußerster Aufmerksamkeit zu. Er redete viel, aber ich begriff dennoch kaum etwas. Es war, als erhielten die Wörter in seinem Mund eine ganz neue Bedeutung, als gehörten sie zu einer unbekannten Sprache, die ich zuerst nicht verstand, die mir jedoch geläufig wurde, je länger ich mit ihm sprach. Wenn ich heute an diese Begegnung zurückdenke, kommt es mir vor, als hätte ich mich an einem dünnen Seil über einen reißenden Fluss gehangelt, festgehalten allein von Vics Blick, diesem unheimlichen, stechenden Blick, von dem ich mich durchbohrt und durchschaut fühlte.

Er nannte mich beim Vornamen. Er stellte fest: »Sie haben Medizin studiert, Thedor«, und ich widersprach nicht. Er wollte keine Zeugnisse, nicht einmal einen Lebenslauf. Er schien mich besser zu kennen, als ich mich selbst kannte, und mir etwas zuzutrauen, wovor ich immer zurückgeschreckt war. Er forderte mich heraus; er machte etwas aus mir; ich spürte, wie mir neue Energie zuströmte. Dennoch verlor sich auch das Bewusstsein nicht völlig, dass die Sache, zu der ich mich entschloss, hohl war, brüchig, dass das ganze Unternehmen auf tönernen Füßen stand, und dieses Gefühl sollte sich später, auf der Station, als Vic sich nicht mehr meldete, noch verstärken und dazu beitragen, dass ich, als könnte ich mir selbst nicht trauen, die unverkennbare Gefahr immer wieder aus dem Blick verlor.

Es ging um einen Feldzug, ein Werk, eine weltumspannende Aktion. Ich sollte, ich würde daran teilnehmen. Ja, Vic sprach von einer bereits feststehenden Tatsache, nicht von einem Wunsch oder einer Forderung. Er wusste so gut über mich Bescheid, dass ich den Eindruck hatte, er spreche Gedanken aus, die ich selbst schon oft in unklarer Form gehabt hatte – und das empfand ich keineswegs als etwas Erschreckendes; vielmehr schmeichelte es mir, denn es schien gewisse Träumereien zu bestätigen, denen ich gern nachhing und in denen stets wunderbare Zufälle für Gerechtigkeit, das heißt Aufwertung meiner selbst, sorgten. Meine ermattete Seele blähte sich auf wie ein schmutziges Segel im Wind. Ich hing an seinen Lippen, die sich immer wieder spöttisch kräuselten – doch sein Spott bezog sich nicht auf mich, sondern auf andere, die meinen Erkenntnisstand noch nicht erreicht hatten und nur dumpf und ahnungslos dahinlebten. So könne es schließlich nicht weitergehen, sagte er. Es müsse etwas geschehen. Immer nur Klein-Klein, nie das, was wirklich notwendig ist und Befriedigung verschafft, das sei doch kein Leben. Man müsse für eine Sache all seine Kräfte einsetzen. Aber die Sache müsse groß sein und sich lohnen.

Am Ende stellte ich ihm stotternd ein paar Fragen. Er antwortete ruhig und fest. Er sagte: »Wie oft haben Sie sich gefragt – nicht wahr, Thedor? –, welchen Sinn es hat, die tausendste Verkalkung, die zehntausendste Fettleber zu behandeln. Dort haben Sie es nicht mit Luxuskrankheiten zu tun. Dort geht es um etwas anderes.«

Ich fragte nicht, was er mit diesem »anderen« meinte.

Er sagte auch: »Es wird dort auf Sie ankommen, Thedor. Sie werden ganz auf sich gestellt sein. Sie werden zeigen, wer Sie sind. Schlafen Sie drüber. Überlegen Sie es sich.«

Ich sagte, es gebe nichts zu überlegen. Nicht der geringste Zweifel stieg in mir auf.

Schließlich legte er ein Blatt Papier vor mich hin, und ich unterschrieb. Es war ein Vertrag, mit dem ich mich verpflichtete, ein Jahr lang für STW zu arbeiten; mein Einsatzort war ein Ort namens Kiw-Aza; der Lohn lag nur wenig über der Summe, von der ich bis jetzt gelebt hatte.

Ich stellte mir die staunenden Mienen gewisser Leute vor, die Reaktionen meiner Kneipenbekanntschaften. Mein Bruder Lorenz würde nicht mehr abschätzig grinsen und nicht mehr sagen: »Und? Wie liegt es sich so auf der Bärenhaut?« Bald würde ich nicht mehr in mein kleines Zimmer mit den Schimmelflecken an der Decke zurückkehren, nie mehr in dem muffigen Keller meine Wäsche aufhängen und nach verlorenen Socken suchen müssen. All diese jämmerlichen Dinge, aus denen sich mein bisheriges Leben zusammensetzte, waren dabei, zu verschwinden, während das andere, die Aktion, die Aufgabe, von der Vic gesprochen hatte, zu gleißen begann wie eine neue Sonne.

Vic beugte sich vor und beglückwünschte mich. Noch einmal schüttelte er mir die Hand, und wieder nahm ich diesen eigenartigen Geruch wahr. Dann ging es um die Formalitäten der Ausreise, Beglaubigungen, Impfungen, Visa. Ich hörte kaum zu. Das Herz schlug mir bis zum Hals. Ich fragte, ob man das Ganze nicht abkürzen könne.

Vic schüttelte lächelnd den Kopf. Nein, es war kein Lächeln. Dieser Mann konnte nicht lächeln. Er verzog den Mund, die Lippen kräuselten sich, und hinter dem Spott kam etwas Lauerndes und Tückisches zum Vorschein, das mich hätte warnen können. Aber es wurde mir erst viel später bewusst, als ich in einem kahlen Krankenzimmer am Stadtrand darüber nachzudenken begann, wer Vic Tally eigentlich war.

Ich stand auf, und mir zitterten die Knie – nicht vor Furcht, sondern vor Tatendrang. Ich hielt den Vertrag in der Hand, der mir zugefallen war wie ein Lottogewinn. Vic öffnete mir die Tür. Ich sollte ihn nicht wiedersehen. Ich erinnere mich, dass mich ein Schauer überlief, als ich in seine Augen blickte. Sie waren so schwarz und starr wie der eisige Nachthimmel über der schlafenden Stadt.

Als ich heimkam, begann ich, ausgehend von dem Namen jenes Ortes, sofort fieberhaft im Internet zu recherchieren. Die Informationen waren spärlich: Es gab eine seit mehreren Jahren nicht mehr aktualisierte Website der Organisation STW (Save the World), gegründet von Henry Morton, dem »bekannten Unternehmer und Wohltäter«, auf der man erfuhr, dass STW sich der Förderung und Entwicklung des Volkes der Aza widmete. Neben einigen Fotos von traurig aussehenden Kindern stand in dem sparsamen Text, die »humanitären Stationen« von Kiw-Aza, Bem-Aza, Kum-Aza und Aza-Town seien »Funken der Hoffnung« und »Inseln des Fortschritts« in jener abgelegenen und von den Folgen eines jahrzehntelangen Bürgerkriegs verheerten Gegend, dem Lebensraum der Aza, dessen geografische Lage nicht näher bezeichnet wurde.

Außerdem gab es einen Eintrag auf der Seite einer englischen Missionsgesellschaft namens Eternal Kingdom Brotherhood, in dem Aza-Town erwähnt wurde. Ich las, dass das Land der Aza einsam, öde und arm an Bodenschätzen sei, weshalb die Kolonialverwaltung nie besonderes Interesse daran gezeigt habe. Die äußerst feindseligen und kriegerischen Aza hätten den Engländern anfangs die Beherrschung der Ufer ihres Flusses schwer gemacht, doch mit dem Bau eines Kanals zwischen 1903 und 1905 am Unterlauf sei dieses Problem gelöst worden; das in den großen Bergwerken im Norden abgebaute Erz hatte über diesen Kanal zu dem weit entfernten Hafen am Meer transportiert werden können. Schon wenige Jahrzehnte später sei jedoch der Bergbau eingestellt, der Kanal zugeschüttet worden, und das Land der Aza mit seinen nomadisierenden, von Jagd und ein wenig Gemüseanbau lebenden Bewohnern, seinen verstreuten, nie eindeutig zu lokalisierenden Siedlungen und barbarischen Heiligtümern sei zurückgefallen in Dunkelheit und Primitivität. Immer wieder seien Gerüchte über einen grausigen Kult aufgetaucht, bei dem Menschen geopfert und verspeist würden. Aus ganz Europa seien Gruppen von Missionaren angereist, die sich der Aufgabe verschrieben hatten, den Aza-Kannibalen das Evangelium zu predigen und ihre Seelen zu retten. Die meisten von ihnen hätten nach den Feindseligkeiten von 1916, bei denen es zu einer blutigen Schlacht zwischen zum Schutz der Missionare angelandeten englischen Soldaten und einheimischen Kriegern gekommen war, das Land wieder verlassen, und erst nach der Mitte des 20. Jahrhunderts seien erneut Anstrengungen zur Zivilisierung des Landes unternommen worden. Mit UN-Geldern seien Krankenstationen gebaut worden, auf denen Ärzte und Entwicklungshelfer arbeiteten; dank moderner Wirtschaftsmethoden hätten sich die landwirtschaftlichen Erträge gesteigert; der Hunger und die schlimmsten Krankheiten seien ausgerottet worden und die einst gefürchteten Aza-Krieger seien entweder in die Städte abgewandert oder führten ein friedliches Bauernleben.

Von einem Bürgerkrieg im Aza-Land war nichts zu erfahren, und weitere Recherchen erbrachten nur wenige oberflächliche und widersprüchliche Einträge. Meine Stimmung vermochte das nicht zu trüben. In fast manischer Erregung verbrachte ich die Nacht in diversen Lokalen, und als ich im Morgengrauen nach

Hause kam, betrachtete ich mein bleiches Gesicht im Spiegel und fand, ich sei der geborene Abenteurer, Weltenbummler und Waghals.

Eine kleine Begebenheit auf dem Passamt, etwa eine Woche später, möchte ich noch erwähnen. Ich hatte das Visum beantragt und war zu einem Beamten geschickt worden, der mich in einem mit Aktenordnern vollgestopften Büro empfing. Er war alt und hager und trug eine an den Ärmeln ausgefranste braune Strickjacke, die aussah wie ein Schlafrock. Er hieß Petri.

»Sie wollen *dorthin*«, sagte er, über meinen Antrag gebeugt. »Was hat man Ihnen versprochen? Welche Lügen hat man Ihnen aufgetischt?«

»Ich werde helfen – Kranke behandeln – Kinder…«, sagte ich plötzlich verunsichert.

Er hob den Kopf und sah mich an. Seine wässrigen Augen, seine weißen Bartstoppeln, der dünne Flaum auf seinem schmalen Schädel stießen mich ab. Seine Hände zitterten.

»Wenn Sie mein Sohn wären –«

Ich schnitt ihm das Wort ab. Mit einer ganz veränderten, mir selbst fremden kalten und herrischen Stimme befahl ich ihm, meinen Pass zu stempeln, ich hätte meine Zeit nicht gestohlen. Wortlos stand er auf und holte einen Ordner aus dem Regal. Er schlug ihn auf und zeigte mir ein Foto. Es war eine kleine vergilbte Schwarz-Weiß-Aufnahme. Im Schatten eines kahlen Baumes mit wenigen bizarren Ästen war eine merkwürdige Gestalt zu erkennen, plump und kurzbeinig, halb Mensch, halb Vogel. Auf dem Kopf trug sie einen Helm aus weißen Federn, das Gesicht darunter war kaum zu erkennen, offenbar war es mit Lehm beschmiert. Die Hände unter einem Umhang aus Flicken ähnelten Krallen, an der Ferse saß eine Art Sporn.

Diese Gestalt – die Augen – der Schreck fuhr mir in die Glieder. Fasziniert starrte ich auf das Bild. »Wer ist das?«, fragte ich.

»Chief Ali«, sagte der alte Mann, der mich argwöhnisch beobachtete. »Sie kennen ihn? Ja? Chief Ali, der große Held im Dienst des großen Königs der Menschenfresser. Sie haben noch nie von ihm gehört? Die Engländer haben ihn mit allen Mitteln bekämpft, ohne ihn je zu Gesicht zu bekommen.«

Mir schwirrte der Kopf. Ein starkes, neuartiges Gefühl stieg in mir auf, eine Art Zorn, oder Hunger, gierig, unstillbar, ohne Ursache und Ziel. »Und Sie?«, fragte ich etwas zerstreut, während ich mich krampfhaft zu beherrschen versuchte.

»Ich?«, sagte er, ohne mich aus den Augen zu lassen. »Ich sitze hier und stemple Pässe ab. Zufällig sind mir ein paar Sachen in die Hände gefallen, die ich zu ordnen versuche. Das ist alles. Ja... ein wenig Ordnung in die Dinge bringen, vor dem Ende, das ist es, was ich tue. Ich werde Sie nicht aufhalten können, natürlich nicht. Wer bin ich schon in dieser Welt. Ein kranker alter Mann. Ein Niemand.«

Er hob noch einmal den Kopf und bedachte mich mit einem schiefen Grinsen. Er kam mir erbärmlich vor, während ich meine eigene Kraft, meine Überlegenheit spürte. Die ganze Stadt verschmolz mit diesem beklemmenden Zimmer voller staubigem Papier. Ich konnte hier nicht atmen. Ich musste weg von hier. Ich brauchte Veränderung – Freiheit – Luft!

Der Alte nahm meinen Pass und stempelte ihn knallend. »Trotzdem, alles Gute«, sagte er. Ich nahm wahr, dass auch seine Lippen zitterten.

Erst als ich meine Schwester Dora in mein Vorhaben einweihte, begann das Hochgefühl ein wenig abzuflauen. Wir hatten uns lange nicht gesehen. Nach ihrer Scheidung lebte sie allein in einem baufälligen Atelier. Sie schlief auf einem alten Sofa und saß beim Essen am Fensterbrett. Auf einem wackligen Tisch lag ihr Zeichenblock. Es schien ihr nicht gut zu gehen. Sie hatte tiefe Ringe unter den Augen und sah ungepflegt aus – was mir besonders auffiel, da ich selbst mich seit jenem Abend, an dem ich den Vertrag unterschrieben hatte, mit meinem letzten Geld der Veränderung meines Äußeren gewidmet hatte. Ich war zum Friseur gegangen und hatte mich neu eingekleidet; »herausgeputzt wie ein Pfingstochse« fand mich Dora. Sie erzählte nichts von ihrer Dissertation, an der sie seit Jahren schrieb; stattdessen von einer unbekannten Wolmuth-Zeichnung, die sie entdeckt habe und mit deren Deutung sie beschäftigt sei. Was auf der Zeichnung zu sehen war, bekam ich allerdings nicht heraus, denn sobald ich danach fragte, verlor sie sich in Mutmaßungen, die mir ziemlich wirr vorkamen. Sie schien den Gedanken zu verfolgen, dass sich im frühen 17. Jahrhundert, zu Lebzeiten Wolmuths und in seinem engsten Umkreis gewisse antichristliche Opferrituale ausgebildet hätten, in denen Vögel eine Rolle spielten.

Ich bemerkte etwas einfältig, dass ihrer akademischen Anerkennung wohl nichts mehr im Weg stehe. Daraufhin begann sie ihren Doktorvater als pedantisch und ignorant zu beschimpfen und verlor sich in ebenso heftigen wie vagen und oberflächlichen Anklagen gegen ihn und alle anderen Vertreter seiner (und ihrer) Zunft.

Um sie abzulenken, fragte ich nach dem Zeichenblock und erfuhr, dass sie in letzter Zeit wieder angefangen hatte zu malen. Nach einigem Zögern zeigte sie mir ihre Bilder. Zunächst eine kleine Studie – ich glaube, mit Pastellkreiden gemalt –, die schon älter zu sein schien, eine Art Karikatur eines herkömmlichen Madonnenbildes: Die zarte junge Frau, die mit niedergeschlagenem Blick das überdimensional große nackte Baby auf ihrem Schoß betrachtete, war kahl; bei näherer Betrachtung entpuppte sich die helle Aura um ihren Kopf als ihr gesträubtes blondes Haar, dessen fein gezeichnete Strähnen nach allen Seiten abstanden. Ich lachte ein wenig – und merkte an dem scheuen, fast verstörten Blick, den Dora mir zuwarf, dass meine Reaktion sie verletzte. Wie empfindlich war meine große Schwester geworden! Danach legte sie mehrere großformatige Blätter vor mich hin, auf denen merkwürdige geflügelte Wesen zu sehen waren. Sie schienen von Wolmuths Engeln abzustammen und besaßen doch eine eigene, aggressive und herausfordernde Qualität, die ich nicht anders als *böse* bezeichnen konnte. Der großzügige, sichere Strich dieser Zeichnungen war ganz anders als das zarte farbige Gestrichel der Madonna mit dem gesträubten Haar; es war kaum zu glauben, dass hier ein- und dieselbe Hand am Werk gewesen war, und es fiel mir schwer, die schwarzen Flügelwesen mit Dora, wie ich sie kannte, in Verbindung zu bringen.

Wir setzten uns zum Essen auf den Boden. Als es Abend wurde, machten wir kein Licht. Es war ein wenig wie früher, als wir noch unseren Garten hatten, in dem wir Verschwinden spielten. Es war unser Lieblingsspiel gewesen. Ich glaube, Dora hatte es erfunden, und auf eine geheime Verabredung hin hatten wir Freunde und Außenstehende nie daran teilnehmen lassen. Nur Lorenz, der sich über unsere Kindereien erhaben fühlte und lieber stundenlang lernte, als sich uns im Garten anzuschließen, durfte manchmal mitspielen. Es hatte Ähnlichkeit mit dem gewöhnlichen Versteckspiel gehabt und war doch ganz anders gewesen. Während der Reiz des Versteckens nämlich darin besteht, dass die hinter Bäumen oder unter Gebüsch Verborgenen von einem Suchenden *entdeckt* werden, ging es bei unserem Spiel darum, möglichst lange unauffindbar zu bleiben. Wir wählten keinen Sucher; und anders als andere Kinder, die sich gern triumphierend meldeten, wenn jemand an ihnen vorbeigegangen war, ohne sie zu bemerken, lag für uns die größte Befriedigung darin, durch nichts auf uns aufmerksam zu machen und, in eine Mauernische gedrückt oder flach am Boden liegend, allmählich mit den abendlichen Schatten zu verschmelzen. So war es nun auch, in Doras Malraum, in dem es immer dunkler wurde und nur die Scheinwerfer der draußen vorbeifahrenden Autos über die Decke huschten. Stumm blieben wir nebeneinander sitzen, während uns die Dämmerung allmählich verschluckte. Sonderbare Wahrnehmungen suchten mich heim. Es war, als vermischten sich unsere Gedanken und als könnte ich den Herzschlag meiner Schwester in der eigenen Brust spüren; aber plötzlich schlug das angenehme Gefühl der Auflösung in etwas Ungutes, Bedrohliches um, und die seltsame Furcht stieg in mir auf, dass wir uns für lange Jahre trennen müssten und uns erst wiederfänden, wenn wir aufgehört hätten, wir selbst zu sein.

Wie um an eine andere Gepflogenheit unserer Kindheit anzuknüpfen – als sie mich während der Krankheit unserer Mutter zu Bett gebracht hatte –, erzählte mir Dora mit leiser Stimme eine Geschichte. Sie sagte, es sei ein interessanter griechischer Mythos, auf den sie durch die Arbeit an ihrer Doktorarbeit gestoßen sei. Typhon, ein Ungeheuer aus der Zeit der Giganten, die einst die Erde beherrschten, wollte sich den neuen Göttern, die ihm seine Herrschaft streitig machten, nicht geschlagen geben. Als letzter Repräsentant der Vorzeit war er schrecklicher und hässlicher als jedes andere Wesen unter der Sonne. Von ihm verfolgt, verließen die Götter Griechenland und verwandelten sich in kleine Tiere. Als Mäuse und Hamster huschten sie an dunklen Orten ziellos umher, voller Angst, dass das durchdringende Auge des Ungeheuers sie erblickt und er sich auf sie stürzt und zerreißt.

»Die meisten Darstellungen zeigen einen monströsen Drachen«, sagte sie. »Aber es gibt auch Quellen, nach denen Typhon ein Vogel war wie sein Sohn Ethon, den spätere Generationen so sehr fürchteten. Der Stammvater einer alten und mächtigen Dynastie –«

»Wie geht der Kampf aus?«, fragte ich.

»Die neuen Götter sind vorerst die Sieger«, sagte sie wie obenhin. »Sie überlisten ihn und verbannen ihn in die Hölle.«

Erst als die Flasche Wein, die Dora geöffnet hatte, leergetrunken war, berichtete ich ihr von dem Vertrag und meiner Unterschrift. (Die Organisation STW machte ich seriöser und solider, als sie mir in Wahrheit vorkam. Von Vic erzählte ich nichts.) Die Ausreise war für die darauffolgende Woche angesetzt, meine Wohnung hatte ich bereits gekündigt.

Sie reagierte mit Protest – »Was ist, wenn du krank wirst, wenn dir irgendetwas passiert? Wie weit ist die nächste ausländische Botschaft entfernt? Wer kümmert sich um dich?« –, und plötzlich wurde mir bewusst, wie sehr ihre Stimme der Stimme meiner Mutter ähnelte, und der Gedanke schoss mir durch den Kopf, dass ich, wenn sie noch lebte, vielleicht den Vertrag nicht unterschrieben hätte und das alles nicht tun müsste.

»Es ist ja nur für ein Jahr«, sagte ich. »Und hier kümmert sich auch niemand um mich«, fügte ich trotzig hinzu.

»Warum bist du so dumm, Thedor«, sagte sie weich. Auf einmal waren wir beide verlegen. Unser kurzer Wortwechsel brach ab; ich verabschiedete mich bald.

An einem der darauffolgenden Tage erwachte ich morgens und es war mir, als sei das, was in den letzten Wochen passiert war – die Begegnung mit Vic, die Unterzeichnung des Vertrags, die Telefonate mit dem Vermieter, die Prozeduren auf den Ämtern, der Abend bei Dora, ihr angestrengter Blick, ihre Bilder –, als sei all das nur ein langer Traum gewesen. Mit unaussprechlicher Erleichterung sah ich die Schimmelflecken an der Decke über mir. Ich war ja hier, in meinem Zimmer, zu Hause, alles andere war Einbildung, eine

Ausgeburt meines offenbar vom Nichtstun erschöpften Gehirns. Ich lachte – es war ein Lachen, das meine Eingeweide erschütterte und mir Tränen in die Augen trieb. Aber dann fiel mein Blick auf den ausgeräumten Schrank, den Koffer, die Reisedokumente, die auf dem Tisch verstreut waren, und eine nie gekannte Gedrücktheit und Verzagtheit ergriff mich. Natürlich hatte Dora recht gehabt. Es gab nicht genug Informationen, keine definierten Verantwortlichkeiten und rechtlichen Absicherungen irgendwelcher Art, nicht einmal eine genaue Adresse – das Ganze grenzte an Irrsinn.

Ich konnte jetzt nur noch eins tun: Vic mitteilen, dass ich von dem Vertrag zurücktrat; dass ich auch bereit war, die für diesen Fall festgesetzte Ausfallgebühr zu bezahlen. (Irgendjemand würde mir das Geld leihen, dessen war ich mir sicher.) Ich suchte nach meinem Telefon – im gleichen Augenblick begann es zu klingeln, und auf dem Display leuchtete Vics Name auf.

»Gerade habe ich mit Kiw-Aza gesprochen«, sagte er. »Sie freuen sich schon auf Sie. Flug und Weiterreise sind geregelt. Ich schicke Ihnen gleich die genauen Termine. Jetzt steigt das Lampenfieber, nicht, Thedor? Sagen Sie bloß nicht, Sie hätten keine Angst!«

Ich entdeckte einen warmen, freundschaftlichen Ton in seiner Stimme, der mich tief berührte. Wie hatte ich so kleinmütig sein können? Verlegen gestand ich ihm meine Zweifel. Er ging geduldig darauf ein und sagte, dass eine so große Sache meist auch mit großen Ängsten verbunden sei; ich solle nur nicht den Mut verlieren und mir selbst vertrauen.

»Vic – wer ist Chief Ali?«

»Chief Ali?« Sein Ton veränderte sich. »Woher haben Sie diesen Namen?«

Ich berichtete ihm von dem Gespräch im Passamt. Eine eigenartige Scheu hinderte mich daran, das Foto zu erwähnen, das Petri mir gezeigt hatte.

Es gebe keinen Chief Ali, sagte er. Die Aza seien ein Volk mit überreicher Phantasie, man dürfe nicht alles auf die Goldwaage legen, was man von ihnen erfahre. »Und nun wenden Sie sich bitte wieder den Dingen zu, die wirklich wichtig sind.«

Das gab den Ausschlag. Meine Selbstsicherheit kehrte zurück. Ich erledigte, was noch zu erledigen war. Dann kam der Tag der Abreise. Ich schloss meine Wohnung ab und warf den Schlüssel in den Briefkasten. In der S-Bahn zum Flughafen kam mir zu Bewusstsein, dass ich im Begriff stand, etwas zu tun, was sich mein Bruder Lorenz immer gewünscht hatte. Einst hatte er Bücher über berühmte Entdecker und exotische Länder verschlungen; er hatte davon geträumt, im Iglu zu leben, durch die Steppe zu reiten, berühmte Ströme mit dem Kanu zu befahren. Die Notwendigkeit, Geld zu verdienen und eine Familie zu ernähren, hatte schließlich verhindert, dass er je für längere Zeit über die Grenzen des Landes hinausgekommen war. Und nun war ich es, der kleine Thedor, der sich auf die große Reise machte.

Das Flugzeug startete abends. Der Himmel war dunkelblau, leuchtend, die Sonne ein loderndes Feuer, dessen glühende Finger den unaufhörlich fliehenden Erdball berührten, um ihn in Licht zu verwandeln. Ich konnte nicht aufhören, aus dem kleinen Fenster zu starren, bis die Helligkeit sich zu einem immer tiefer werdenden Rot ballte und schließlich verglühte – der Leben spendende Stern verschwunden – unsere Sonne nicht mehr als ein schwacher Streifen Farbe im riesigen Dom der Dunkelheit.

Das Licht des neuen Kontinents war ein weiches helles Grau, das in der Ferne, wo das rötliche Hügelland begann, in ein silbriges Flimmern überging. Dieses Licht schien die Kraft zu haben, Konturen aufzulösen und aus deutlich abgegrenzten Volumen diffuse, schemenhafte Gebilde zu machen, die, je näher man ihnen kam, desto unfassbarer und rätselhafter wurden. Und doch kam mir nichts fremd vor an dem Ort, an dem ich nach langem Flug gelandet war. Ich war enttäuscht. Die Ankunftshalle des Flughafens sah nicht anders aus als andere Ankunftshallen anderswo auf der Welt, mit elektronischen Anzeigetafeln, Laufbändern, Kaffeetheken, telefonierenden Reisenden und Wartenden. Ich saß eine Zeitlang zwischen anderen vor einem Bildschirm mit endlosen Werbespots. Dann tauchte ein hochgewachsener Mann auf.

»Doctor Weyde?«

Er trug einen europäischen Anzug und auf dem Kopf eine weiße Mütze, die, wie ich erst nach einiger Zeit bemerkte, aus Federn gearbeitet war. Ernst und schweigsam schulterte er mühelos mein Gepäck.

Als ich ins Freie trat, trieb mir die Hitze den Schweiß aus den Poren. Ich nahm das schrille Geräusch der Zikaden wahr, das die Luft erfüllte, und das fahle Grün und Gelb der Vegetation. Meine Enttäuschung vertiefte sich. Nichts überraschte mich, nichts war eines zweiten Blickes wert. Ich stieg in ein kühles Auto mit schwarzen Scheiben und wurde über eine asphaltierte Piste – Gestrüpp und rote Erde ringsum, riesige vergilbte und abgeblätterte Reklameplakate auf hohen Betonpfosten – in ein Hotel gefahren, wo mir der Chauffeur, der während der Fahrt kein Wort gesprochen hatte, mein Zimmer anwies.

Es war mit Klimaanlage und Dusche ausgestattet; sonst gab es keinen Komfort. Das Fenster ging auf eine belebte Straße. Ich warf mich auf das Bett – eine durchgelegene Matratze auf rostigem Metallgestell –, aber es gelang mir nicht, mich von der sonderbaren nebelhaften Ermattung zu befreien, die mein Denken lähmte. Draußen war es hell, es war früher Nachmittag. Autos fuhren, Menschen liefen hin und her, Gezeter, Gelächter, Geschrei war zu hören. Ich sagte mir, dass ich mich am anderen Ende der Welt befand, in der Hauptstadt des Gebietes, in dem ich bald anfangen würde zu arbeiten und von dem ich noch immer kaum etwas wusste, doch diese Feststellung blieb ungreifbar, abstrakt, sie vermochte nicht, ein seltsames Déjà-vu-Gefühl zu vertreiben, das mich beherrschte. Es war, als befände ich mich in einem schon hundertmal geträumten, oberflächlichen und trivialen Traum.

Aza-Town – das entnahm ich einer abgegriffenen und mit einem Klemmhaken an der Wand befestigten Broschüre – war ein ehemaliger Gouverneurssitz und »Verkehrsknotenpunkt«. Regierung und Verwaltung hatten aber ihren Sitz anderswo, und abgesehen von den kleinen Flugzeugen, die hin und wieder auf dem Flughafen landeten (die großen Linien flogen ihn längst nicht mehr an), beschränkte sich der Verkehr, wie ich bereits bemerkt hatte, auf die örtlichen Eselskarren, Fahrräder und Sammeltaxis. Nach dem Ende des Krieges gegen die Engländer und dem Abzug ihrer letzten Soldaten war das Städtchen zurückgesunken in die Bedeutungslosigkeit. Dem »verehrten Touristen« wurde versichert, dass man sich hier als Ausländer ganz ungehindert und gefahrlos bewegen könne. Nur in der Zeit des großen Unabhängigkeitsfestes, bei dem alles außer Rand und Band gerate, sei es in den letzten Jahren zu kleineren Zwischenfällen und kriminellen Akten gekommen. Der Bürgerkrieg habe dieses Gebiet bis jetzt verschont. Die umherschweifenden Trupps von *Recelesti* – Rebellen, die sich auf obskure Traditionen beriefen und die moderne Zivilisation bekämpften – operierten weiter im Norden, jenseits des nur schwer zu passierenden Flusses, der in einer riesigen Schlaufe die endlosen rotbraunen Hügel des Aza-Landes umschloss. All das rief eine vage Beunruhigung in mir hervor. Aber Vic hatte mir versichert, dass die Region seit dem Waffenstillstand vor einigen Jahren völlig befriedet sei; und vor meiner Abreise hatte ich nirgendwo etwas von Recelesti oder kriegerischen Auseinandersetzungen gehört oder gelesen. Der Text dieser Broschüre musste *vor* dem Waffenstillstand verfasst worden sein, er war also inzwischen überholt, und es gab nicht den geringsten Grund zur Sorge.

Zwei oder drei Tage blieb ich in meinem Zimmer. Der Chauffeur und Hotelboy – er hieß Mustafa – brachte mir Essen. Was ich draußen sah – die kleinen Geschäfte, Straßenverkäufer, Kinder auf Holzrollern, Plastikstühle auf der Straße, auf denen Männer saßen,

Bier tranken, gähnten und ihre Handgelenke mit großen Armbanduhren schüttelten – berührte mich auf die seltsamste Weise, als wäre es nur die halbe oder eine vorgeschobene Wirklichkeit und könnte sich im Bruchteil einer Sekunde in Luft auflösen.

An einem Morgen wurde ich davon wach, dass jemand meinen Namen rief. Ich öffnete die Tür – der Gang war menschenleer. Ich ging die Treppe hinunter in die Lobby. Es war niemand zu sehen. Ich musste mich getäuscht haben. Doch das Licht hinter der gläsernen Eingangstür zog mich an, das weiche, grausilbrige Licht einer scheinbar ewig währenden Dämmerung, und kurz entschlossen begab ich mich ins Freie.

Zuerst nahm ich das Kauderwelsch wahr, das im Straßenlärm um mich herum wogte und brandete, jenes misstönende Idiom, das mich von dem Augenblick an, als ich es aus Vics Mund zum ersten Mal hörte, mit Widerwillen erfüllt hatte. Auch die bedrängende Gegenwart von Tieren wurde mir bewusst. Im Schatten der Markise über dem Eingang des Hotels lagen magere gelbe Hunde mit breiten Schnauzen im Straßenstaub, die den Kopf gehoben hatten und mich hechelnd musterten. Eine struppige Katze mit abgeschnittenem Schwanz beäugte mich in Lauerstellung, mit angelegten Ohren, vom gegenüberliegenden Dach. Ein Esel stand mit gesenktem Kopf, den Blick seiner großen, dichtbewimperten Augen mir zugewandt, am Straßenrand. Über der Straße spannte sich wie ein Fangnetz ein Gewirr von Kabeln. Vögel hingen darin, die sich verheddert und stranguliert hatten. Doch ihre lebendigen Verwandten schossen unablässig vor mir hin und her. All diese Tiere, so schien es mir, hatten mich sofort bemerkt, während mich die Menschen, denen ich begegnete, keines Blickes würdigten. Und doch spürte ich, als ich die breite, geschäftige Hauptstraße entlangging, dass man mich wahrnahm, meine Schritte verfolgte. Ein unangenehmes Gefühl kroch mir den Rücken hoch; wieder schien mir, dass das, was ich vor mir sah, nicht ganz glaubhaft war. Nicht die äußere Hitze ließ mich immer wieder in Schweiß ausbrechen, sondern die erregten und unklaren Gedanken, die in mir kreisten und eine Art Fieber erzeugten. Ich bog in eine der schattigen Gassen ein, die die regellose Masse der Häuserwürfel kreuz und quer durchzogen.

Sobald die Motorengeräusche, das Hupen der Autos und das Geschrei der fliegenden Händler abebbte, war das Sirren und Summen der Insekten, das schrille Rufen der Vögel noch lauter zu hören als zuvor. Ich entdeckte große Geckos; Käfer und Schaben mit langen, beweglichen Fühlern; eine Schlange, die mich mit ihren winzigen Augen musterte. Vielleicht aufgrund der Wirkung jenes ungewohnten grauen Lichts oder einfach meiner Befangenheit und Verwirrung wegen war es mir nicht möglich, die Ausdehnung des Viertels genau zu bestimmen. Ebenso wenig hätte ich das Alter dieser Häuser oder Baracken angeben können. Einmal kam es mir vor, als handelte es sich um eine Ruinenlandschaft, in der sich nach und nach unter Verwendung vielfältiger Materialien Menschen angesiedelt hatten; ein andermal glaubte ich, mich in einem Gewirr von Rohbauten zu befinden, die demnächst fertiggestellt werden mussten. Häuser, wie ich sie kannte, gab es nicht. Vieles wirkte, als könnte es den nächsten Regen nicht überstehen, und doch schien alles irgendwie zu funktionieren. Ich sah Wohnungen für Menschen, umzäunte Höfe und Ställe für Tiere und forschte unwillkürlich nach einem Gotteshaus. Aber es gab keines, weder Kirche noch Tempel oder Moschee; nur an einer Stelle erhob sich ein Gebäude mit einem halb eingestürzten Turm, der an ein Minarett erinnerte. Darunter befand sich eine Art Galerie mit steinernen Pfeilern. Die verrostete Eingangstür war mit einer Kette verschlossen und mit Graffiti besprüht. Die Gassen waren leer. Kein Mensch zeigte sich. Nur einmal sah ich ein paar Kinder in einem Hof spielen, doch als ich mich näherte, stürzte eine Frau herbei und zog sie hinter die nächste Umzäunung. Wer war ich in ihren Augen? Vor wem fürchtete sie sich? Je tiefer ich in dem Gassengewirr vordrang, desto stärker wurde der Impuls zu fliehen. Mehrmals machte ich kehrt und versuchte, die Hauptstraße wieder zu erreichen, doch es gelang mir nicht. Ich war gefangen in einem Labyrinth, und jeder Schritt schien mich weiterzuziehen auf einer vorbestimmten Bahn.

Die Gasse verengte sich zu einem schmalen, düsteren Fußpfad; rechts und links, eine Armlänge entfernt, erhoben sich mit wuchernden Pflanzen bewachsene Zäune und Mauern, die ein paar Meter über meinem Kopf durch Wäscheleinen miteinander verbunden waren. Es war totenstill geworden. Keine Fliege sirrte, und die eintönigen Rufe der Vögel hatten aufgehört. Ich ging um die Ecke und stand plötzlich wieder vor dem Gebäude mit dem Turm und der versperrten Eingangstür. Ein raschelndes Geräusch von oben ließ das Blut in meinen Adern gefrieren. Ein riesiger Vogel mit weißem Kopf und krummem Schnabel stieß durch den schmalen Korridor zwischen den Gebäuden steil herab. Ungeheuer zielsicher streckte er flatternd die furchterregend spitzen gelben Klauen aus, um sich auf ein kleines graues Tier im Schatten eines Pfeilers zu stürzen. In namenlosem Schreck erstarrte ich. Verworrene Erinnerungen stiegen in mir auf, Bilder des mächtigen Vogels Greif, der alles wusste und Menschen fraß – ich musste sie als Kind in einem Märchenbuch gesehen haben. Die herabhängenden Flügel mit den deutlich sichtbaren dunklen Armschwingen waren wie ein Umhang, ein prächtiger gefleckter Mantel, der den kräftigen Körper des Vogels umschloss, und das schimmernde weiße Kopfgefieder stach gegen das Braun und Schwarz der Brust ab wie eine Maske mit schwarzen Augenlöchern. Er streckte den Kopf vor und sah zu mir herab, während er sich mit gesträubten Nackenfedern kaum merklich hin und her bewegte. Dann machte er sich sehr langsam daran, das kleine Tier zu fressen. Mit dem Schnabel zog er schwärzliches Gedärm aus der offenen Höhle des Leibes, in Fetzen riss er das Fleisch heraus. Am Ende hing nur noch der nackte Schwanz aus seinem blutverschmierten Schnabel.

Zutiefst abgestoßen, doch wie gebannt und mit höchster Aufmerksamkeit beobachtete ich das Ganze. Dabei hatte ich einen Satz im Ohr, der wohl aus jenem alten Märchenbuch stammte:

Du musst vom Vogel Greif eine Feder holen ...

Es war, als würde mich dieser Satz aus meiner Erstarrung reißen. Ich drehte mich um, und obwohl sich meine Beine wie Gummi anfühlten und der Atem mich scharf in die Brust schnitt, begann ich zu laufen und rannte kreuz und quer durch das Gewirr der Wege, bis ich die Hauptstraße wieder vor mir sah. Zurück im Hotel, schloss ich mich in meinem Zimmer ein. Ich drehte die Dusche an und stellte mich darunter. Nach kurzer Zeit versiegte das Wasser. Fröstelnd, erschöpft fiel ich auf die Matratze, doch es dauerte lang, bis ich endlich einschlafen konnte.

Meine Kleider waren im Zimmer verstreut, der Koffer stand noch genau dort, wo ich ihn vor einer Woche – oder gestern? – abgestellt hatte. Allmählich kam mein Gedächtnis wieder in Gang, und ich schüttelte über mich selbst den Kopf. Der Schock des Ortswechsels hatte mich offenbar meines gesunden Urteils beraubt. Deshalb hatte ich mich von einem zwar großen und fremdartigen, doch letzten Endes völlig harmlosen Vogel ins Bockshorn jagen lassen, einem verirrten Geier offenbar, der wahrscheinlich noch mehr Angst vor mir gehabt hatte als ich vor ihm! Mir fiel ein, dass ich in der Hotelbroschüre das Foto eines solchen Tiers gesehen hatte – in derselben Haltung, mit halb angelegten Flügeln und vorgestrecktem Kopf. Ich hatte gelesen, dass es überall in der Gegend Geier gebe. In früheren Zeiten hätten sie bei der Bevölkerung in höchsten Ehren gestanden; damals habe man sie nur im Hügelland angetroffen, während die gefräßigen Vögel heute trotz ihrer angeborenen Scheu auch mitten in der Stadt zuweilen nach Nahrung suchten. Ich nahm die Broschüre noch einmal zur Hand, und als ich die schlichten Informationen überflog, kam mir die Begegnung mit dem Vogel und meine panische Flucht so töricht vor, so lächerlich und absurd, dass ich nur über mich lachen konnte.

Da ich Hunger hatte, zog ich mir frische Sachen an und ging hinunter in die Bar, wo es einen Internetanschluss geben sollte. Es war ein großer kahler Raum mit schmalen Fenstern, die so weit oben lagen, dass man nicht hinaussehen konnte. Neben einem alten Fernseher stand ein Regal mit zerlesenen Büchern und Zeitungen. Mustafa bediente mich an der Theke. Er brachte mir einen Teller mit gegrilltem Fleisch und einen Brei aus Mam-Wurzeln, dem landestypischen Gemüse, das ein wenig wie Kartoffeln schmeckte, dazu Bier. Obwohl ich von der trüben, bitteren Flüssigkeit nur ein paar Schlucke herunterbekam, hatte ich nach kurzer Zeit das Gefühl, nicht mehr klar denken zu können. Nach dem Essen versuchte ich, meinen Laptop in Gang zu bringen, aber die Internetverbindung war gestört, und auch das Telefon funktionierte nicht. Zurück in meinem Zimmer, saß ich lange am Fenster. Die Straße, der Komplex der Gebäudewürfel dahinter, die rohen Mauern und dunklen Fensteröffnungen, die Plastikplanen und Wellblechdächer, all das kam mir nun verändert vor, deutlicher sichtbar, doch unheimlich und zwielichtig. Unter den Vorübergehenden fielen mir einzelne auf, die aus Federn gearbeitete Kopfbedeckungen trugen – wie Mustafa. Offenbar war es das Abzeichen einer Bruderschaft, wie es sie im ganzen Land häufig geben sollte. Diesen großen, stolzen Männern warf man scheue Blicke zu; Frauen gingen ihnen aus dem Weg, Kinder stoben vor ihnen davon.

Es war mir zugesichert worden, dass jemand komme, der mich abholen und an meinen Einsatzort bringen sollte, die Station von Kiw-Aza, aber niemand kam. Nicht an diesem Tag, nicht am nächsten und nicht am übernächsten. Zu allen möglichen Zeiten versuchte ich Vic zu erreichen – vergeblich. Einmal, als ich wieder einmal verzweifelt vor meinem Laptop saß, tauchte Mustafa auf und sagte, Vic lasse ausrichten, ich solle Geduld haben und keinesfalls auf eigene Faust nach Kiw-Aza aufbrechen. Es sei zu gefährlich. Ich tat also, was ich immer tat – warten. In der Bar sah ich fern. Es gab nichts anderes als endlose Nachrichtenschleifen aus einer Welt, die ich bis zum Überdruss kannte und die, wie ich wusste, nicht mehr die meine war. Ich blätterte auch ein wenig in den Büchern, ohne richtig lesen zu können. Auf der letzten freien Seite eines billigen Krimis, den ich aus dem Regal gezogen hatte, waren zwei kryptische Sätze gekritzelt. Von wem sie stammten, weiß ich nicht, vielleicht von einem Touristen, der irgendwann hier ein paar Tage verbracht hatte – in den Jahren, als Aza-Town noch in Reisehandbüchern verzeichnet gewesen war:

> Wir sehen nichts mehr, wenn wir zum Himmel aufschauen. Aber wenn Gott nicht mehr da ist, übernimmt die Natur die Macht.

Nach weiteren Tagen des Wartens bat ich Mustafa, mir bei der Kontaktaufnahme mit Kiw-Aza behilflich zu sein. Es musste dort wenigstens ein Funkgerät geben.

Mustafa sagte, er habe einen Freund, der mir nützlich sein werde. Er fuhr mich ins Zentrum der Stadt. Es war bestimmt von einem eindrucksvollen, düsteren Gebäude im Stil eines englischen Landschlosses, mit einem gläsernen Observatorium auf dem Dach, das wie ein monströses Facettenauge gen Himmel stierte. Es war die einstige Missionsschule, wie Mustafa erklärte. Seit dem Abzug der Engländer stand sie leer. Als wir aus dem Auto stiegen, trat ein uralter Mann auf uns zu, der ebenfalls die Federmütze trug und sich auf einen Stock stützte. Sein kräftiger Körper, mit dem er sich, trotz des Stocks, überraschend geschmeidig bewegte, erinnerte mich an Vic, und selbst seine Stimme hatte einen ähnlichen Klang. Er war offenbar blind. Seine schwieligen Finger, an denen lange, spitz gefeilte Nägel saßen, tasteten mein Gesicht, meine Hände und Arme ab, was mir äußerst unangenehm war, mir fast Übelkeit verursachte. Doch schließlich ließ er von mir ab, und ich folgte ihm erwartungsvoll.

Während er mit einem urtümlichen Schlüssel das Tor öffnete und dann mit mir die gekachelte Eingangshalle durchquerte, redete er in rudimentärem Englisch, vermischt mit der Aza-Sprache pausenlos auf mich ein. Ich verstand fast nichts (zumal er zahnlos war). Doch er berührte mich, während er redete, immer wieder mit seiner harten, großen Hand an der Schulter oder im Gesicht, wie um mich dazu aufzufordern, in der Anstrengung des Zuhörens nicht nachzulassen. Langsam gingen wir von Raum zu Raum. Es gab einen Schlafsaal mit militärisch aufgereihten kleinen Pritschen; einen Waschsaal, in dem an einer langen Reihe eiserner Haken nummerierte Handtücher und Waschlappen hingen; einen Turnsaal mit altertümlichen Böcken und Barren und mehreren an langen Tauen herabhängenden Eisenringen; Klassenzimmer mit Tischen und Bänken in säuberlichen Reihen und erhöhtem Katheder mit Tintenfass und Rohrstock. All diese Dinge waren verstaubt und mit Putz und Mörtel bedeckt, der von den Wänden bröckelte, doch noch gut zu erkennen. Die Fenster waren vergittert. Eine steinerne Treppe, in der sich an manchen Stellen große Löcher auftaten, führte in die oberen Etagen. Auch dort reihten sich Unterrichtsräume aneinander. Am Ende eines langen Korridors stiegen wir schließlich eine eiserne Wendeltreppe hoch ins Observatorium.

Dort, wo man einen freien Blick über die Stadt hatte bis zum offenen Hügelland, zwischen allerlei unbrauchbar gewordenen Gerätschaften zum Messen und Berechnen, einem rostigen Fernrohr und einem Himmelsglobus mit wurmstichigem Holzfuß, geschah etwas mit mir. Ich kann es nicht erklären. Es war wie eine geheimnisvolle Offenbarung, als würde sich etwas Zerbrochenes plötzlich wieder zusammensetzen oder als löse sich etwas aus langer Erstarrung. Für einen Augenblick verlor ich mich in einer Wirklichkeit, die jenseits und unabhängig von mir selbst existierte, aber mich auch umfasste, bestätigte und die ziellose Hohlheit meiner Existenz zunichtemachte. Der Alte stand neben mir. Seine milchigen Pupillen zuckten und vibrierten. Ich folgte seiner ausgestreckten Hand und sah einen schwarzen Punkt am Horizont. Es war ein großer Vogel, dem bald eine Reihe von Gefährten folgte. Sie kamen auf mich zu, umkreisten gemessen die gläserne Halbkugel auf dem Dach. Ich beobachtete sie eine Zeitlang, folgte den Bewegungen ihrer Schwingen, spürte selbst – ja, so kam es mir vor! – die warme, strömende Luft, die meinen neuen, natürlichen, leichten und empfindlichen Körper umgab, erkundete die Schwerelosigkeit, die Freiheit des unermesslichen Raums, in dem sie zu Hause waren und ich mit ihnen.

Danach ... Es gelingt mir nicht, mich daran zu erinnern, was danach geschah, noch, wie lange ich dort oben stand, nur durch eine dünne gläserne Wand von den Vögeln getrennt. Der Alte war immer neben mir. Es kann sein, dass ich in Erregung geriet und er mich beruhigen musste. Vielleicht gab er mir irgendetwas zu kauen – mein Gaumen fühlte sich noch Tage später pelzig an. Dann muss er mich zurückgeführt haben. Ein Funkgerät tauchte auf, ich sprach mit der Station in Kiw-Aza, man versicherte mir, dass man mich erwarte. Mustafa fuhr mich zurück, und ich schlief lang und tief in meinem Zimmer im Hotel.

An einem der nächsten Abende gab es außer mir zwei weitere Gäste im Speisesaal des Hotels, Alf und Ben, grobe, rotgesichtige Expats, die früher einmal für die Botschaft gearbeitet hatten, wie sie berichteten, und sich, seit es die Botschaft nicht mehr gab, mit Gelegenheitsarbeiten durchschlugen. Unser Gespräch drehte sich zunächst um die Freundinnen, die sie in der Stadt hatten. Anzüglich grinsend erzählten sie ihre Geschichten, und von den Frauen kamen sie auf andere Themen, die sie auf ähnlich voraussagbare Weise behandelten.

»Aus diesem Land kann nichts werden«, sagte Alf.

»Du solltest sie sehen, wenn sie alle in diesen Kostümen herumlaufen und mit ihren Stöcken herumfuchteln«, sagte Ben.

»Sie leben nicht in unserer Welt«, sagte Alf.

»Aber sie wollen es nicht anders«, sagte Ben.

»Sie wollen nicht arbeiten«, sagte Alf.

»Sie wollen so dumm und unentwickelt bleiben, wie sie sind«, sagte Ben.

Ich hörte mich plötzlich etwas sagen. Meine Stimme klang anders als sonst, tiefer, rauer. Ich glaube, ich sagte: »Chief Ali kommt zurück.« Ihre schweren, buckligen Rücken regten sich nicht, aber ihre Köpfe drehten sich zu mir, und sie musterten mich verblüfft. Dann sagte ich noch mehr, mit dieser seltsamen Stimme. Ich sagte, man könne seinen menschlichen Körper töten, aber Chief Ali lebe weiter. Vor aller Augen habe er sich in die Luft erhoben, unversehrt sei er ihren Kugeln entkommen, und alle, die mit ihm kämpften, seien ihm gefolgt; denn ihr Reich sei nicht von dieser Welt, und die Kugeln, mit denen auf sie geschossen werde, seien nur Hirsekörner, die Granaten, die Panzer Blendwerk. Die Herolde des Vaters seien gekommen, und die Gefallenen seien aufgestanden und hätten sich in die Luft erhoben wie ihr Führer, denn er sei nicht anders als sie selbst, und jeder, der ihm folge, sei wie er; vor dem Kämpfen und Töten hätten sie keine Angst, denn sie seien unsterblich, und die auf dem Schlachtfeld hingestreckten Körper seien nicht sie.

Ich wusste nicht, was mich dazu bewog, diese bizarren Dinge zu äußern, ich wusste nicht, von welchem Schlachtfeld ich sprach, wer der »Vater« und die »Herolde« waren, ich hätte nicht erklären können, wie mir all das in den Sinn gekommen war, und doch empfand ich es als wahr und gewiss. Vielleicht hatte mir der Zorn, der sich gegen die beiden Männer richtete, diese wahnsinnigen Sätze eingegeben; aber nur ein paar Minuten später, als ich allmählich wieder ich selbst wurde, überfiel mich Scham und Verwirrung.

Breit grinsend starrten sie mich an. »Manche Leute vertragen das Bier nicht, das sie hier brauen«, sagte einer von ihnen.

Und wirklich spürte ich im selben Augenblick, dass mir das Sprechen schwerfiel, als wäre ich betrunken. Meine Zunge gehorchte mir nicht mehr, und ich suchte verzweifelt nach Worten, die ich ihnen entgegensetzen konnte. Als ich aufstehen wollte, gaben meine Beine nach, ich hielt mich am Tisch fest, und mein Kopf sank auf die Platte.

Am nächsten Tag – Alf und Ben mussten mich ins Bett gebracht haben – fragte ich Mustafa nach einer Möglichkeit, per Sammeltaxi oder Bus nach Kiw-Aza zu gelangen. Ich hatte die Hoffnung, er werde mir anbieten, mich in dem bequemen Auto des Hotels selbst hinzubringen. Aber er sagte, nur Busse einer bestimmten Linie hätten die Erlaubnis, die Grenze zu jenem Gebiet zu passieren. Er könne mir allerdings eine Fahrkarte besorgen, und er versprach, mich zum Bahnhof zu bringen.

Dieser Bahnhof musste einmal ein prächtiges Gebäude gewesen sein. Die Hauptfassade mit einer Uhr ohne Zeiger und einem riesigen geflügelten Kronos aus Stein hatte sich erhalten, aber es gab weder Dach noch Boden, und die Eisenbahngleise, die Aza-Town einst mit der fernen Hauptstadt verbunden hatten, waren inzwischen von stachligem Gebüsch überwuchert oder herausgerissen und eingeschmolzen worden. Vor den Schaltern im Innern herrschte ein chaotisches, lärmendes und fröhliches Durcheinander von Menschen, die irgendwie versuchten, in Erfahrung zu bringen, welche Busse wohin fuhren, und Fahrkarten zu ergattern. Die Durchgänge zu den Bussen und Sammeltaxis waren von Wartenden belagert, langen Schlangen von Leuten mit Gepäckstücken aller Art, die lachten und scherzten, während Kinder herumtobten, Händler ihre Waren ausriefen, Mädchen sich mit Tabletts voller Wasserflaschen auf dem Kopf leichtfüßig durch die Menge bewegten. Mustafa dirigierte mich zielstrebig zum hinteren Ende der Halle, wo ein von zwei bewaffneten Soldaten bewachter Durchgang ins Freie führte. Mein Begleiter sprach leise mit ihnen, drückte ihnen ein paar Geldscheine und mir mein Ticket in die Hand und war im nächsten Moment verschwunden.

Sobald ich den Durchgang passiert hatte, merkte ich, dass die Stimmung sich veränderte. Von der lärmenden Fröhlichkeit in der Halle war nichts mehr zu spüren. Alles wirkte leise, gedämpft, erwartungsvoll. Der Bus, hochbeladen, mit schmutzigen Fenstern und unleserlichen Nummernschildern, setzte sich schwankend in Bewegung, sobald ich eingestiegen war. Ich lief den Gang entlang. Keiner der Passagiere erwiderte meinen Blick, niemand machte Anstalten, Gepäckstücke aus dem Weg zu räumen, damit ich mich setzen konnte. In meiner Hilflosigkeit wandte ich mich an den Fahrer. Er verstand mich nicht – oder wollte mich nicht verstehen – und fauchte mich in seinem misstönenden Kauderwelsch an, als hätte ich mir irgendetwas Schlimmes zuschulden kommen lassen. Schließlich stand eine alte Frau auf und zeigte mir eine Art Notsitz zum Herunterklappen, auf den ich mich zwängen konnte. Sie lächelte nicht, während sie mir half, und beschränkte sich auf die notwendigsten Worte und Gesten. Kurz darauf stellte ich fest, dass ich meine Trekkingschuhe und ein Notizbuch mit Telefonnummern im Hotel liegen gelassen hatte. Ich ärgerte mich über diese Nachlässigkeit. Wie hatte das passieren können? Irgendwie hatte ich die Fähigkeit verloren, mich auf diese Dinge zu konzentrieren – als stünde etwas anderes, was ich nicht nennen konnte, verhüllt im Zentrum meiner Aufmerksamkeit. Mir wurde bewusst, wie allein und schutzlos ich war in diesem weiten und eintönigen Land, unter diesen teilnahmslosen Menschen, von denen keine Hilfe zu erwarten war. Tröstlich war allein der Gedanke, dass Vic mir helfen würde, sollten sich die Bedingungen der Station als indiskutabel erweisen. An Rückkehr dachte ich nicht.

Nach vier Stunden Fahrt, etwa der Hälfte des Weges, gelangten wir zu einem Checkpoint. Einige Passagiere stiegen aus, ihr Gepäck wurde abgeladen. Ein leichter Wind ging; riesige schmutzigweiße Wolkenformationen schwebten über den endlosen Wellen des Hügellands. Ich wollte aussteigen, um mir ein wenig die Beine zu vertreten; aber die wie wild bellenden Hunde, die von irgendwoher auftauchten, hielten mich davon ab. Der Fahrer war in einer Baracke verschwunden. Er kehrte mit zwei hochgewachsenen

Männern zurück, die hinter ihm einstiegen. Sie trugen dolchartige kleine Waffen, die sie um die Waden geschnallt hatten und die bei jedem Schritt klirrten. Der Schlagbaum schwang nach oben, der Bus setzte sich wieder in Bewegung. Während die beiden Männer langsam an den Sitzen vorbei nach hinten gingen, sah ich die Passagiere erstarren, als hätte ein eiskalter Hauch sie berührt. Die beiden Männer waren jung und kräftig und in eigenartige Lumpenumhänge eingehüllt, die auch ihre langen Arme bedeckten und ihnen das Aussehen großer schreitender Vögel verlieh. Der erhobene Kopf, das glatte, glänzende Haar und der funkelnde Blick ihrer unheimlichen Augen verstärkte diesen Eindruck. Mehrere Passagiere standen eilig auf, um ihnen Platz zu machen. Die weitere Fahrt verlief in lastendem Schweigen, und erst als die Vogelmänner – irgendwo im Hügelland, auf freier Strecke – ausgestiegen waren, konnten sich die Reisenden wieder regen.

Die Station Kiw-Aza bestand aus einer Handvoll niedriger verwitterter Holzbaracken, die einen großen Hof umschlossen. Man betrat sie durch ein gut gesichertes eisernes Tor, wo auch Lebensmittel, Medikamente und anderes – Pakete und Kisten, über deren Inhalt ich nichts erfuhr – angeliefert wurden. Es gab einen Trakt, Waiting Room genannt, in dem sich Frauen und Kinder aufhielten. Ein weiteres Gebäude war der Staff Room. Dort wohnten die *Nurses*. Diese seltsamen Frauen, die man nicht mit Namen, sondern mit den auf ihren Schürzen aufgenähten Nummern anzusprechen hatte, schienen ein seltsames Spiel mit der kolonialen

Vergangenheit zu treiben. Einst mochten Krankenschwestern mit gestärkten Hauben und langen Röcken in dieser Gegend gewirkt haben; die Frauen, die heute in diesem bizarren Aufzug steckten, waren jedoch alles andere als medizinisch versiert. Ich hatte oft Gelegenheit, ihre völlige Hilflosigkeit im Umgang mit Arzneimitteln oder Spritzen zu beobachten. Die Behandlung der Frauen, die nach langen Fußmärschen mit ihren kranken Kindern die Station erreichten und sich vor dem winzigen, Consulting Room genannten Zimmerchen drängten, bestand oft lediglich darin, dass wahllos Fieberzäpfchen, Wurmmittel und Milchpulver verteilt wurde; Wunden wurden nicht oder völlig dilettantisch versorgt, riesige Packungen von Verbandsmaterial, sterilen Handschuhen und Impfkanülen an fliegende Händler weiterverkauft. Die Geschäftstüchtigkeit und Mitleidlosigkeit der Nurses, ihre mürrische, schmallippige, unduldsame Strenge ließen mich an Aufseherinnen denken. Aber wer hatte sie eingesetzt, und worin bestand ihre Aufgabe?

Hinter dem Staff Room befanden sich auch Küche, Vorratskammer und ein kleiner Gemüsegarten. Das größte Gebäude, das Hospital, hatte nur ein paar winzige vergitterte Fensterchen, hinter denen nichts zu erkennen war; ich begriff erst nach und nach, wozu es diente. Die Nurses verboten mir, es zu betreten. Sie wiesen mir eine Wohnung am entgegengesetzten Ende des Hofes an, zwei kleine Zimmer mit Blick auf das Hügelland. Weit und breit gab es keine befestigten Straßen und keine weiteren Spuren menschlicher Besiedlung. Der Bus verkehrte zu unregelmäßigen Zeiten auf einer staubigen Piste. Sonst gab es nur wenige

Fahrzeuge, stotternde Pick-ups zumeist, auf deren Ladeflächen Ziegen und Säcke mit Mam-Wurzeln transportiert wurden. In unregelmäßigen Abständen wurde gekocht, und jeder, der gerade auf der Station war, bekam etwas zu essen. Es gab aber auch Tage, an denen nicht gekocht wurde und man sich mit dem behelfen musste, was man zuvor in der Küche ergattert und aufgehoben hatte.

Anfangs wurde ich streng überwacht. Die Nurses machten mir klar, dass ich nicht einmal daran denken sollte, die Station ohne ihr Einverständnis zu verlassen, kein Bus und kein Privatwagen würde mich mitnehmen. Von dem Arbeitsplatz, den sie mir zuwiesen, durfte ich mich ohne ihre Erlaubnis nicht entfernen. Im Lauf der Zeit wurden die Regeln immer laxer gehandhabt, aber in den ersten Wochen war bei allem, was ich tat, eine dieser großen Frauen in ihren Phantasiekostümen in der Nähe. Was tat ich überhaupt? Jedenfalls nicht das, was ich erwartet hatte – nichts, was für irgendjemanden von Bedeutung sein konnte.

Ich saß in meinem Office vor einem Bildschirm und berechnete den Bedarf an Decken und Medikamenten. Ich zählte Stoffballen, Spritzenpakete, Desinfektionsmittelflaschen, prüfte Namensverzeichnisse, Dokumentationen und (rein hypothetische) Checklisten. Ich sammelte Quittungen und legte Ordner an. Ich erstellte Tabellen (die niemand kontrollierte) und schrieb Anweisungen zu Sauberkeit und Hygiene (die niemand las). Ich korrespondierte mit Stiftungen, Krankenhäusern, karitativen Einrichtungen; ich war zuständig für die Aufrechterhaltung der Verbindung der Station mit der übrigen Welt. Dabei wusste ich natürlich – im Lauf der Zeit wurde es mir immer klarer –, dass all diese Dinge mit der Wirklichkeit nichts zu tun hatten. Es war eine säuberlich geordnete, aus Zahlen, Kürzeln, Floskeln bestehende rein virtuelle Welt. Ich tat Dinge, die ich überall auf der Welt in ähnlicher Weise hätte tun können, aber das, was in meiner unmittelbaren Umgebung vor sich ging, war meinem Begreifen entzogen. Wenn ich Fragen stellte, die über meinen Aufgabenbereich hinausgingen, erhielt ich unbefriedigende und unehrliche Antworten. Man wich mir aus, überhäufte mich mit banalen Pflichten, tadelte mich wegen Kleinigkeiten und ließ keinerlei Einblicke in das Regelwerk zu, das sich hinter all den nichtigen vordergründigen Abläufen verbarg. Ich kam zu dem Schluss, dass man mich nur deshalb in Dienst genommen hatte, um jene Stellen zu täuschen, von denen man sich Arzneimittel und Geld erhoffte.

Mit der Station verband mich nichts. Wer waren die Frauen, die Kinder, die ich im Hof sah, woher kamen sie? Ich wusste es nicht, und wenn ich jemanden fragte, wurde ich nur verständnislos angestarrt. Die Gesichter kamen mir austauschbar vor. Die jungen Frauen saßen erschöpft im Schatten, und die Kinder waren oft so apathisch, dass ich den Verdacht hegte, sie würden von den Nurses mit Schlafmitteln betäubt.

Hin und wieder kamen Besuchergruppen auf die Station, meist Dorfvorsteher oder lokale Würdenträger, die sich vor mir verbeugten und mir mit ihren ledrigen Lippen die Hand küssten. Anfangs hegte ich ihnen gegenüber einen unüberwindlichen Widerwillen, der dazu führte, dass ich mich kaum in der Lage sah, ihre Gegenwart länger als ein paar Minuten zu ertragen. Doch nach und nach verwandelte sich meine Abneigung in Neugier und sogar in eine Art ehrerbietiger Erwartung; ich hatte immer mehr das Bedürfnis, in ihrer Nähe zu sein und mich, sozusagen, in ihrem Glanz zu sonnen. Denn von der Geringschätzung, die die Nurses im Umgang mit mir normalerweise an den Tag legten, war bei solchen Gelegenheiten nichts mehr zu spüren. Fast war ich kein Außenseiter mehr, fast gehörte ich zu ihnen; und wenn ich sah, dass die Mütter im Hof ihre Kinder packten und vor den alten Männern mit ihren Federhüten, ihren Stöcken, ihren runzligen Krallenhänden davonliefen, erfüllte mich das mit einem eigenartigen Gefühl der Genugtuung.

Mehrmals versuchte ich, Vic meine Beobachtungen mitzuteilen. Ich schrieb ihm, und er schrieb zurück, freundlich, munter, ohne auf die Sache selbst einzugehen. Ab und zu forderte er mich auf: »Erzählen Sie mir mehr!« Doch wenn ich es tat, bekam ich höchstens zur Antwort: »Wie immer habe ich Ihre Nachricht mit großem Interesse gelesen.« Einmal versprach er, meine E-Mails an »vorgesetzte Stellen« weiterzuleiten; ein andermal lobte er mich für meine »aufrüttelnden« Schilderungen. Doch aus alldem folgte – nichts.

Nachts hörte ich manchmal das Quietschen der Torflügel; es gab erstickte Schreie, geflüsterte Wortwechsel und hastiges Getrappel von Schritten. Ich öffnete die Tür meiner Wohnung einen Spalt und spähte hinaus. In der finsteren Nacht irrlichterten Taschenlampen und Feuerzeuge umher, und ich sah, dass kranke oder verwundete Männer über den Hof geschleppt und von den herbeieilenden Nurses in Obhut genommen wurden. Diese Männer wurden offenbar im Hospital versorgt. Auf welche Weise? Das bekam ich nicht heraus. Abends und in den frühen Morgenstunden drang ein rhythmischer Singsang heraus, der mich an die Bittgebete und Litaneien in unseren Kirchen erinnerte. Nur einmal gelang es mir in einem Moment, in dem die Nurses abgelenkt waren, einen kurzen Blick in das Gebäude zu werfen. In der Nähe des Eingangs lag ein junger Mann auf einer Pritsche. Sein scheues Gesicht mit dem helmartig glatten Haar faszinierte mich durch seine kriegerische Wildheit; seine großen Augen wirkten starr, doch waren sie von einem eigenartigen leuchtenden Glanz animiert. Ein Schauer lief mir über den Rücken, als ich mich von diesen Augen fixiert fühlte.

Alles, was in diesem Gebäude geschah, die Dinge, die die Nurses hineintrugen – große Mengen an Nahrungsmitteln, vor allem Fleisch, das ich fast nie bekam –, und jedes kleinste Geräusch, das von dort zu hören war, weckte meine Wissbegier. Ich ahnte, dass die Auflösung des Rätsels meiner Anwesenheit auf der Station von dort kommen musste. Die Mütter und Kinder, die sich im Frauentrakt aufhielten, empfand ich hingegen immer mehr als störend. Ihr Gelächter, ihr Gezänk, ihre Leidensmienen, die Schmerzensäußerungen ihrer Kinder waren tägliche Herausforderungen. Ich bemühte mich um Zurückhaltung, doch sehr oft entfuhren mir schneidende Worte. Die Kleinen wies ich grob zurecht, sobald sie mir in die Quere kamen, wenn ich mich auch ängstlich vor jeder Berührung hütete. In diesem Zusammenhang muss ich einige Vorfälle erwähnen, die zum Sonderbarsten gehören, was ich dort erlebte: Auf dem Hof der Station lebte ein Rudel Hunde, magere, struppige, schweigsame Tiere, die sich von unseren Abfällen nährten und ihr eigenes Leben führten. Ich hatte kein besonders enges Verhältnis zu ihnen, und auch sie hatten mich bisher stets ignoriert. Gegen Ende des Sommers – ich war inzwischen schon etwa vier Monate in Kiw-Aza – sah ich, als ich über den Hof ging, ein paar Jungen mit einem aus Lumpen genähten Ball spielen. Sie spielten ungelenk und mit auffallend langsamen, täppischen, mutlosen Bewegungen, und vielleicht war es gerade das, was mir am meisten auf die Nerven ging. Als ich nur noch ein paar Schritte von ihnen entfernt war, merkte ich, dass einer der Hunde, die im Schatten lagen, den Kopf gehoben und meinen Blick aufgefangen hatte. Kurz darauf stürzte er sich mit lautem Gekläff auf den Ball und zerriss ihn. Bei einer ähnlichen Gelegenheit geschah etwas noch Schlimmeres. Ich sah die spielenden Kinder – Ärger und Wut stiegen in mir auf –, ich nahm wahr, dass die Hunde aufmerksam wurden und fragend zu mir herblickten – gleich darauf waren mehrere Hunde auf den Beinen, und alle Menschen, die sich im Hof aufhielten, konnten sich gerade noch vor ihnen in Sicherheit bringen. Mehrmals wurden Kinder gebissen, was die Mütter in Angst und Schrecken versetzte, die Nurses aber keineswegs dazu bewog, die Hunde vom Gelände zu verbannen.

Die Zeit verging schnell. Meine anspruchslose Tätigkeit ermüdete mich immer mehr. Ich führte ein Doppelleben: Eines spielte sich hauptsächlich auf der Ebene der oberflächlichen Verstandesoperationen ab, die meine Arbeit betrafen, doch auch Gedanken und Erinnerungen an meine Eltern und Geschwister und mein früheres Dasein umfasste; während das andere aus völlig neuartigen Reizen und Empfindungen bestand, die ich entdeckte wie ein langsam auf den Meeresgrund hinabsinkender Taucher. Es war, als würde ich ganz allmählich etwas begreifen, wofür es keine Worte gab – oder nur Worte, die falsch klangen, wenn ich sie mir sagte –, und als würde durch diesen Prozess etwas zum Vorschein kommen, was mehr in sich begriff als mein gewohntes Selbst. Etwas Großes war in der Welt, etwas Herrliches und Leuchtendes, und ich lag wie ein zusammengerolltes Tier in seinem Schatten. Aber es ging mir nicht gut. Ich schlief zu wenig und befand mich oft tagelang in rat- und rastloser Benommenheit. Die Dinge verschwammen vor meinen Augen. Ich hatte keinen Appetit. Abends saß ich allein in meiner Wohnung. Meist war ich nicht in der Lage, mich auf ein Buch zu konzentrieren, Radio zu hören oder einen Brief zu schreiben. Wie versteinert saß ich am Fenster und beobachtete, wie die Dunkelheit sich ausbreitete, von unten aufsteigend wie schwarzer Nebel, während der Lärm der Zikaden sich zu einem alles durchdringenden Getöse steigerte. Ich sah den bleifarbenen Himmel, das Hügelland, rotbraune Wellen bis zum Horizont, und das Bewusstsein, einem undurchschaubaren Geschehen ausgeliefert zu sein, das weit über alles hinausging, was ich je gedacht und erfahren hatte, überwältigte mich. In solchen Momenten stieg das Bild jener Vögel wieder in mir auf, die ich im Observatorium der Missionsschule gesehen hatte, eine tiefe Empfindung, aus Angst und Sehnsucht gemischt, ergriff mich, vielleicht eine Vorahnung dessen, was bald geschehen sollte, und ich begann hilflos zu weinen wie ein kleines Kind.

Nicht weit von meinem Fenster, außerhalb der Station, war ein kleiner Friedhof. Die Nurses hatten mir eingeschärft, die Station nie ohne Begleitung zu verlassen, deshalb dauerte es Wochen, bis ich das mit einer Hecke umschlossene Totenfeld einmal in Augenschein nehmen konnte und die Namensschilder auf den Gräbern las. Sämtliche Gräber trugen englische Namen, Crowe, Danner, Pickford, offenbar Missionare mit ihren Ehefrauen, die alle ungefähr zum gleichen Zeitpunkt gestorben waren, im Oktober 1916. Ich fand kein einziges Grab mit einem neueren Datum, aber an einer unauffälligen Stelle entdeckte ich kurz über dem Boden drei in die Mauer geritzte unregelmäßige Kreuze und darunter, kaum noch sichtbar auf dem verwitterten Stein, die Jahreszahl 1962. Als ich die Nurses danach fragte, zuckten sie die Achseln, und als ich einige Tage später wieder nach der Stelle suchte, musste ich feststellen, dass man sie mit roter Farbe übermalt hatte.

Wer hier begraben lag, wurde mir klar, als ich eines Tages damit beauftragt wurde, die kleine Zahl medizinischer Werke zu ordnen, die im Behandlungsraum standen, obwohl sie längst von niemandem mehr konsultiert wurden. In einem von Insekten angefressenen alten *Handbuch Pädiatrie* stieß ich auf mehrere mit einer winzigen Handschrift überzogene Seiten, die anstelle der entsprechenden herausgeschnittenen Druckseiten sorgfältig eingeklebt worden waren. Von außen wirkte das Buch unversehrt. Ich las:

Heute wieder verdächtig bitterer Geschmack des Kürbisgerichts, das uns Nr. 5 morgens servierte. Wir verlangten etwas anderes. Nr. 5 weigerte sich natürlich, schrie, beschimpfte uns, sie habe es satt, sich unseren Launen zu unterwerfen etc., bis Nr. 12 dazwischentrat und ihr irgendetwas zuflüsterte. Zur Strafe werden wir wieder nur Mam-Brei bekommen. Lottchen hat ständig Fieber, seitdem sie neulich von einem der Vogelmänner so erschreckt wurde, und Marianne ist außer sich vor Sorge, macht mir Vorwürfe, dass ich es nicht schaffe, unsere Abreise zu organisieren. Kein Funkverkehr möglich. Kein Fuhrwerk, kein Bus. Auch das Postauto seit Wochen nicht gesehen. Ohne mein Doxepam – das immerhin teilen sie mir großzügig zu! – wäre ich verloren. (Ich brauche inzwischen schon über 60 mg pro Tag.) Wir müssen weg. Aber wie?

Es folgten Erwägungen über ein mögliches Transportmittel zur »Flucht«, und schließlich der hoffnungslose Satz: »Es geht nicht.« Offenbar hatte ich einen Vorgänger gehabt, der unter Angstattacken und Verfolgungswahn gelitten hatte. Ich durchforstete die anderen Handbücher und fand weitere eingeklebte Seiten mit seiner winzigen Handschrift. Fast alle waren durch Insektenfraß und eingedrungene Feuchtigkeit unleserlich geworden. Aber es gab noch ein paar intakte Seiten, die womöglich zu einem früheren Zeitpunkt als die bereits zitierte verfasst worden waren. Auf einer von ihnen las ich:

In der alten Truhe im Staff Room habe ich heute unter den zerschlissenen Messgewändern, den angelaufenen

Hostiendosen und Pokalen ein Bündel Briefe von Lazarus Pickford gefunden, einem Bruder von Balthazar Pickford, der hier begraben ist. Der erste vom 3. April 1916. Er schreibt aus Aza-Town. Offenbar hatte er sich dorthin tragen lassen, allein und ohne Gepäck. Er beschwört seinen Bruder, Kiw-Aza ebenfalls zu verlassen, möglichst sofort, die Kinder in Sicherheit zu bringen. Überall in Aza-Town werde von Chief Aly gesprochen, die jungen Männer liefen ihm scharenweise zu. Chief Aly werde als Feldherr und Stellvertreter des Königs der Vögel (des Oberhaupts der Ahnen) angesehen, ein Erneuerer des alten Glaubens. Er soll fliegen können, unbesiegbar sein. Wer mit ihm gegen die Ausländer kämpft, soll nie mehr hungern und werden wie er. (Der Traum von Freiheit und Macht, ewige himmlische Seligkeit. Ist das eigentlich so anders als das, was der gute Lazarus selbst ihnen predigte? »Mein Reich ist nicht von dieser Welt... und es besteht nicht im Wort, sondern in Kraft!«) Etwas später schreibt er von schrecklichen Nachrichten aus Bem-Aza. Die Station sei überrannt worden. Chief Aly schickte seine Leute rücksichtslos ins Feuer der englischen Schutztruppe, reihenweise wurden sie von den Maschinengewehren niedergemäht, riesige Geier kreisten über dem Schlachtfeld und –

Gefräßige Käferlarven hatten sich den Rest der Seite einverleibt. Aber das Ganze war beunruhigend, und ich nahm mir vor, bei nächster Gelegenheit im Staff Room nach der erwähnten Truhe zu suchen.

Diese Gelegenheit ergab sich bald darauf bei einem Besuch der Dorfoberhäupter, die mit Fleisch und Bier bewirtet wurden. Während krächzende Musik aus einem Recorder drang und die Nurses in der Küche beschäftigt waren, schlüpfte ich in einen dunklen Raum voller Eimer und Gartengerätschaften, der in einen weiteren Raum führte, in dem Matratzen auf dem Boden ausgerollt waren. Neben einigen verrosteten Blechspinden sah ich in einer Ecke wirklich eine uralte hölzerne Truhe mit allerdings kaum noch erkennbaren geschnitzten Verzierungen. Wahrscheinlich wegen ihres enormen Gewichts hatte man sie seit dem Verschwinden der englischen Missionare vor hundert Jahren nicht verrückt. Sie war unverschlossen. Unter Kleidern und Stoffen fand ich auf ihrem Boden Legosteine und eine Puppe mit blauen Augen und verschimmeltem Haar, die ein verzagtes Quäken ausstieß, als ich sie umdrehte. Hatte diese Puppe Lottchen gehört? Eine weitere Stelle aus dem versteckten Tagebuch ihres Vaters lautete:

Wem auch immer ich Fragen zu Chief Aly stelle, schweigt hartnäckig. Aber aus dem letzten Brief von Lazarus Pickford geht hervor, dass dieser gefürchtete Zauberer (sein einheimischer Name lautet Civtaly o. Ä.) zu Beginn des Jahrhunderts im Dienst der Engländer stand und wahrscheinlich als Soldat in Europa kämpfte. Ist es verwunderlich, dass er die Europäer hasste? Lernte er die unmäßige, vor nichts haltmachende Gewalt, die ihm zu Gebote stand und die er in anderen erwecken konnte, von uns?

Auf der letzten intakt gebliebenen Seite las ich Folgendes:

Wozu sind wir hier? Welche Rolle spielen wir in diesem barbarischen Stück, das von den Vogelmännern ersonnen wurde? Wenn ich mir vorstelle, mit welchen Erwartungen wir kamen, wie naiv wir waren! Aufklärung, Bildung, Emanzipation! Hilfe durch moderne Medizin, durch Kultur und Demokratie, durch uns! Jetzt sind wir die Hilfsbedürftigen. Wenigstens ist Lottchen endlich still, denn Marianne füttert sie mit meinem Doxepam, aber es gibt Momente, in denen auch die Tabletten nichts mehr nützen. Ich sitze mit der alten Schrotflinte am Tor und warte. Lionel betet den ganzen Tag wie ein altes Weib vor dem Muttergottesbild. Seit Christian abtrünnig wurde, gibt es niemanden mehr, der uns beschützen will. Von der gesamten Familie Petri weiterhin keine Spur. Er selbst muss es gewesen sein, dem Ilse und die Kinder folgten, denn wir haben nicht das kleinste Geräusch gehört. Der liebe, schlichte, irre gewordene Christian. Ich sehe ihn noch, wie er mit seinen großen Händen die rote Erde zerreibt, ich höre ihn noch vom künftigen Reichtum des Aza-Landes schwärmen, wenn sie hier erst gelernt hätten, zu düngen und das neue Saatgut richtig auszubringen … Er hörte Stimmen. Stimmen von oben, sagte er, alte Stimmen. Seine eigene Stimme klang anders, wenn er davon sprach, blechern, tonlos, ein seelenloses Krächzen. Und sein gutes, rundes Bauerngesicht wurde immer hagerer, gequälter. Eine Maske. Aber ich habe ebenfalls meinen Teil daran. Bei all diesen unerfreulichen Auseinandersetzungen bin auch ich nicht gerade friedfertig gewesen. Wir sind doch hergekommen, weil wir das andere hinter uns lassen wollten. Die Lügen der Gewinner. Die unerträgliche Heuchelei der Alten. Das muffige und enge Europa. Und jetzt? Die Welt ist so klein geworden! Und was tue ich?

Ich konnte nicht aufhören, über den Verfasser dieser Sätze nachzudenken, von dem sich nirgends ein Name fand. War er es, der die Jahreszahl und die drei Kreuze mit zitternder Hand in die Mauer geritzt hatte? Was war mit ihm geschehen? Eine unbestimmte Furcht stieg in mir auf, sobald ich die Bücher mit den eingeklebten Seiten wieder zur Hand nahm. Es gelang mir kaum noch, genug Konzentration für meinen Dienst aufzubringen. Nachts lag ich oft stundenlang wach und hörte das Gebell der Hunde, das sich manchmal zu einem wilden, jaulenden Aufruhr steigerte. Ich wagte nicht, aufzustehen und nach dem Grund ihres Lärms zu sehen.

Laut Vertrag hatte ich Anspruch auf zwei Wochen Urlaub. Es lag nah, diesen Urlaub bald zu nehmen, noch vor der Periode der großen Regenfälle, in der die Staubpisten völlig unpassierbar werden würden. Ich wollte lange schlafen; ich sehnte mich nach einem sauberen und anonymen Hotelzimmer mit allem Komfort; ich wollte mit Dora sprechen, wollte erfahren, was es in Europa Neues gab. Die Nurses fragten mich – es war klar, dass ich nun kein Gefangener mehr war, ich sah Eifer, ja, Unterwürfigkeit in ihren Mienen –, für wann sie mir ein Auto bestellen sollten, das mich in die Hauptstadt brächte. Ich war erleichtert und voller Vorfreude. Sie verwöhnten mich mit Leckerbissen aus dem Garten, es gab Tomaten und Gurken zum gewöhnlichen Mam-Brei, und manchmal die kleinen, gelben, ungemein süßen Früchte eines stachligen Gewächses, das im Schatten der Mauer wuchs. Auch das quälende Greinen der Kinder war kaum noch zu hören – vielleicht fand ich es auch einfach nicht mehr so entnervend wie sonst. Ein paar optimistische Tage lang redete ich mir ein, alles sei in bester Ordnung, ich müsse nur aufhören, belanglosen Ereignissen und dunklen Phantasien zu viel Bedeutung beizumessen, die Station widme sich dem Wohl des Aza-Landes, und auch meine Arbeit diene schließlich diesem hehren Ziel. Ich dachte an meine Kneipenbekanntschaften in Deutschland, die vielleicht gerade jetzt über mich sprachen und mich bewunderten, weil ich in diese wilde Gegend gereist war, um etwas Gutes und Großes zu tun.

An dem Tag, der mein erster Urlaubstag sein sollte, klopfte eine Nurse an meine Tür und sagte, der Pickup sei da. Ich hatte schon gepackt. Vor dem Tor wartete ein staubiger Wagen. Ich weiß nicht, was mich zurückhielt. Manchmal will es mir scheinen, als hätte ich die grinsenden Gesichter von Alf und Ben auf den Vordersitzen gesehen. Aber ich weiß es nicht genau. Fest steht, dass ich nicht einstieg. Ich ging zurück in meine Wohnung, und das Auto fuhr ohne mich ab.

Miranda war ein dünnes Mädchen mit dünnem, aschblondem Haar und Sonnenbrand auf der Nase. Sie trug einen Rucksack und ein verwaschenes blaues T-Shirt mit der Aufschrift »Colorado Springs«. Irgendwie hatte sie es geschafft, den Fluss zu überqueren; dann hatte sie einen Mam-Händler dazu überredet, sie auf seinem Eselskarren mitzunehmen, und als er seine Säcke ablud, war sie einfach durch das Tor der Station spaziert.

Die Nurses schienen nichts mit ihr anfangen zu können. Sie sagten, ich solle ihr irgendeine Beschäftigung geben, und quartierten sie in einem meiner Zimmer ein. Sie glaubten offenbar, dass sie ein paar Tage bleiben und dann weiterreisen würde.

Warum es Miranda ausgerechnet nach Kiw-Aza gezogen hatte, begriff ich nicht; noch weniger gelang es mir herauszufinden, warum die Nurses sie bei uns wohnen ließen. Aber ich war in dieser Zeit wohl zu sehr mit mir selbst beschäftigt, um der Sache auf den Grund zu gehen. Ich ließ Miranda aufräumen und putzen, Dinge sortieren und Papiere ordnen, und sie tat alles, ohne zu murren, genau so, wie ich es wollte. Zweifellos spürte sie meine Feindseligkeit, doch ihr Blick blieb freundlich und offen, und abends verzog sie sich klaglos in ihr Zimmer. Einmal fand ich eine englischsprachige Zeitung, die sie wohl aus der Hauptstadt mitgebracht hatte. Zögernd schlug ich sie auf. All diese Meldungen, diese Bilder von Politikern, von Städten und Arenen einer weit entfernten Welt schienen mir von geradezu absurder Belanglosigkeit zu sein. Nur eine kleine Notiz erregte meine Aufmerksamkeit. Es war darin die Rede von Rebellenhorden, die sich »Recelesti« nannten und einige abgelegene Dörfer im Land der Aza überfallen hatten. Sie kämpften gegen ihre eigenen Landsleute und hingen einem obskuren Glauben an, in dem ein Vogelgott eine Rolle spielte, dessen Name in übersetzter Form »Menschenfresser« lautete, wahrscheinlich seien auch Drogen im Spiel, die bewirkten, dass sie Hunger und Schmerzen gleichmütig ertrugen und sich für unbezwinglich hielten. Da man ein Wiederaufflammen des Bürgerkriegs fürchte, setze man Truppen mit hochmoderner Ausrüstung gegen sie ein, doch es sei den Recelesti immer wieder gelungen, unbehelligt ihre Verstecke zu erreichen.

Etwas später klopfte Miranda an meine Tür und fragte, ob wir zusammen Tee trinken könnten. Sie hatte eine Dose mit Darjeeling dabei. Nach all diesen Monaten, in denen ich nichts anderes als abgekochtes Wasser und eine nach Sand und Zucker schmeckende gelbliche Flüssigkeit, »Cocoa« genannt, getrunken hatte, gab das den Ausschlag. Ich ließ mich breitschlagen. Und obwohl ich ganz und gar nicht neugierig war auf das, was sie mir zu erzählen hatte, und eine Art nervöser Zerstreutheit nicht überwinden konnte, begriff ich so viel: Sie war die Tochter eines Unbekannten, eines reichen Mannes, wie sie vermutete, der sie ein, zwei Jahre nach ihrer Geburt weggegeben hatte zu Pflegeeltern in Amerika. Seinen Namen hatte sie nie erfahren, doch seitdem sie wusste, dass es ihn gab, hatte sie den Drang verspürt, ihn zu suchen und herauszufinden, weshalb er sich von ihr abgewandt hatte. Monatelang war sie ziellos herumgereist, hatte da und dort Station gemacht, bis ein Erlebnis in einem Londoner Museum sie dazu bewogen hatte hierherzukommen. Sie war davon überzeugt, dass ihr Vater früher ebenfalls hier gewesen war, im Land der Aza. Sie hatte sich an Masken erinnert, die sie als kleines Kind bei ihm gesehen zu haben meinte. Wie war er zu diesen Masken gekommen? Sie folgte seiner Spur. Sie war sich ihrer Sache sicher. Der Gott der Aza habe ihren Vater in Bann geschlagen. Später einmal wollte sie Ethnologie studieren. Bis heute hatte sich noch kein Forscher eingehender mit den Aza beschäftigt. Sie würde die erste sein. Ihr sprudelnder Eifer, ihr Ehrgeiz, ihre groteske Naivität und ihre Tapferkeit rührten mich. Dennoch hielt ich ihre Gegenwart nicht lange aus.

Am nächsten oder übernächsten Tag kam sie wieder. Sie war wie besessen von ihrer Geschichte. In einem Londoner Museum hatte sie die alten Aza-Masken gesehen, erzählte sie, große, hölzerne Vogelmasken mit schön gearbeiteten weißen Federhauben, vor hundert Jahren von Missionaren zusammengetragen. Sie habe sich von diesen Masken angezogen gefühlt. Sie sei völlig in ihrem Bann gestanden und habe sich daran erinnert, dass sie Ähnliches als kleines Kind schon einmal sah. Große Vögel in einem Raum mit hoher Decke, Vögel, die auf sie herabgestürzt waren, um sie mit ihren Schnäbeln und Klauen zu zerfetzen, um sie zu fressen. Aber ihr Vater sei auch in diesem Raum gewesen, sie hatte seine gute, beruhigende Stimme plötzlich wieder im Ohr gehabt, habe ein undeutliches männliches Gesicht mit schönen graublauen Augen gesehen. Er habe sie gerettet.

»Erinnerungen trügen«, sagte ich achselzuckend. Ich wollte nichts mehr davon hören. Ich sagte, ich sei müde, und schickte sie weg.

Doch sie kam immer wieder. Sie sah mich unbeirrbar freundlich und arglos an, und allmählich merkte ich, dass ich mich auf ihr leises Klopfen freute, auf das Teetrinken mit ihr, das Reden und Erzählen. Aber mir war bewusst, dass die Nurses uns überwachten, und achtete darauf, reserviert zu bleiben und Berührungen zu vermeiden. Immer wieder kam Miranda auf den Vormittag im Museum zurück, in dem sie die Masken entdeckt hatte. Sie war mit Freundinnen zusammen gewesen, hatte mit ihnen herumgealbert. Niemand hatte auf die verstaubten Federn, die spitzen hölzernen Schnäbel in den Vitrinen geachtet, niemand hatte die Wirklichkeit dieser bösen Vögel mit den großen starren Augen entdeckt; niemand hatte sich ihrem Schrecken ausgesetzt. Miranda hatte die anderen stehen lassen und war stundenlang allein in dem langen schattigen Korridor gewesen, inmitten der Exponate einer Kultur, die man, indem man sie hinter Glas verbannt und mit erklärenden Schrifttäfelchen versehen hatte, in ihrer furchterregenden Wesensart verfälscht, verharmlost hatte. Sie hatte etwas gesehen, was sie im Innersten traf und sie nicht mehr losließ.

»Ich hatte Angst vor diesen Masken«, sagte sie, »und die Angst löste die Erinnerung aus. Oder umgekehrt. Warum sollte ich in einem viel besuchten, gut gesicherten Museum Angst haben vor ein paar alten Masken? Nein, ich sah sie bestimmt nicht zum ersten Mal.«

Ihre Worte sickerten wie Gift in mich ein. Ihre Geschichte wurde mir vertraut. Es war mir manchmal, als könnte ich ihre Situation begreifen. Ich lernte sie kennen in ihrer Einsamkeit, wenn man sie wieder einmal mit halben und falschen Antworten abgespeist hatte; ich folgte ihr auf der Suche nach ihrem Vater; ich verstand ihre Hoffnung, einen Vater zu finden, der sich als stark und gut erweist. Mochte die Verbindung, die sie zwischen den Masken und diesem Vater zog, nur in ihrer Einbildung existieren – es war etwas, was sie tröstete und ermutigte und ihr das Gefühl gab, sich dem Ziel ihrer Suche zu nähern. Es wurde mir bewusst, dass ich auch außerhalb unserer Tee-Nachmittage ihre Nähe suchte, und ich spürte, dass sie ebenso gern mit mir zusammen war.

An einem sehr heißen Tag half sie den Nurses im Gemüsegarten. Ich wartete auf sie, doch entweder sie hatte die Zeit vergessen, oder die Nurses ließen sie nicht weg. Unruhig verließ ich mein Zimmer und setzte mich im Hof in den Schatten. Wie immer bemerkten mich die Hunde sofort – ich sah einige schmutzige, narbenübersäte Streuner unter ihnen, die sich ebenfalls aufgerichtet hatten und gespannt zu mir hersahen. Als Miranda, eine Gießkanne in der Hand, am Gatter auftauchte, hörte ich einen alarmierenden Laut – ein schauriges, tiefes, böses Knurren –, und wie auf Kommando erhoben sich alle Hunde und stürzten sich auf das Mädchen.

Sie hätten sie zweifellos zerrissen, wäre sie nicht geistesgegenwärtig genug gewesen, dem ersten von ihnen mit der eisernen Gießkanne die Schnauze zu zerschmettern; das führte zu einer vorübergehenden Verwirrung der Angreifer. Als ich – im nächsten Moment – bei ihr war, zogen sie sich winselnd ans entgegengesetzte Ende des Hofes zurück. Miranda hatte eine stark blutende, doch nicht sehr tiefe Bisswunde an der linken Wade, doch sonst war sie mit dem Schrecken davongekommen.

Die fremden Hunde wurden für den entsetzlichen Überfall verantwortlich gemacht und vom Stationsgelände verbannt. Miranda, schockiert und verängstigt, war mehrere Stunden danach nicht mehr fähig zu sprechen. Ich reinigte und verband ihre Wunde, die ihr übermäßige Schmerzen zu bereiten schien. Bald traten auch Taubheitsgefühle auf, und der Verdacht auf Tollwut drängte sich auf. Die Nurses zeigten sich völlig gleichgültig. Sie weigerten sich, mir Einblick in ihre Impfvorräte zu geben, weshalb ich mich gezwungen sah, den Schlüssel zur Vorratskammer zu stehlen – wo, wie ich wusste, die Medikamente lagerten –, um dort nach der geeigneten Arznei zu suchen. Ich weiß nicht, wie es kam, dass ich mir plötzlich völlig sicher war, wie ich vorzugehen hatte. Das erste und einzige Mal in meinem Leben handelte ich als Arzt. Jegliche Unentschiedenheit war wie weggeblasen; die medizinischen und pharmakologischen Zusammenhänge, von denen ich vor Jahren in irgendeiner Vorlesung gehört hatte und die ich längst vergessen zu haben glaubte, standen mir plötzlich wie selbstverständlich zur Verfügung, und als hätte ich schon lange dafür geprobt, tat ich kalten Blutes das Notwendige. Ich lenkte die Nurses ab und stahl den Schlüssel, ich drang nachts in die Vorratskammer ein, ich suchte und fand das Medikament, das ich, wie ich wusste, Miranda mehrmals injizieren musste. Keine Sekunde zweifelte ich am Erfolg des Ganzen.

Wenn ich an ihrem Bett saß, hielt ich ihre Hand. Ihre Blässe, ihr feuchtes Haar, ihre ängstlichen Fragen rührten mich; ich streichelte ihr Gesicht mit den schwarz umschatteten Augen und küsste sie, von den zärtlichsten Gefühlen durchströmt. Sie hatte Fieber. Sie schreckte aus dem Schlaf und fragte immer wieder, wo sie sei, wer ich sei. Gerade wenn ich mich ihr am nächsten fühlte, wich sie mit allen Zeichen tiefster Bestürzung vor mir zurück und begann um Hilfe zu rufen; und immer wieder riss sie sich von mir los und strebte von mir fort, sodass ich meine ganze Kraft brauchte, um sie festzuhalten.

Damit sie endlich ruhig wurde, redete ich auf sie ein. Ich hörte mich Dinge sagen – Dinge, die mich selbst erschreckten. Von Engeln, glaube ich, erzählte ich ihr, herrlichen gefiederten Wesen, die den höchsten Himmel bewohnen; die Erde erwarte ihr Kommen, eine neue Zeit beginne, eine Zeit der Rache und der Seligkeit; jeder müsse sich entscheiden, wohin er gehöre, zu den Ohnmächtigen oder den Mächtigen, den Unfreien oder den Freien, denen, die zu essen haben, oder denen, die hungern müssen, denen, die auf dem Boden kriechen, oder denen, die in der Luft fliegen...

Ohne die Augen von mir abzuwenden, entzog sie mir wieder ihre Hand, und ich merkte, dass mir noch etwas anderes entglitten war. Ich hatte keine Worte mehr, die zu ihrer Angst, ihren Fragen passten. Wir schienen in zwei Welten zu leben, auf zwei Ebenen miteinander zu sprechen, wie Feinde – und doch war mir klar, dass ich mit diesem Mädchen so fest verbunden war wie mit niemandem sonst.

Als sie kein Fieber mehr hatte, zog sie in den Frauentrakt. Sie war bald wieder völlig gesund, aber ich sah sie nicht mehr allein. Meist war sie in Begleitung von Kindern. Ohne ihre Sprache zu sprechen, gelang es ihr, sich mit ihnen zu verständigen. Es gelang ihr sogar, sie aus ihrer Apathie und Schwerfälligkeit zu reißen; sie schien sie lebendig zu machen, indem sie sie mit ihrer eigenen Lebendigkeit ansteckte, und wenn sie ausgelassen und fröhlich mit ihnen spielte, erschien sie mir so schön wie nie zuvor. Unnennbare Gefühle wühlten mich auf, wenn ich sie so sah, sodass ich mir manchmal nicht anders zu helfen wusste, als mich in meinen Räumen einzuschließen, um ihr nicht mehr zu begegnen.

Nach ihrem Auszug fand ich in ihrem Zimmer ein Buch mit vielen Unterstreichungen. Wahrscheinlich hatte sie es nicht vergessen, sondern es eigens so hingelegt, dass ich es finden musste. Es hieß *Tales of the Aza*; ein gewisser H. Crowe – ich erinnerte mich, den Namen auf einem der Grabkreuze hinter der Station gesehen zu haben – war der Herausgeber. Er schrieb im Vorwort, dass alle Erzählungen, die er von den Bewohnern des Aza-Landes gehört hatte, eigentlich Variationen eines einzigen zugrunde liegenden Mythos seien, einer Art Ursprungsmythos dieses Volkes, der in der Geschichte vom König der Vögel, auch »großer Fresser« oder »großer Geier« genannt, am reinsten zum Ausdruck komme. »Nur seelische Schwäche und eine für Europäer kaum vorstellbare geistige Verwahrlosung haben diese furchtbare Irrlehre hervorbringen können, die in unnatürlichen und grausamen Begierden wurzelt, höhere Werte missachtet und daher immer wieder zur Entfesselung von beispielloser Gewalt führen muss«, kommentiert Crowe. Doch trotz wiederholter Versuche seitens der Kräfte der Zivilisation, den Glauben an den Vogelgott auszurotten, hätten sich bis in die moderne Zeit hinein in unzugänglichen Winkeln des Landes Spuren uralter Bräuche gefunden, mit denen man dem grässlichen Herrscher huldige. Reizvoll für den Völkerkundler, müssten diese Rituale »jedem ehrlichen Christenmenschen tiefsten Abscheu einflößen«.

Ich las die erste Geschichte, blätterte weiter – las – blätterte zurück – las die Geschichte noch einmal und noch einmal – und während ich die Worte in mich aufnahm, stieg ein Gefühl von Widerwillen, von kaltem Entsetzen und unheimlicher Faszination in mir auf.

Der König der Vögel ist der gütige Vater seines Volkes. Einst war es kalt und dunkel in der Welt, es gab weder Pflanzen noch Tiere, die Menschen hatten Hunger, und die Kinder, die geboren wurden, starben wie die Fliegen. Der König aber war unsichtbar. Inmitten seiner Späher und Herolde schwebte er so hoch am Himmel, dass keines Menschen Auge ihn wahrnehmen konnte. Auch er hatte Hunger. Auf der Suche nach einer Speise, die ihm gefiel, hatte er sich immer weiter von der Erde entfernt, wo sein armes Volk lebte. Ja, er hatte sein Volk vergessen auf seiner langen Reise. Da kamen die Ältesten zusammen und hielten Rat, wie sie den mächtigen König auf sich aufmerksam machen könnten, wie sie ihn locken und erfreuen könnten, auf dass er sich ihrer wieder erinnere. Sie sagten sich, dass sie ihn nicht mit Wertlosem abspeisen wollten, sondern ihm das Wertvollste darbringen wollten, was sie hatten. Sie hatten damals aber nichts Wertvolles, keine scharfen Waffen, kein Essen, keine bunten Kleider. Sie hatten nur Feinde, und der Hass auf ihre Feinde machte sie groß und furchtbar. Da beschlossen sie, gegen die Feinde in die Schlacht zu ziehen, um den Vater anzulocken, den König der Vögel, der hoch im Himmel wohnte, unsichtbar für sein bekümmertes Volk. Nach der Schlacht lagen die Toten umher. Der Vater sah es und schickte seine Späher und Herolde, die von der Speise probierten, und als sie sich gesättigt hatten, flogen sie wieder in den Himmel, um dem König Bericht zu erstatten. Er aber sagte: »Das ist nicht die Speise, nach der ich hungere.« Und die Ältesten sagten, sie müssten noch mehr kämpfen, noch mehr Feinde erschlagen, um damit den höchsten König anzulocken, und so geschah es. Nach der Schlacht kamen wieder die Späher und Herolde und sättigten sich, aber Aza selbst, der Vater, der große Fresser, blieb unsichtbar. Da trat ein weiser Mann unter die Ältesten. Er sagte: »Ihr mögt kämpfen, bis alle Feinde tot sind und ihr selbst tot seid, und doch ist dieses Opfer dem höchsten König nicht genug. Da er das mächtigste Wesen ist, müsst ihr ihm das Wertvollste geben. Wenn ihr das nicht gebt, wird der Vater euch auf alle Zeit vergessen.« Da erschraken sie, weil sie begriffen, was der Weise sagte, und als sie es den Frauen sagten, begannen die Frauen zu jammern und zu klagen, dass es überall zu hören war. Aber was half das. Es war so kalt, so dunkel auf der Welt, und das Volk der Aza hatte keinen Vater, der es beschützte. So wurden aus jedem Dorf die schönsten und kräftigsten Mädchen und Knaben gesammelt und an einen geheimen Ort geführt. Ihr Weinen stieg in den Himmel auf und lockte den König, und sein Hunger war sehr groß. Im Kreis seiner Herolde schwebte er herab und nahm die angebotene Speise. Und als er seinen Hunger gestillt hatte, erinnnerte er sich seines Volkes und ließ es hell werden auf der Welt, sodass Pflanzen wuchsen und Tiere entstanden, seinem Volk zur Speise, und so lebt das Volk der Aza, beschützt von seinem mächtigen König, bis heute.

Im September türmten sich riesige graue Wolken über den Hügeln auf, die Luft wurde drückend, und die Zikaden hörte man nicht mehr. Wenn ich morgens erwachte, erschreckte mich die Stille. Auch nachts hörte man keine Stimmen, weder menschliche noch tierische. Handwerker und andere männliche Gäste verließen die Station, aber die Kinder blieben mit den Müttern in ihrer Baracke, wo sich Miranda hingebungsvoll um sie kümmerte. Die Nurses tranken Bier, das sie in großen Plastiktonnen aufbewahrten, und forderten mich auf, ebenfalls zu trinken. Eines Abends versammelten sie sich vor der Küche im Hof zu einer Art zeremoniellem Tanz. Aus dem langsamen und gemessenen Schreiten wurde nach und nach ein schwankendes Drehen und Kreiseln. Die schmutzigen weißen Hauben fielen ihnen vom Kopf, ihre welken hängenden Brüste schaukelten hin und her, ihre Fußsohlen wirbelten Staub auf; schließlich stießen ihre Köpfe vor- und zurück, hässliche, raue Laute kamen aus ihren Kehlen, die sich zu schrillem Geschrei steigerten. Sie hatten ihre Umgebung offenbar vergessen. Irgendwann wurden sie auf mich aufmerksam und versuchten, auch mich in ihren Tanz einzubeziehen. Ich weigerte mich jedoch, und ihr höhnisches Gelächter hallte mir in den Ohren, als ich verstört in meine Wohnung floh.

Am Tag, bevor es endlich zu regnen begann, stolperte ich über einen Stein, der aus dem trockenen Boden ragte, meine Brille rutschte von der Nase und das Glas splitterte. Als ich aufsah, merkte ich, dass ich meine Umgebung deutlicher wahrnahm als je zuvor. Ich war fähig, weit in die Ferne zu blicken. In der flimmernden Luft sah ich über viele Kilometer hinweg den Fluss mit seinem trägen bleifarbenen Wasser und darüber das großartige Panorama des Himmels, die Wolken wie Tröpfchen auf einer riesigen, seidigen, geschmeidigen Zunge, die zärtlich über den Körper der Erde fuhr. Ihre Haare stellten sich auf, voller Sehnsucht bewegten sich Sträucher, Blätter und Halme, und der heiße schwüle Dunst des ausgetrockneten Bodens mischte sich mit den ersten frischen Windstößen, die über das Hügelland fuhren. Ich spürte den Wind auf der Haut wie einen wohligen Schauer. Ein Grollen ertönte, das sich zu einem hallenden, vibrierenden Donner steigerte. Die Wolken wurden immer dunkler und senkten sich immer tiefer herab. Am schwarzen Horizont blitzte es unaufhörlich, der Wind pfiff und heulte, sodass niemand schlafen konnte. Am frühen Morgen begann der Regen zu prasseln; und gleichzeitig hörte ich viele kleine Geräusche, die ich nie zuvor vernommen hatte. Es waren die Stimmen von Wesen, die der Regen zum Leben erweckte, und indem ich sie hörte, verstand ich sie auf eine neue, tiefe Weise. Denn es gab keine Hierarchie mehr zwischen Pflanzen und Tieren und Menschen; alles war Natur – Teil, Aspekt, Gesicht dieser ungeheuren Natur, die gnadenlos zerstörte und grundlos Neues entstehen ließ und mit Tausenden, Millionen von Stimmen unablässig das Loblied auf sich selbst sang, und auch ich existierte als ein Moment dieser Natur. Ich hörte die aufgeregten Stimmen der Frauen, die die neue Jahreszeit begrüßten. Die Welt hatte sich verändert. Das Rauschen des Regens war überall, es war in mir selbst, es erneuerte mich. Rauschend, brausend strömte das Wasser vom Himmel, der zum Quell einer alles durchdringenden, alles befruchtenden und belebenden Flut geworden war. Alles war erregt, alles war Körper, Freude, Bewegung.

Das eifrige Gebell der Hunde wurde von den dumpfhallenden Rufen der Frösche begleitet, die sich an den tieferen Pfützen gesammelt hatten. Wenn ich über den Hof ging, sah ich sie wegspringen, und etwas später wimmelte es dort von Kaulquappen. Jenseits des Tors hatten sich die Staubpisten in schlammige Wege mit tiefen Spurrillen verwandelt, aber dennoch schien sich der Verkehr verdoppelt zu haben. Überall war aufgeregte Geschäftigkeit, Lärm und Geschrei. Die Nurses rannten hin und her, in der Küche türmten sich Lebensmittel. Miranda spielte mit den Kindern. Einmal sah ich, wie sie sich lachend mit ihnen im Matsch wälzte, von oben bis unten mit nasser roter Erde und grünen Blättern bedeckt, Erde in den Haaren, Erde im Mund. Ich fing ihren Blick auf, diesen so freimütigen und aufrichtigen Blick, und trat, von einem seltsamen Impuls getrieben, auf sie zu, um ihr zu sagen, dass sie die Station verlassen und nach Hause zurückkehren sollte. Aber meine Stimme versagte, und das Krächzen, das aus meiner Kehle kam, verscheuchte sie.

Als der Regen aufhörte, überzog sich das Hügelland binnen weniger Tage mit einem Blütenteppich. Kleine, leuchtend rote Blüten bedeckten die Erde, so weit das Auge reichte. Im Gemüsegarten sah man Schmetterlinge, Libellen, Hornissen und andere fremdartige Insekten mit langen, vibrierenden Fühlern. Am Horizont stiegen bläuliche Staubwolken auf; ich erfuhr, dass es

Antilopenherden waren, die zum Fluss zogen. Der Gesang der Zikaden setzte wieder ein; die milde, würzige Luft war ständig mit diesem Geräusch erfüllt, den ruhigen, gleichmäßigen, dröhnenden Atemzügen des Aza-Landes. Der Himmel war blau und hoch. Schwirrende Wolken kleiner Vögel durchzogen ihn, und man sah andere Vögel, die in Sträuchern und Mauerritzen unermüdlich Nester bauten und den rasch wachsenden Jungen fette Insekten in die aufgesperrten Schnäbel stopften. In der Dämmerung war die Luft voller Fledermäuse, die in endlosen unregelmäßigen Kreisen und Spiralen umhertaumelten. Nachts hörte man hohle und klagende Schreie von Tieren, die man nie sah; Eulen schwebten lautlos vor meinem Fenster vorbei; Hunde balgten und paarten sich unermüdlich und schamlos in unserem Hof. Das ganze Land schien aus monatelanger Untätigkeit zu erwachen, alles vibrierte, gierte, lärmte, strotzte von Saft und Leben. Die große Bewegung, die gewaltige Kraft erfasste auch mein Sein und verschlang mich. Ich war erregt und angespannt; einmal sträubten sich mir die Haare vor Unruhe, vor Verlangen, ein andermal war ich voller Angst und Verwirrung und glaubte, mich in einem Traum zu befinden.

Es tauchten Hubschrauber auf, die ein paar Stunden lang über der Station kreisten. Die Nurses ließen ihre Arbeit im Stich, die Mütter vergaßen ihre Kinder und liefen zusammen, um ihnen nachzustarren. Es waren offenbar UN-Einheiten, die normalerweise weit jenseits des Flusses operierten. Warum waren sie hier? Was suchten sie? Ich wusste es und wusste es nicht, und dasselbe gilt für das, was dann kam. Ich wusste, was geschehen würde, und wusste es nicht, und der Schock traf mich mit betäubender Wucht.

Deshalb bin ich jetzt hier, in diesem kleinen Zimmer, das einer Zelle ähnelt, und versuche, der Erinnerung standzuhalten. Eines Tages wird man sagen, die Therapie ist zu Ende, und mich verabschieden. Ich werde diese künstliche Welt des Krankenhauses verlassen und wieder in der Stadt leben, die ich kenne. Wo sonst? Schon fragt man mich nach meinen Plänen. Pläne? Mein Vater hat immer gewollt, dass ich Arzt werde. Aber kann ein Kranker Kranke behandeln, frage ich Dr. Andrae. Der gute Dr. Andrae. Vielleicht hat er recht. Vielleicht werden irgendwann die Albträume aufhören, die Nacht für Nacht das Grauen jener alles erschütternden Nacht zurückbringen – doch auch wenn es mir gelänge, das, was ich gesehen habe, aus meinem Gedächtnis zu löschen, könnte ich es doch nicht ungeschehen machen. Nach langen Tagen werde ich müde von der Arbeit kommen – ja, ich werde mir eine Arbeit suchen, irgendeine Tätigkeit, bei der ich nicht zu viel denken muss – und es wird da sein und mich erwarten wie ein böser alter Hausmeister, der den Schlüssel zu meiner Wohnung verwahrt. (Dieses Bild hatte ich vor Augen, als Dr. Andrae mich kürzlich fragte, was mir einfalle, wenn ich mir einen gewöhnlichen Tag in fünf Jahren vorstelle. Der Hausmeister war kurzbeinig und stämmig und fixierte mich mit starren schwarzen Vogelaugen.)

    Man hat mir berichtet, dass die Station Kiw-Aza nach der Nacht, in der Miranda Morton verschwand, von britischen Sondereinsatzkräften besetzt wurde.

Bis auf eine Handvoll Frauen waren alle Baracken leer. Die Frauen wurden in ihre Dörfer zurückgeschickt, und das umliegende Gebiet diesseits des Flusses wurde durchkämmt. Man fand aber weder eine Höhle noch einen Baum, wie ich ihn beschrieben hatte, oder sonst etwas Verdächtiges. Auch Vic Tally und die Organisation STW hatten sich offenbar in Luft aufgelöst. Es gab zwar eine Website, Telefonnummern und diverse Spuren im Internet, aber kein Büro, keinen Ansprechpartner, keinen, den man hätte befragen und zur Verantwortung ziehen können. Am Ende richteten sich die Blicke auf mich. Was wusste ich von dieser Nacht, was hatte ich mit Mirandas Verschwinden zu tun? Ich konnte diese Fragen nicht beantworten. Die Frauen, die von den Engländern vernommen worden waren, gaben zu Protokoll, dass wirklich ein Überfall der Recelesti stattgefunden habe und dass Miranda entführt worden sei. Man hofft, über kurz oder lang würde ich einsehen, dass die grauenhaften Bilder, die mich quälen, nicht der Wirklichkeit entstammen, sondern – nach der langen Einsamkeit in jenem entlegenen Gebiet – einzig meiner überreizten Phantasie. Aber selbst der gute Dr. Andrae weiß, dass die bequeme Teilung der Welt in Wirklichkeit und Wahn nicht aufgeht. Ich kann mir selbst nicht mehr trauen. Was ist geschehen? Wer bin ich? Was habe ich getan?

Ein paar Tage nach dem Auftauchen der UN-Hubschrauber sollte der Unabhängigkeitstag gefeiert werden. Es war inzwischen wieder heiß, der Himmel wolkenlos, und die sengende Sonne war dabei, die letzten Pfützen zum Verschwinden zu bringen, die an den

Regen erinnerten. Von der riesigen Menge der Nachkommen der Frösche hatten sich nur ein paar schnell genug entwickelt, um das Wasser rechtzeitig verlassen zu können; die meisten verendeten als hilflos zappelnde Larven. (Ich weiß nicht, warum mich dieser Anblick mit so tiefer Traurigkeit erfüllte. Was bedeuten ein paar Hundert tote Kaulquappen in dieser Natur, die mit kosmischer Gleichgültigkeit immer wieder unmäßige Zerstörungen über uns verhängt – und uns mit überreichem Leben beschenkt?) Die Vorbereitungen für ein geplantes Festessen mit den Würdenträgern einiger Dörfer gestalteten sich schleppend. Die Nurses waren unruhig und zerstreut, sie rannten ständig wie aufgescheuchte Hühner umher. In der Nacht vor dem Festtag erwachte ich – und glaubte im ersten Moment, wieder das dumpfe Geprassel des Regens auf dem Stationsdach zu hören. Es war aber, wie ich bald merkte, das Schlurfen und Trappeln nackter Füße. Dutzende von Männern waren in die Station eingedrungen; das Tor musste ihnen von innen geöffnet worden sein. Niemand sprach ein lautes Wort, aber ich hörte ein unaufhörliches Geraschel und Geflüster, dazwischen scharfe Befehle. Am ganzen Körper zitternd stand ich, das Ohr an das Holz gepresst, hinter meiner Tür. Plötzlich zerriss ein markerschütternder Schrei das angespannte Schweigen, der Schrei einer Frau in höchster Not – dann brach der Lärm der Hölle los: Schreie, Schüsse, gebrüllte Befehle, wildes Hundegebell. Eine Explosion ließ die Wände des Frauentraktes bersten. Ich dachte an Miranda; ich meinte, in dem panischen Getöse ihre Stimme zu hören; die Angst um sie ließ mich erstarren.

Was dann passierte, habe ich seit meiner Rückkehr immer wieder in eine Ordnung zu bringen versucht. Doch sobald ich mich, vom Therapeuten ermuntert, daran mache, die entsetzlichen Szenen meiner Träume in Worte zu fassen, überfällt mich Verwirrung. Es gelingt mir nicht, den Bildern standzuhalten. Ich beginne wieder zu zittern wie damals und sage Dinge, die kein Mensch verstehen kann. (Ich beziehe mich auf Dr. Andrae. Er beklagt mein überhastetes Sprechen, mein »Kauderwelsch« in solchen Momenten.) Der Soldat, der aus dem Hubschrauber sprang, hat berichtet, dass er kaum in der Lage war, mich zu bändigen. Ich weiß nicht, wie er heißt. Er hat mich wohl gerettet. Er hievte mich in den Hubschrauber und gab mir eine Spritze. Es war laut und zugig in dem Hubschrauber. Ich fror. Ich sah die Hand des Soldaten an dem Gurt um meinen Körper, die mich, ich weiß nicht warum, an die Hand meines toten Vaters erinnerte.

Aber das ist es nicht, was ich schreiben wollte.

Der Mond schien. Ich dachte daran, an der Mauer entlang zum Frauentrakt zu laufen, zu Miranda, um sie zu retten. Der Mond stand fahl und flimmernd über dem Hof, und ich sah einen schattenhaften Schwarm – eine Gruppe großer Vögel in der Dunkelheit –, nein, es waren Männer, Männer in zottigen, flatternden Lumpenumhängen, Vogelmänner mit Federn auf dem Kopf und Masken vor dem Gesicht. Einige hatten die Mauer erklommen und starrten mit ihren großen funkelnden Augen in den Hof, andere hockten, Stöcke oder Gewehre neben sich, auf dem Küchendach. Ich hielt mich im Schatten und lief in Richtung der niedrigen Baracke, aus der das gellende

Geschrei der Kinder erscholl. (Wo sind diese Kinder heute? Hat man überhaupt nach ihnen gesucht?) Dann erhielt ich einen Schlag ins Genick und verlor das Bewusstsein.

Als ich erwachte, war es Tag. Irgendwo brannte es. Ich hörte die knisternden Flammen, spürte die Glut. Kein Mensch war zu sehen. Zwei Hunde lagen mit blutigem Fell, von dichten Fliegenschwärmen umschwirrt, in der Nähe des Tors. In höchster Erregung lief ich zum Frauentrakt; Kleidungsstücke, Essgeschirr, Tragekörbe – alles lag durcheinander, und ein entsetzlicher Geruch nach Schweiß und Exkrementen lag in der Luft. Auch hier kein Mensch. Das Funkgerät fiel mir ein – ich suchte es überall –, es war nicht mehr da. Draußen lag das Hügelland in der gleißenden Sonne, mit vertrockneten Blüten bedeckt, öd und leer. Wohin sollte ich mich wenden? Ich wusste, in welcher Richtung Aza-Town lag. Es war, wie man mir gesagt hatte, ein Fußmarsch von zwölf Stunden bis dorthin. Aufs Geratewohl warf ich ein paar Dinge in eine Tasche, füllte eine Flasche mit Wasser und machte mich auf den Weg. Aber schon nach kurzer Zeit verlor ich die Orientierung. Die Staubpiste fächerte sich auf, ich folgte irgendeinem Abzweig, der ins Nichts führte, ging zurück, trottete weiter – bis irgendwann in weiter Ferne die Vögel auftauchten.

Zuerst waren es nur winzige Punkte hoch am Himmel; dann erkannte ich, dass es Geier sein mussten, riesige, majestätische Vögel, die mit ausgebreiteten Schwingen in der Luft schwebten. (Geier? Heute bin ich mir dessen nicht mehr sicher. Soweit ich mich bisher kundig machen konnte jedenfalls keine Geier, die einer bekannten lebenden Art entsprechen.) Ich weiß nicht, warum ich in ihre Richtung ging – vielleicht, weil ich sonst nichts sah, was sich bewegte. Es war das Versprechen von Leben in einer Landschaft, in der das Leben sich tief in die Erde verkrochen zu haben schien. Doch ich sollte hinzufügen, dass mein Gehen nicht auf einer bewussten Entscheidung beruhte, sondern ich mich von diesen Vögeln angezogen fühlte wie ein Schlafwandler vom Mond. Ich war noch immer halb betäubt, nicht bei Sinnen; Schweiß brannte mir in den Augen, die Füße taten mir weh, aber ich spürte weder Hunger noch Durst, und alle Gedanken wurden von einem dunklen und ziellosen Verlangen übertönt. Etwas Vorgezeichnetes endete. Ein Baum tauchte vor mir auf, einer jener bizarren, uralten Bäume mit wenigen kahlen, fast waagrechten Ästen. Dort hockten sie mit vorgestreckten Köpfen und blitzenden Augen, mit hängenden, halb abgespreizten Flügeln, die starken Krallen mit den spitzen Nägeln um die Äste geklammert, stumm, lauernd.

Eine steile Treppe aus roter Erde, festgestampft von all den nackten Füßen, die hier vor mir gegangen waren, führte in die Dunkelheit hinab. Ich spürte, dass sich mein Magen hob, als der Geruch mich erreichte – ich kannte ihn, ein fauliger, modriger Gestank –, und sog noch einmal tief die Luft ein, die von oben hereinströmte. Nach endlosen Stufen zeichnete sich in einem etwas helleren Grau der Boden der Höhle ab. Es war kalt, aber das war nicht der Grund dafür, dass meine Zähne unkontrollierbar aufeinanderschlugen. Ich war in einer Gruft. Meine Füße – ich trug Turnschuhe mit dünnen Sohlen – ertasteten glatte runde Gegenstände, die überall herumlagen. Was diese Gegenstände waren, begriff ich erst, als meine Augen das schwache flackernde Licht auffingen, das von einer Art Altar kam, einem breiten Tisch, gekrönt von einer Vogelstatue. Mit angehaltenem Atem blieb ich stehen. Mein Blick durchdrang das Halbdunkel. An der Wand hinter dem Altar standen, ungelenk geschrieben und halb verwischt, lateinische Buchstaben: REX COELESTIS PATER OMNIPOTENS. Die Statue – nein, keine Statue! – ein Vogel – ein Mensch? – furchterregend groß, weiße Federhaube, gekrümmter, blutverschmierter Schnabel, schwarze, blitzende Augen, die aus runden Höhlen starrten – und ihm zu Füßen – das Blut gefror mir in den Adern – ein Bündel zerfetzten Stoffs – ein Körper! – gefesselt, halb nackt, unsäglich entstellt... All das verdichtete sich nicht zu festem Wissen. Es war nicht mehr als ein flüchtiger Eindruck, auf den ich nach einer Weile – Wie lange dauerte es? Und warum werde ich wütend, sobald Dr. Andrae auf diese Frage zu sprechen kommt? – instinktiv und zielstrebig reagierte, indem ich mich umdrehte und wieder in Richtung Treppe lief. Aber die Augen zu schließen, gelang mir nicht, und so konnte ich nicht verhindern, dass ich auch das Letzte, das Grauenvollste noch sehen musste – die maskierten Männer, die im Kreis vor dem Altar kauerten und Kommunion hielten – ihre starren Blicke, ihre mahlenden Kiefer, die entsetzliche *Befriedigung*, die sich da ausdrückte...

Auf dem Rückweg ließ ich jede Vorsicht außer Acht, trat auf splitternde Knochen, fiel über klebrige Gebilde, die so widerwärtig waren, dass ich spürte, wie mir die Sinne schwanden – aber der Gedanke, unter keinen Umständen an diesem Ort bleiben zu können, der Impuls, das Licht wieder erreichen, atmen, leben zu wollen, war stark genug, dass es mir trotz der zehrenden Schwäche, die sich meiner Glieder bemächtigt hatte, schließlich gelang, die steilen und unregelmäßigen Stufen der Treppe zu erklimmen. Ich hörte ein fürchterliches Rascheln und Scharren; die Vögel in den Ästen über mir erhoben sich flatternd in die Luft und schraubten sich in weiten Spiralen immer höher in den Himmel. Ich sah ihnen nach – und dann geschah etwas... Ich war mir sicher, dass diese Vögel etwas über mich wussten, und es war, als könnte ich von ihnen eine wichtige Auskunft erhalten, die Antwort auf eine Frage, die sich in all diesen Monaten seit meiner Ankunft im Aza-Land in mir geformt hatte – ich hatte sie nie gestellt, aber nun drängte sie sich mir auf, auch wenn ich keine Stimme und keine Worte mehr hatte und sie nur stumm zu ihnen hinaufschreien konnte. War es eine Halluzination, hervorgebracht von meinem von Hunger und Erschöpfung und dem Entsetzlichen, was ich mit angesehen hatte, geschwächten und irre gewordenen Gehirn? Mein gewöhnliches Bewusstsein verdunkelte sich. Mein Körper verlor sein Gewicht. In einer warmen Strömung löste ich mich von ihm ab, stieg auf, begann zu schweben. Ich bewegte die Arme, die mich mühelos in der Luft hielten. Meine Augen waren scharf wie nie; überall sah ich farbiges, rastloses Leben. Ich hatte Hunger. Der Hunger war ein Verlangen, das jede Regung bestimmte, er war Gier – Besessenheit – er war grenzenlos. Ein Baum ragte vor mir auf. Ich wusste: Das war der Ort, an dem ich meinen Hunger würde stillen können. Ich sah, dass auch andere sich dort eingefunden hatten, andere, die so waren wie ich. Wir kreisten über der Speise und ließen uns endlich nieder, um zu essen. Welche Lust es war, dieses Fleisch zu essen. Wir aßen und bekräftigten damit unsere Gemeinschaft, unsere Kraft. Wir ließen nichts übrig. Wir bedauerten nichts. Aber dann gab es etwas, was störte. Etwas, was nicht in den vorbestimmten Ablauf des Geschehens passte. Plötzlich hörte ich ein Geräusch – es hätte das Pfeifen einer Maus sein können – vielleicht war es das ferne Surren eines Rotors – und verlor die Sicherheit, mit der ich mich eben noch bewegt hatte. Ich spürte wieder die lastende Schwere meines Körpers und konnte wieder denken – ich wurde wieder der, der ich gewesen war. Über mir sah ich einen Hubschrauber kreisen. Ich lag auf der Erde. In meinen harten, verkrampften Händen hielt ich ein Stück Stoff, ein durchlöchertes, zerfetztes blaues T-Shirt mit der Aufschrift »Colorado Springs«.

II

DIE MADONNA
MIT DER WALDERDBEERE

Die Bekanntschaft mit Johannes Wolmuth geht auf meine Kindheit zurück. Mit meinen Eltern und meinen Brüdern besuchte ich sonntags den Gottesdienst in St. Michael, wo ich die ersten Gemälde von seiner Hand sah, *Tobias und der Engel* und ein nur fragmentarisch erhaltenes *Jüngstes Gericht* mit einem Posaunenengel. Besonders dieser Engel faszinierte mich. Er war groß und furchterregend. Seine Posaune war eine Kriegstrompete, wie sie zu Wolmuths Lebzeiten von den Landsknechten geblasen wurde, und es kam mir nicht weiter verwunderlich vor, dass der Ton dieses Instruments dazu in der Lage war, die Mächte der Finsternis zu entfesseln, wie es uns der Pfarrer im Kommunionunterricht erzählte. Doch auch der Engel an der Seite des schmächtigen Tobiasknaben, rechts vom Altar, wirkte nicht vertrauenswürdig. Sein Gesicht lag im Schatten, nur sein mächtiger sehniger Hals wurde von einem Lichtstrahl beleuchtet. Ich war meinen Eltern dankbar, dass sie mich nicht auf Reisen schickten, wie es der Vater des Tobias getan hatte, denn ich fürchtete mich davor, diesem Engel zu begegnen, auch wenn der Pfarrer uns immer wieder die unbedingte Verlässlichkeit und Güte des himmlischen Gefährten anpries. Auf meine kindliche Art entdeckte ich damals, was ich erst viel später in Worte fassen konnte: Wolmuths Gabe, bekannte heilige Gestalten so zu verändern, dass sie abschreckend und unheimlich wirken und im Betrachter etwas auslösen, was ein bekannter Wolmuthforscher (G. Le Breton) einmal etwas hochtrabend den »Schauder der unauflösbaren Ambivalenz« genannt hat.

Natürlich wurde Wolmuth auch später im Kunstunterricht unseres Gymnasiums behandelt, er ist schließlich der bekannteste Maler, den unsere Stadt hervorgebracht hat. Dem Lehrer, Herrn Jakub, war sehr daran gelegen, unseren Blick für technische und formale Details zu schulen. Er brachte uns bei, dass Wolmuth zunächst Stecher und Zeichner war und sich mit der Herstellung von Goldschmiedevorlagen und Nachstichen von Bildern italienischer Künstler beschäftigt hatte. Er habe nur wenige, allerdings höchst qualitätvolle Gemälde geschaffen. Von sehr vielen, die man ihm früher zugeschrieben hatte, wisse man inzwischen, dass sie anderen Künstlern zuzuschreiben waren. Auch eine der bekanntesten Fassungen der *Madonna mit der Walderdbeere*, die in der Kapelle – oder dem Kapellchen, wie wir in unserer Familie sagten –, im Gyrental hing, sei eine minderwertige Kopie. Herr Jakub taufte das Bild »Die Madonna mit den Kuhaugen«. Es sei, wie er erklärte, von Wolmuths kunstvoller Lichtführung, seinen plastischen und abwechslungsreichen Hintergründen, seinen großartigen differenzierten Figurendarstellungen weit entfernt, dilettantisch konstruiert, ängstlich und schwunglos gemalt. Herr Jakub war ein guter Lehrer, begeistert von seinem Fach. Ich lernte viel von ihm; ich lernte, auch die Walderdbeerenmadonna mit seinen Augen zu sehen.

In dem verdunkelten Kunstsaal zeigte er uns Dias von Zeichnungen und Radierungen, Darstellungen kunsthandwerklicher Gegenstände, aber auch einige kleine Veduten, um uns Eigenheiten zu veranschaulichen, die der junge Wolmuth von seinem Lehrer Matthäus Merian übernommen und nach und nach abgewandelt hatte, etwa die Herstellung von Plastizität durch Schraffuren unterschiedlicher Dichte, oder die besondere Weichheit der runden Linien, die Auflösung von Konturen in Licht. Eine seiner Stadtansichten bestand aus einer Handvoll geduckter Häuser und einem Kirchturm, hellgrau, im Hintergrund; davor Obstwiesen, ein Bach, ein Feldweg mit Kapelle, locker gezeichnete duftige Höhenzüge. Meine Mitschüler – und auch Herr Jakub, glaube ich – erkannten nicht, dass es sich um das Gyrental handelte, eine damals noch landwirtschaftlich genutzte Gegend am Rand unserer Stadt. Aber ich wusste es sofort. Obwohl außer den geografischen Gegebenheiten und dem Weg mit dem Kapellchen dort fast nichts mehr so war, wie Wolmuth es vierhundert Jahre zuvor gesehen hatte, und die Silhouette der Stadt sich völlig verändert hatte, obwohl auch die schiefen Holzzäune nicht mehr existierten, die Furt mit den großen Steinen, um die das Wasser anmutige Wirbel bildet, das Bienenhaus und die Apfelbäume, die er – mit besonderer Liebe, wie mir schien – betrachtet hatte, war mir der Ort zutiefst vertraut. Ich kannte die Umrisslinien des sanften Hügellands, die lichten Höhen und schattigen Mulden, und war sogar in der Lage, den Standpunkt zu bestimmen, von dem aus der Künstler die Gegend aufgenommen hatte. Es war ein kleiner Hang oberhalb des

Baches, an dem wir als Kinder oft gespielt hatten. Am Ende meiner Schulzeit sollte ich dort einige Wochen lang fast täglich mit meiner Mutter zum Kapellchen spazieren.

Die kleine Vedute bewegte mich tief. Heute kann ich sagen, dass eigentlich sie es war, die mich, was meine Berufswahl anging, entscheidend prägte, denn zum ersten Mal erlebte ich damals, dass mich ein Kunstwerk im Innersten berührte.

Später, im Studium, begegnete ich der schlichten Zeichnung, die wahrscheinlich aus Wolmuths Reifezeit in den Dreißigerjahren des 17. Jahrhunderts stammt und von frühen Kommentatoren als »Idyll« bezeichnet wird, im Catalogue raisonné Wolmuths wieder. Sie ließ mein Herz immer noch höher schlagen – doch unter dem Eindruck dessen, was in der Zwischenzeit geschehen war, sah ich sie nun völlig anders. Die Empfindung der Vertrautheit hatte sich stark abgeschwächt; je länger ich sie betrachtete, desto fremder kam mir der Ort vor, den sie darstellte. Von der Stadt und der umliegenden Natur schien etwas Abweisendes und Düsteres auszugehen, trotz der blühenden Obstbäume und der Sonnenstreifen auf den belaubten Hügeln, dem Bienenhaus, dem rieselnden Bach. Nirgends gab es Spuren von Verkehr und Handel, und so sehr man nach den kleinen Zeichen menschlicher Anwesenheit fahndete – einem Fuhrwerk mit Fässern, Rauch aus einem Schornstein, Wäsche auf dem Anger –, womit Wolmuths zeitgenössische Kollegen ihre Stadtansichten auszustatten pflegten, man entdeckte nichts. Am linken Bachufer, unweit einer kleinen Holzbrücke stand das Kapellchen, genau dort, wo ich es selbst so viele Male gesehen hatte. Es war nicht hoch, aus Feldsteinen kunstlos gebaut, und doch hatte Wolmuth es durch raffinierte Hell-Dunkel-Effekte besonders betont, sodass es den heimlichen Mittelpunkt der ganzen Szene bildete. Ein alter, fast kahler Baum mit krummen Ästen überragte es, und ein Oculus an der Schmalseite verstärkte den gespenstischen Eindruck, den die kleine Zeichnung nun auf mich machte; das runde Fenster in der dunklen Mauer wirkte wie ein schreckhaft aufgerissenes Auge.

Die Ausflüge mit unserem Vater waren stets gut vorbereitet. Sie mussten in irgendeiner Weise »anspruchsvoll« sein, sonst lohne es sich nicht, das Auto aus der Garage zu holen, behauptete er. So fuhren wir ein, zwei Stunden lang irgendwohin, wo es möglichst viel unberührte Natur gab, und trotteten ein, zwei, drei Stunden hinter ihm her. Er vertrieb sich gern damit die Zeit, unsere Kenntnisse über Pflanzen und Vögel abzufragen; womöglich mussten wir noch irgendeinen Berg erklimmen oder, herausgefordert von diesem unerschrockenen, zähen und abgehärteten Mann, der mit fünfzig noch die Energie eines Jünglings besaß, in einen See mit eiskaltem Wasser springen, bevor es endlich wieder nach Hause ging. Anfangs kam auch meine Mutter mit. Aber bald war das nicht mehr möglich, da ihr bei jeder Kurve übel wurde. Nach unserer Ankunft im Wald kroch sie stumm, mit kalkweißem Gesicht auf den Rücksitz.

»Das fehlt mir noch, dass du mir hier zusammenklappst«, sagte mein Vater, oder: »Ich habe keine Lust mehr, mir ständig Sorgen um dich zu machen.«

Etwas ganz anderes waren jene Spaziergänge, die ich allein mit meiner Mutter unternahm. Sie war damals schon krank, aber sie sprach nicht darüber. Meine Brüder wussten bis wenige Monate vor ihrem Tod von nichts. Mein Vater war unfähig, seiner entsetzlichen Angst um sie und der noch größeren Angst vor der Hilflosigkeit und Einsamkeit, in die ihr Verlust ihn stürzen würde, anders auszudrücken als durch weitere Verhärtung und noch stärkeren Druck auf seine beiden ältesten Kinder, Lorenz und mich. Nur Thedor, mein jüngerer Bruder, war aus irgendeinem Grund von den ständigen Predigten und Zurechtweisungen, den abendlichen Gerichtssitzungen, bei denen unsere schulischen und sonstigen Leistungen auf den Prüfstand kamen, ausgenommen; nur Thedor gegenüber zeigte der Vater, dass er auch eine versöhnliche Seite hatte (Lorenz behauptete, gerade das hätte Thedors charakterlicher Entwicklung am meisten geschadet).

Die Ärzte erschienen mir nicht weniger unbarmherzig, in ihren stereotypen Ermahnungen zu »kämpfen«, sich nicht »kleinkriegen« zu lassen, noch eine Therapie auszuprobieren und noch eine. Meine Mutter gehorchte ihnen anfangs, wie sie meinem Vater und vielleicht allen Autoritätspersonen immer gehorcht hatte. Es ging um Operationen, Bestrahlungen, neue Medikamente, um Theorien und Prognosen. Natürlich bekam ich das alles nur am Rande mit, denn ich war viel zu jung, und über diese Dinge sprach sie nicht mit mir. Später sorgte mein Vater dafür, dass uns die qualvolle Seite ihrer Krankheit verborgen blieb; wir wussten nichts von Krisen, von Schmerzen; wir sahen sie zuletzt nur in einem Zustand sprachloser, ergebener Betäubung. Trotzdem wusste oder ahnte ich, als ihre einzige Tochter, vieles. Ich nahm schon ganz am Anfang kleine Dinge wahr, die meine Brüder und wahrscheinlich auch der Vater nicht bemerkten: wie lange sie im Bad blieb, wie viel Geld sie für Kosmetika ausgab, dass sie jede Woche zum Friseur ging. Später wurde es offensichtlich. Sie benutzte Parfum, und sie trug teure Kleider, Röcke und Pumps, obwohl man sie früher immer nur in weiten Jeans und Pullover gesehen und sie behauptet hatte, sich für »Äußerlichkeiten« (das war natürlich ein Ausdruck meines Vaters) nicht zu interessieren. Es war, als wollte sie ihren Körper, den sie so bald verlassen würde, noch einmal herausstellen und feiern. Es gab Abende, an denen sie mit meinem Vater tanzen ging – so etwas war nach unserer Kenntnis bisher nicht vorgekommen –, und am nächsten Morgen beugte er sich manchmal vor aller Augen zu ihr, um sie auf die Wange zu küssen oder ihr linkisch das Haar aus dem Gesicht zu streichen, bevor er aus dem Haus ging. Das heißt nicht, dass er die eigenartige Grausamkeit gegen sie aufgab, unter der sie so litt. Zum Beispiel ging er sonntags nach dem Kirchgang mit uns allen Muscheln essen, obwohl er von ihrer Allergie wusste; schon vom Anblick der Meeresfrüchte konnte ihr schlecht werden. Blass und einsilbig saß sie neben uns an dem großen runden Tisch und löffelte ihre Suppe, während der Vater voller Stolz auf seine Sprachkenntnisse mit den Kellnern auf Italienisch Scherze tauschte.

Dann kam die Zeit, in der die Kräfte sie verließen und sie oft mittags noch im Bett lag, wenn wir aus der

Schule kamen, nicht sprechen wollte und sich für ihre Schwäche schämte. Lorenz kochte für uns, half Thedor bei den Hausaufgaben und verschwand dann wieder irgendwohin, um Unterricht zu geben oder Zeitungen auszutragen; über Jahre hin rieb er sich bei solchen schlecht bezahlten Jobs auf. Ich glaube, er wollte niemanden mehr um Geld bitten, nachdem der Vater sich geweigert hatte, ihm die teure Journalistenschule zu finanzieren. Er hatte immer vom Reisen und vom Schreiben geträumt, jetzt sah er seine Felle davonschwimmen, aber er biss die Zähne zusammen und war für uns Jüngere da, während der Vater hilfloser und abweisender wurde. Auch Thedor ging aus dem Haus, streifte mit zweifelhaften Freunden umher und kümmerte sich um nichts. Nur ich blieb. Ich wollte in der Nähe der Kranken sein. Manchmal ging es ihr am späteren Nachmittag besser. Sie zog sich an, besprühte sich mit Parfum – sie fürchtete immer, schlecht zu riechen – und öffnete leise die Tür meines Zimmers. So kam es, dass wir, wenn alle anderen weg waren, hinausgingen zum Kapellchen – denn sie wollte nirgendwo anders hin, immer nur die Anhöhe hinauf, dann hinunter zum Bach und den schmalen, krummen Weg entlang zu dem unauffälligen Gebäude mit dem Madonnenbild über dem Altar.

Mein Vater wusste lange nichts von unseren Spaziergängen, und als er davon erfuhr, reagierte er mit unkontrolliertem Ärger. Die Ärzte hätten ihr doch klargemacht, was zu tun sei, sagte er, Physiotherapeuten und Fitnesstrainer warteten auf sie, warum sie diese Termine nicht wahrnehme und sich stattdessen in der alten Kirche verkrieche wie eine Betschwester, eine

Frömmlerin? Ob sie an Wunder glaube? Er wurde immer lauter, redete sich in Rage. Aus alter Gewohnheit blickte meine Mutter schuldbewusst auf ihre Hände, die voller Flecken waren wie die einer alten Frau, aber ich glaube, sie verstand, warum er so wütend war, sie verstand so vieles in dieser letzten Zeit, gerade deshalb ließ sie sich nicht mehr davon abbringen, die Madonna zu besuchen, die man damals allgemein noch Wolmuth zuschrieb.

Wie lange war ich diesem Bild gegenüber blind! Ich stand neben ihr in der Kapelle, vor dem Altar mit einer hässlichen Vase voller verstaubter Plastikblumen. Ich spürte ihren Arm in meinem, den ganz leichten Griff ihrer Hände, die fast unmerklich zu vibrieren schienen. Meine Augen waren auf die Muttergottes gerichtet, wie die ihren, aber ich sah nicht, was sie sah. Erst heute gelingt mir, es mir vorzustellen.

Eine junge Frau, zarte helle Haut, dichte Locken, die sich unter dem lose sitzenden Schleier abzeichnen. Das feine Gewebe dieses kostbaren Schleiers. Ein grünes Samtkleid. Die schmeichelnde Weichheit dieser Stoffe, das Gold einer schlichten Kette um einen schlanken Hals. Maria sitzt vor einem grauen Hintergrund und hält das nackte Kind auf ihrem Schoß. Ihr Kopf ist leicht geneigt, der Blick ihrer großen Augen ist weich, ihre Haltung fürsorglich. Eine Gestalt voll Innigkeit und Wärme. Aber es geht auch etwas Schmerzliches und Bitteres von ihr aus (da sie, laut den Begründungen der traditionellen Ikonografie, bereits um den Opfertod ihres Sohnes weiß). Das Kind sieht ihr ähnlich. Helles, zartes Haar bedeckt seinen runden Kopf, die weichen, drallen Beinchen sind gekreuzt. Sein Blick ist wach; neugierig und aufmerksam greift es nach dem Stängel mit den grünen Blättern, den drei roten Früchten und den weißen Blüten, der »Liebespflanze« (wie die Walderdbeere im *Reallexikon der Kunstgeschichte* bezeichnet wird), die die Mutter ihm reicht.

Es geschah nichts weiter. Wir standen eine Zeitlang vor dem Bild, dann gingen wir wieder. Meistens schwiegen wir, und wenn wir redeten, dann nur über nebensächliche Dinge. Und dennoch scheint es mir heute, als hätte es in diesen Momenten eine besondere Verbundenheit zwischen uns gegeben, die sich später, als die rasch voranschreitende Krankheit nicht nur ihre Intelligenz, sondern auch ihre Gefühlskräfte aufzehrte, nicht wieder einstellte. Was wusste ich schon von ihr? Fast nichts. Aber sie gab mir in der kurzen Zeit dieser Spaziergänge die Gelegenheit, sie so kennenzulernen, wie vielleicht niemand anders sie kannte. Meine jugendliche Ignoranz, meine Vorurteile standen zwischen uns. Doch ich sah sie vor dem kleinen Bild in der kalten Kapelle und begriff etwas von ihr, was tiefer reichte als wenig später all die hilflosen Beschreibungen der Trauerredner an ihrem Sarg. Ich sah ihr Verlangen nach Leichtigkeit, Freundlichkeit, Güte; ich nahm ihre Vertrautheit mit dem Tod wahr, ein friedliches Annehmen des Unabwendbaren, das in der Verborgenheit ihrer letzten Lebensjahre entstanden war und dieser farblosen, schwachen und weichherzigen Frau am Ende die Kraft verlieh, ganz ruhig zu sterben.

Die Walderdbeerenmadonna als Kunstwerk war damals für mich noch bedeutungslos. Das Urteil des Lehrers hatte seine Spuren hinterlassen. Ich sah in dem Altarbild des Kapellchens nichts als ein abgedroschenes Motiv; ich sah die stumpfen Farben, den reizlosen Hintergrund, die seltsam plump wirkenden Hände der Madonna, ihre zu großen Augen, die Unsicherheiten in den Proportionen des Kinderkörpers. Die Wahrheit ist, dass ich dummes Mädchen auf meine Mutter herabsah, weil sie bei dieser malerisch kaum bemerkenswerten Gottesmutter Beistand suchte und Trost fand, weil sich beim Anblick eines Gegenstands, den ich als Kopie, als Allerweltsbild abtat, ihr Herz öffnete.

Erst als ich nach dem Tod meines Vaters nach Hause zurückkam, sah ich das Bild wieder. Die Gegend um den kleinen Bach, den wir als Kinder mit Sanddämmen aufgestaut hatten und in dem wir händeweise Kaulquappen gefangen hatten, um sie in dem kleinen Teich unseres Gartens auszusetzen und zu kleinen Fröschen heranwachsen zu sehen, war inzwischen völlig verändert. Unser altes Haus gab es schon lange nicht mehr. Mein Vater hatte sich eine Wohnung in der Stadt gesucht; kurz danach war das Haus abgerissen worden. Eine große Wohnsiedlung war entstanden, mit einem sechsstöckigen Parkhaus und einem neuen S-Bahnhof. Der freie Blick von der Anhöhe war verbaut, man sah keine Wälder und Wiesen mehr, nur Häuser und Straßen, der Bach floss zwischen steinernen Umfassungsmauern, und am Ufer standen Bänke mit Papierkörben und Bäumchen, die so ordentlich und einheitlich wirkten, als wären sie aus Plastik. Das Kapellchen existierte noch. Abseits einer vom S-Bahnhof zum Einkaufszentrum führenden Straße, an einem vernachlässigten Platz, der hauptsächlich als Abstellfläche für Glas- und Altkleidercontainer diente, entdeckte ich es, eingerüstet, hinter Bauzäunen und einer Reklamewand versteckt. Die Pforte war verschlossen. Auf einem Zettel wurde mitgeteilt, dass der Schlüssel bei einem Diakon abzuholen sei, der im Gebäude gegenüber wohne.

Ich machte einen Spaziergang, wanderte durch die schnurgeraden Sträßchen mit den monotonen pastellfarbenen Häuschen, den abgezirkelten, peinlich sauberen Grünstreifen, den neuen Spielplätzen, wo niemand spielte, und gelangte zu dem schnell fließenden, laut rauschenden Gewässer, das kaum an den alten freundlichen Bach erinnerte; ich ging an dem Betonufer entlang, bis ich endlich wieder freie Landschaft vor mir hatte und durch den Anblick von Senken und Hängen mit ihrem in der Sonne glänzenden Grün wieder Ruhe fand nach der seltsamen Erregung, in die mich der Gang durch das öde Viertel versetzt hatte. Ich ging weiter, immer dem Bach entlang, der endlich wieder unbegradigt murmelnd durch ein kleines Tal floss. Alles kam mir vertraut vor. Ich saß an einem schattigen Platz auf weichem Moos und verlor mich in Tagträumen. Meine Mutter war da, ihr kleiner kranker Körper, der Druck ihrer Hand auf meinem Arm. Ich dachte daran, wie sie mich einmal mitten in der Nacht geweckt hatte, um mich in den Garten zu führen. Sie hatte ein weißes langes Nachthemd getragen und den Finger auf die Lippen gelegt, damit ich mich möglichst leise verhielt, wie sie selbst. Auf Zehenspitzen waren wir durchs Haus gehuscht. Es war eine schöne Mainacht gewesen, und wir hatten zusammen der Nachtigall zugehört, die im Gebüsch gesungen hatte – nur für uns, wie es mir damals in der tiefen Nacht vorgekommen war. Ich war glücklich und traurig bei diesen Erinnerungen; und der ganz versunkene, zeitlos-schwebende Zustand, in dem ich mich befand, führte zu Gedanken, die nicht neu waren und mich dennoch überraschten. Ein Thema kristallisierte sich heraus wie eine vertraute Gestalt aus Nebeldunst. Etwas rief mich, wartete auf mich. Ich musste die *Madonna mit der Walderdbeere* wiedersehen.

Ich bin nicht abergläubisch, aber als ich auf dem Rückweg zum Kapellchen eine Feder fand, war es, als hätte ich ein Zeichen erhalten. Längst gab es in der Gegend kaum noch Singvögel, auch Enten und Gänse, Elstern oder Bussarde fehlten – ich konnte die Feder keinem Vogel zuordnen. (Spezielle ornithologische Kenntnisse besaß ich allerdings nicht; selbst das, was mein Vater uns über die heimische Vogelwelt beigebracht hatte, erinnerte ich nur noch lückenhaft.) Doch ihre Größe und Farbe, ihr Weiß, kamen mir ungewöhnlich vor, und ich fühlte mich bestärkt in dem zunächst noch vagen Vorhaben, das mich beschäftigte. Ich hob sie auf und nahm sie mit. Später legte ich sie als Talisman in einen Wolmuth-Bildband, in dem ich während der Arbeit an meiner Dissertation immer wieder blätterte.

Zurück auf dem kleinen Platz mit den Altglascontainern klingelte ich an der Tür eines angrenzenden Hauses bei dem Namen Szymon. Ich ging die Treppe zum Souterrain hinunter und wurde von einem hochgewachsenen weißhaarigen Mann mit dichtem Schnurrbart und freundlichen braunen Augen empfangen. Hinter ihm sah ich ein Zimmer, das einer Mönchszelle ähnelte, mit Tisch und Stuhl, einem Bücherregal, schmalem Bett und vergitterten Fenstern. Ich fragte ihn, welches Amt er innehabe, da doch wohl keine Gottesdienste mehr in der Kapelle gefeiert würden, und er antwortete mit überaus wohlklingender, sanfter Stimme und einem ebenso sanften Lächeln, in gebrochenem Deutsch: »Ich bin Ihr Diener. Ich bin für alle da, die mich brauchen.«

Er schien angenehm überrascht zu sein von meinen Fragen nach dem Bauwerk, dessen Erhaltung auch ihm am Herzen lag. Er habe sich als junger Theologe mit dem Phänomen der frühneuzeitlichen antichristlichen Sekten beschäftigt, er kenne sich recht gut aus auf dem Gebiet, gerade deshalb habe man ihn hierhergeschickt. Ob ich wisse, dass die Kapelle wahrscheinlich einmal Versammlungsort solch einer Sekte gewesen war? Bauarbeiter hätten vor einiger Zeit unter dem Altar in einem offenbar uralten Versteck Papiere mit Gebeten oder Anrufungen an einen satanischen Engel gefunden, dem die von der Kirche abgefallenen Gläubigen mit blutigen Opfern huldigten. Er sei dabei, diese halb zerfallenen und von Feuchtigkeit zerfressenen Papiere zu sichten, die Texte zu entziffern, und bot an, mir seinen Fund zu zeigen. Ich war neugierig – aber dann ergriff mich eine seltsame Scheu oder Furcht, und ich sagte hastig, dass ich jetzt keine Zeit dafür hätte und ein andermal kommen würde.

Er bedachte mich mit einem langen ernsten Blick und antwortete nicht. Aber auf meine Bitte hin ging er mit mir hinüber und schloss mir die Tür auf. Im Innern des Kapellchens lagerten Berge von Bauschutt, zerbrochene Ziegel, Pflastersteine. Der Altar, wiewohl verstaubt und vernachlässigt, stand noch an seinem alten Platz, und darüber hing, völlig unberührt, das Bild. Ein Metallschild mit der Aufschrift: »*Die Madonna mit der Walderdbeere*, Kopie von unbekannter Hand eines verschollenen Gemäldes von Johannes Wolmuth (1601–1656)« war am Rahmen befestigt, und zwei Drähte hingen von der Wand, die wohl einmal zu der Alarmanlage unter der Decke geführt hatten.

Ich hatte das Gefühl, dem alten Mann etwas erklären zu müssen, deshalb erzählte ich ihm schließlich von meiner Mutter und den Spaziergängen, die uns hierher geführt hatten. Wieder hörte er mit ernster Miene zu, ohne den Blick von mir abzuwenden. »Ja«, sagte er schließlich, »es ist ein wunderbares Bild. Wir sollten wieder lernen, es zu verstehen.«

Ich hatte die Aufgabe übernommen, die Hinterlassenschaften meines Vaters zu ordnen und seine Wohnung zu verkaufen. Sie war düster und verwahrlost; keiner von uns Geschwistern wollte darin leben. Dank eines Stipendiums lebte ich seit kurzer Zeit in England; es gefiel mir dort, und ich plante, zurückzukehren, sobald alles Notwendige geregelt wäre. Größere Probleme gab es nicht. Mein Vater hatte gut vorgesorgt: Wir wurden zum Notar bestellt, und jeder von uns bekam etwas Geld und ein paar Gegenstände (die allerdings nicht viel wert waren). Ich bekam den alten Turmalinring meiner Mutter. (Er passte mir nicht, und ich versäumte aus irgendeinem Grund immer wieder, ihn weiten zu lassen.) Allerhöchstens vier Wochen hatte ich für Gespräche mit Banken und Maklern sowie die notwendigen Ausmist- und Räumaktionen veranschlagt. Ein paar der alten Freunde meines Vaters stellten sich ein, und ich erinnerte mich, wie sie früher in ihren Wanderstiefeln und karierten Hemden, mit ihren Ferngläsern um den Hals bei uns geklingelt hatten, um ihn zu Exkursionen abzuholen. Sie hofften wohl, etwas aus seinem vogelkundlichen Nachlass zu ergattern, doch bis auf ein paar Manuskripte hatte er das meiste schon vor seinem Tod der Ornithologischen Gesellschaft übergeben, sodass sie unverrichteter Dinge wieder abziehen mussten. Meine Brüder ließen sich kaum sehen. Meine Freundinnen waren mit ihren kleinen Kindern beschäftigt. Ich fühlte mich fremd in der Stadt und war froh, dass ich das Ticket für die Rückreise schon in der Tasche hatte und nicht länger bleiben musste. Aber am Ende dieses Sommers flog ich nur nach London zurück, um meinen dortigen Haushalt aufzulösen und mich von meinen englischen Bekannten zu verabschieden. Dann begann mein neues Leben in der Stadt, in der ich geboren wurde, in der sonnigen und geräumigen Wohnung, die Hans mit seinem schönen Gehalt bezahlte.

Er war gerade Juniorprofessor geworden. Ich lernte ihn kennen, als ich ein Kapitel der bekannten Wolmuth-Biografie von Kerstorffer in der Bibliothek des Kunstgeschichtlichen Instituts kopieren wollte. Man brauchte dort eine Karte zum Kopieren. In der Annahme, einen Bibliotheksangestellten vor mir zu haben, fragte ich den jungen Mann, der hinter dem Tresen an einem Bildschirm saß, recht unwirsch, wie ich an die Karte kommen könne, ich bräuchte die Kopien dringend, sofort.

Ohne mit der Wimper zu zucken, erwiderte er: »Das können Sie sich aus dem Kopf schlagen. Solche Dinge brauchen Zeit. Eine Kopierkarte! Dazu brauchen Sie mindestens zweihundert Veröffentlichungen. Tja...«

Es war die Art von Scherz, die er liebte, und er freute sich sichtlich darüber, dass ich ihm, wenn auch nur für einen Moment, auf den Leim ging. Ich ärgerte mich, weniger über ihn als über mich selbst, meine mangelnde Geistesgegenwart und Schlagfertigkeit. Er las es mir am Gesicht ab und lud mich auf einen Kaffee ein (nicht in der Mensa!), um mich zu besänftigen, mich mit mir selbst zu versöhnen. Mehr war nicht nötig.

Hans besaß die erstaunliche Gabe, anderen das Gefühl zu vermitteln, er höre ihnen mit ungeteilter Aufmerksamkeit zu und billige uneingeschränkt alles, was sie zu sagen hatten. Schon nach kürzester Zeit war ich völlig von ihm eingenommen. Offenbar interessierte er sich für mich – nicht für das, was ich an akademischen Erfolgen vorzuweisen hatte, sondern für das, was mich wirklich bewegte. Er verstand – so glaubte ich wenigstens –, wie wichtig das Thema Wolmuth für mich war, und brachte mich dazu, meine Gedanken rückhaltlos zu äußern. Ich sprach nicht nur von Wolmuth, sondern auch von meinem Vater, von dem Geruch in der ausgeräumten Wohnung mit dem abgezogenen Pflegebett, von den Schränken und der Speisekammer mit den von Motten wimmelnden Reis- und Nudelpackungen, von der Gleichgültigkeit meiner Brüder. Ich erzählte ihm vom Kapellchen und dem Weg am Bach entlang, von der Bezauberung und der Traurigkeit, die ich dort empfunden hatte, von meiner Mutter. Ich sagte ihm, dass ich plötzlich begriffen hätte, was das Altarbild ihr bedeutete, wofür es, auf seine so dürftige, unzulängliche Weise, stand, und dass die Instrumente der Kritik (im Sinn des Kunstlehrers Jakub), deren Gebrauch ich als junges Mädchen gelernt hatte, nicht zu gebrauchen seien, wenn eine bedürftige Seele nach Trost verlangt.

Ich erzählte ihm auch von meiner Entdeckung, und er wies mich nicht zurück, zweifelte nicht an meinem Sachverstand, krittelte nicht, mäkelte nicht, sondern traute mir zu, die Merkmale – Farbunstimmigkeiten, Risse, Sichtbarwerdung von Unterzeichnungen und Ähnliches –, richtig gedeutet und den richtigen Schluss daraus gezogen zu haben. Wenn es stimmte, sagte er, dass die *Madonna mit der Walderdbeere*, die im Kapellchen hing, eine Übermalung war, wie ich annahm, liege es doch nah, der akademischen Welt meine Theorie im Rahmen einer Promotion zu präsentieren. Professor Bartolo, den er gut kenne, wäre sicher froh, mich mit diesem Thema als Doktorandin zu gewinnen. Bartolo habe übrigens die besten Beziehungen zum Amt für Denkmalschutz, unter dessen Obhut die Kapelle stand, er werde sich bestimmt für mich einzusetzen, sodass ich mich ganz frei meinen Forschungen widmen könne.

Mir schwirrte der Kopf. Ich sagte, ich hätte natürlich auch schon an eine Promotion gedacht. Ich hätte sogar schon mit meinem älteren Bruder darüber gesprochen, er habe meine Idee aber für abwegig gehalten. Halb sei ich seinem Rat gefolgt und hätte die Sache innerlich ad acta gelegt. Aber jetzt...

Er sah mich an mit seinen schönen Augen mit den langen Wimpern, und ich bekam nicht genug von seinen freundlichen Ermunterungen, seinem: »Warum denn nicht?«, »Du willst doch weiterkommen?« und: »Fang doch einfach an!«

Als wir auseinandergingen, hatte ich das Gefühl, ihm alles über mich erzählt zu haben. Die fiebrige Aufregung, in die mich das Gespräch mit ihm versetzte, war zum Teil der beginnenden Verliebtheit zuzuschreiben; zum anderen Teil war es echte wissenschaftliche Begeisterung. In den nächsten Wochen trafen wir uns fast jeden Tag. Als er mir seine Wohnung zeigte, sagte er: »Sie ist groß genug für eine Familie, nicht?« Ich bezog das schönste, hellste Zimmer und ließ mir meine Bücher und meinen Schreibtisch aus England schicken. Da es ihm wichtig war, zu heiraten (seine Eltern drangen darauf), heirateten wir bald darauf, und ich stürzte mich in die Arbeit.

Professor Bartolo wurde tatsächlich mein Doktorvater, und dank seiner guten Beziehungen nicht nur zu Behörden, sondern auch zu den einschlägigen Werkstätten und Labors konnte »mein« Bild bald einer eingehenden restauratorischen Analyse unterzogen werden. Weiß behandschuhte Spezialisten, deren tägliches Brot es ist, Ölbilder auf Schäden zu prüfen und ihr originales Erscheinungsbild wiederherzustellen, nahmen es in ihre Obhut. Sie analysierten Pigmente, Firnis und Bindemittel und tasteten die Oberfläche der Madonna mit den Linsen ihrer hochempfindlichen Kameras ab. Infrarotlicht und Röntgenstrahlen machten Dinge augenfällig, die mit bloßem Auge nicht zu sehen waren. Ich beobachtete die strähnigen, verschwommenen Strukturen, die auf den Monitoren auftauchten, vertiefte mich in chemische Analysen, Reflektografien und Fluoreszenzaufnahmen und behängte die Wände meines Zimmers mit Bildschirmausdrucken. Das Ergebnis stand bald fest. Es gab tatsächlich ein erhebliches Ausmaß von Unterzeichnungen mit signifikanten Abweichungen von den darüberliegenden Konturen. Zu erkennen war eine Figurenkonstellation, die aus einer schemenhaften grauen, von schwarzen und weißen Flecken durchsetzten weiblichen Figur in der Mitte, weiteren kleineren, schattenhaften Figuren zu beiden Seiten und einer dunklen kleinen Figur mit rundem Köpfchen im Vordergrund bestand. Die weibliche Figur hielt etwas in der leicht erhobenen rechten Hand, und das Kind – zweifellos handelte es sich um ein Kind von ähnlicher Größe und Gestalt wie das Jesuskind auf dem Schoß der darübergemalten Madonna – schien danach zu greifen. Der sonderbarste Umriss, den die Infrarotkamera zum Vorschein brachte, war ein überproportional großes, dunkles, geflügeltes Etwas am oberen Bildrand, direkt über dem Kopf der Madonna. Es konnte nur die formal recht ungewöhnliche Darstellung einer Taube als Symbol des Heiligen Geistes sein. Von diesem Vogel war auf dem späteren Bild nichts mehr zu sehen.

Eine genauere Analyse ergab, dass es sich nicht um Vorzeichnungen, sogenannte Pentimenti, handelte, sondern um die Spuren eines eigenen, fertig ausgearbeiteten Bildes. Unter den Farbflächen und Strukturen der sichtbaren Walderdbeerenmadonna befand sich also ein anderes, sehr ähnliches und nur wenig älteres

Gemälde. Es musste in derselben Werkstatt hergestellt worden sein, denn es waren im Wesentlichen dieselben Pigmente und Malmittel verwendet worden, weshalb eine Wiederherstellung des Originals durch Abnahme der oberen Farbschicht auch nicht in Frage kam. Beide Malschichten hatten sich im Lauf der Jahrhunderte so fest miteinander verbunden, dass die Ablösung der einen die Zerstörung der anderen bedeutet hätte.

Merkwürdig war ein Detail, das bei der Farbanalyse zum Vorschein kam. Beim älteren Gemälde war Azurit zum Einsatz gekommen, um den Hintergrund zu gestalten, während dieses Pigment bei der Übermalung fehlte. Das Azurit war damals ein teures, schwer zu beschaffendes Mineral gewesen, das ein Gemälde besonders wertvoll machte. Doch warum war ein wertvolles Bild durch eine weniger wertvolle Malerei überdeckt worden? Die Frage verschärfte sich durch eine weitere Beobachtung der Experten. Es stellte sich nämlich heraus, dass das originale Bild von einem versierteren und phantasievolleren Künstler hergestellt worden war. Die Hände des Kindes und gewisse Einzelheiten – Faltenbildung, Neigungswinkel des Kopfes, Wimpern, Hals – der dunkleren Figur, auf deren Schoß es sitzt, waren feiner und ausdrucksvoller gezeichnet als auf der Übermalung, die Proportionen waren ausgewogener, das ganze Ensemble – einschließlich der schwebenden kleinen Gestalten rechts und links der Hauptfigur – wirkte runder, stimmiger, harmonischer als die Übermalung. Was konnte der Grund dafür sein, dass ein weniger bedeutender Kollege das Gemälde eines bedeutenderen Künstlers übermalt hatte? Und wer konnte dieser Künstler sein?

Ich vertiefte mich in alles, was über Wolmuths verschollene Werke zu finden war, las und verglich, las weiter und verglich erneut und betrachtete immer wieder, beim Essen, beim U-Bahnfahren, beim Zähneputzen, oft mitten in der Nacht, die Screenshots der Restauratoren.

Das ursprüngliche Bild war virtuoser und mit aufwendigeren Mitteln gemalt als das spätere Gemälde. Daran bestand kein Zweifel. Doch sein Zentrum, das Kind auf dem Schoß der mütterlichen Gestalt, kam mir, je länger ich es betrachtete, eigenartig steif und fahl vor, puppenhaft, hölzern. (Das spätere Kind der Übermalung, schlechter gemalt, wirkte dennoch beweglicher, wacher: lebendiger.) Haltung und Duktus der großen schemenhaften Frauenfigur waren noch schwerer zu deuten. Sie hatte auf den ersten Blick etwas Königliches und Ehrfurcht gebietendes an sich; doch sie wirkte auch kummervoll und traurig und insgeheim unwillig, widerstrebend, wie gegen unsichtbare Fesseln ankämpfend. Ihre Lider waren gesenkt, doch das schien weniger Demutsgeste als Ausdruck ihrer Wehrlosigkeit und Erschöpfung zu sein. Der Gedanke des frühen und blutigen Todes ihres Kindes erfüllte sie offenbar mit schrecklichen Gefühlen von Ohnmacht, von Verlassenheit und Schuld, was dem Ort, an dem das Gemälde sich befunden hatte, eine besondere, schwermütige und düstere Atmosphäre verliehen haben musste.

Die gesamte neuere Forschungsliteratur stimmte darin überein, dass eine Mariendarstellung von Wolmuth in St. Michael gehangen hatte, damals eine der Hauptkirchen der Stadt und Wolmuths wichtigste

Auftraggeberin. Der Brand von 1651 hatte nicht nur St. Michael, sondern fast die gesamte Stadt in Schutt und Asche gelegt und wahrscheinlich Hunderte von Kunstwerken – Gemälde, Schnitzereien, Wandbehänge, Kirchengerät – vernichtet. Aber konnte es nicht sein, dass das heilige Bild, das vielleicht den zentralen Altar zierte, gerettet worden war? Dass man es – um es zu schützen? zu verstecken? – in das Kapellchen am Stadtrand gebracht hatte? Bald stand für mich fest, dass ich den Schlüssel zum Rätsel der doppelten Malerei in der Hand hielt. Mein Gedanke war nur einen kleinen Schritt von dem entfernt, was alle wussten, und doch sensationell. Ja, ich war mir sicher, das verschollene Madonnengemälde gefunden zu haben: Es war die Altartafel des Kapellchens. Johannes Wolmuth selbst musste der Künstler sein, der sie zuerst bemalt hatte.

Als ich an dieser Stelle meiner Forschungen angekommen war, hatte ich noch keine zwei Seiten zusammenhängenden Text verfasst. Ich musste Professor Bartolo regelmäßig Kurzfassungen der restauratorischen Gutachten vorlegen und ihm Bericht erstatten. Er war wohlwollend und geduldig. Aber als ich ihm die neue Hypothese präsentierte, zog er die Brauen hoch und fragte, ob ich wirklich vorhätte, mich mit den Koryphäen anzulegen. Ob ich wirklich glaubte, den erfahrensten und geschätztesten Wissenschaftlern, Verfassern grundlegender Werke unseres Fachs und Hauptrednern bei allen wichtigen Kongressen, das Wasser reichen zu können? (Er sagte es nicht mit diesen Worten, er sagte es nachsichtig und unaufgeregt, aber es war das, was er meinte.) Ich zeigte mich verstockt. Er war klug genug, es nicht zu einem Streit kommen zu lassen, verlangte jedoch – oder *bat* vielmehr –, dass ich ihm in einer sehr großzügig bemessenen Frist das erste Kapitel der Dissertation samt Inhaltsverzeichnis und Erläuterungen zu Zielsetzung und Vorgehensweise vorlegte. Er werde es lesen, und dann sehe man weiter.

Hans fragte schon seit einiger Zeit nicht mehr nach meinen Fortschritten. Jedes mal, wenn ich versuchte, ihm von Wolmuth zu erzählen, zog er ein Gesicht und beschäftigte sich ostentativ mit etwas anderem. Ich weiß nicht, wie es kam, doch nach und nach, jeden Tag ein wenig mehr, verlor er im Lauf der vielen Monate, die seit unserer Heirat inzwischen verflossen waren, alles, was ihn anfangs für mich so anziehend hatte erscheinen lassen. Wir redeten aneinander vorbei. Wir stritten uns, meist um Geld. Er wollte, dass ich etwas zu der hohen Miete beitrug, die einen großen Teil seines Gehalts aufzehrte. Ich verlangte, dass er mich in Ruhe promovieren ließ. Danach würde ich mir eine Arbeit suchen und ihm alles zurückzahlen, was er jetzt für mich ausgab. Er sagte, die Promotion sei an allem schuld, sie habe mich verändert, ich sei nicht mehr die Frau, die er geheiratet hatte, er kenne mich nicht mehr. Einmal kam ich nach Hause und fand alle Ausdrucke, die ich ans Regal und an die Wände geklebt hatte, auf dem Boden liegend, zerrissen und zertreten. Ich begann, auf der Couch in meinem Zimmer zu schlafen. Oft weinte ich beim Erwachen. Wenn ich nach Hause kam, war er nicht da; nachts hörte ich ihn mit irgendwelchen Leuten – auch Frauen – in der Küche lärmen. Wenn ich ihn am nächsten Tag zur Rede stellte, beschimpfte er mich als bigott und hochnäsig. Er fühle sich seinen Studierenden näher als mir, warum solle er sie nicht zu sich einladen? Wir gingen nicht mehr zusammen zu Ausstellungen oder zu den Vorträgen des Instituts, wie wir es früher getan hatten, aßen zu verschiedenen Zeiten, schliefen zu verschiedenen Zeiten. Hatten wir wirklich einmal gemeinsame Interessen, ein gemeinsames Leben gehabt? Mein einst so strahlender, großzügiger, liebevoller Ehemann war zu einem Unbekannten geworden, oberflächlich, gewöhnlich, rücksichtslos, zuweilen sogar grob. Was verband mich noch mit ihm?

Auch mein Bild hatte seine Aura verloren. Ich hatte es zu lange angestarrt. Gierig und aufdringlich war ich ihm mit den Mitteln der modernen Restaurierungstechnik zu Leibe gerückt, und aus der *Madonna mit der Walderdbeere* war ein Viereck aus Linien und Farbflächen geworden, ein aus schnöden Materialien, Metallen, Öl und Leim bestehender Gegenstand, der sich in Formeln oder Pixel darstellen ließ und statt Ehrfurcht und Entzücken nur kalte Neugier weckte. Als ich nun begann, mich anderen Bildern Wolmuths zuzuwenden, die ich zur Untermauerung meiner Theorie brauchte, trieb mich vielleicht der Wunsch, den seltsamen, tief erregenden Zauber wiederzufinden, der mich an jenem Sommertag nach meinem Spaziergang am Bach bei der Betrachtung des Gemäldes in dem kalten und heruntergekommenen Kapellchen ergriffen hatte. Vielleicht steckte auch einfach die Angst vor dem von Bartolo gesetzten Termin hinter meiner ruhelosen Fahrerei. Oder etwas ganz anderes. Jedenfalls packte ich eines Tages meinen Koffer, stieg in den Zug (zweimal auch ins Flugzeug) und begab mich nach Paris, Brünn, New York und Eau-Vive. In diesen Städten werden Skizzenblätter Wolmuths heute aufbewahrt. Doch von den Städten sah ich nichts. Mich interessierten nur die stets dämmrigen, kühlen und stillen Räume ihrer Grafiksammlungen. Ganze Nachmittage beugte ich mich dort über Wolmuths zarte Zeichnungen, um den Werdegang der Walderdbeerenmadonna nachzuvollziehen.

Das Offensichtlichste zuerst: Drei Blätter mit frühen Puttenstudien (in Paris) bestätigten, dass das ursprüngliche Gemälde nicht nur aus Mutter und Kind bestanden hatte. In der Art von Baldungs bekannter *Madonna in der Weinlaube* mussten sich mehrere nackte kindliche Figuren rings um Wolmuths Madonna getummelt haben. Die zwischen angedeuteten Blüten und Blättern spielenden, purzelbaumschlagenden, einander übermütig neckenden oder träumerisch daumenlutschenden Knäblein dieser Blätter ähnelten den von der Infrarotkamera zutage geförderten Umrissen auf meinem Bild, wenn sie dort auch weniger lieblich, ernster, stumpfer wirkten. Vielleicht hatten sie im azurblauen Himmel auf Wolken geschwebt, oder es hatte Rankenwerk gegeben, aus denen ihre Köpfe hervorlugten. Da und dort sind den hübschen Kindern auch Dinge mitgegeben, die aus ihrer Lebenswelt stammten, kleine Hunde und Katzen, ein Frosch, ein Stieglitz auf einer Distel, runde Brote und Kuchen; einmal bildet ein bäuerliches Zimmer mit Ofen und Hockern den Hintergrund. Diese Zeichnungen waren von überraschender Frische und Lebendigkeit. Sie scheinen eine allgemeine Freude an Kindern und Tieren auszudrücken; ein sinnlicher Überschuss drückt sich in ihnen aus, ein naturhaft wucherndes, verspielt-verträumtes, schwerelos-fröhliches Dasein, das auch die jugendliche Mutter in ihrer Mitte umgreift, sodass Assoziationen an antike Darstellungen einer Kore oder Persephone entstehen, die als Herrscherin der Unterwelt gleichzeitig Fruchtbarkeitsgöttin ist und für die Erhaltung von Nahrung und Leben auf der Erde sorgt. Die Blumen, mit denen Wolmuth das junge Mädchen auf der Brünner Silberstiftzeichnung so üppig umgibt – Maßliebchen, Veilchen, Schwertlilien, Akelei, die typischen Marienpflanzen – weisen in dieselbe Richtung.

In anderer Hinsicht war das Brünner Blatt, das vermutlich aus Wolmuths erster Zeit der Selbständigkeit, vielleicht kurz vor seiner Heirat um 1626 entstand, höchst bemerkenswert. Er muss Madonnenbilder von Raffael oder Perugino gekannt haben, denn das junge Mädchen, das hier dargestellt ist, wirkt unzweifelhaft italienisch. Tiefe Stille scheint um sie zu sein. In denkbar schlichter Kleidung sitzt sie mit dem nur angedeuteten Kind auf einer Blumenwiese in freier Natur. Ein leichter Wind geht, der ihrem blonden Haar kleine Strähnen entreißt. Mit zarten Schraffuren hat Wolmuth ihrem Körper auf meisterhafte Weise Volumen verliehen. Ihr leicht geneigter Kopf, ihr weicher, nach innen gekehrter Blick, das Warme, Ungekünstelte, Beseelte der ganzen Figur, all das ist von unbeschreiblicher Anmut. Dabei handelt es sich offensichtlich nicht um eine rein ideale Figur. Gewisse Einzelheiten wie ein Grübchen am Kinn, die Andeutung von Sommersprossen rund um die nicht ganz gerade Nase sprechen dafür, dass Wolmuth hier mit raschem Strich ein Mädchen porträtierte, das er wahrscheinlich kannte und an einem schönen Frühlingstag beim Spielen mit einem Kind beobachtete.

Auch Le Breton spricht in seiner bekannten Monografie davon, dass die Brünner Silberstiftzeichnung eigentlich eine Porträtstudie sei und fügt die Bemerkung an, der Abstand zwischen diesem jugendlichen Zeichner, »dessen kraftvoller Strich weniger fromme Verehrung als ungestümes Begehren verrät« und jenem (aus einer zeitgenössischen Quelle bekannten) offenbar geisteskranken über fünfzigjährigen Wolmuth mit verfilztem weißem Bart, der in Strohsandalen und zerlumpten Kleidern obdachlos umherirrt und auf Anfrage *ein schöne frow mit erdbeer* (wie es in der Quelle heißt) schwach und zittrig auf die Wirtshaustische zeichnet, sei »kaum zu ermessen und gebe zu mancherlei wehmütigen Erwägungen Anlass«. Doch Le Breton fragte sich nicht, was zwischen diesen beiden Lebensstationen geschehen sein konnte und den Niedergang des bedauernswerten Künstlers begründete, denn trotz seiner staunenswerten Gelehrsamkeit sah dieser Forscher kaum über den Tellerrand werkimmanenter Interpretation hinaus. Als ich Wolmuths Brünner Mädchenporträt in Händen hielt, drängte sich mir jedoch gerade diese Frage auf: Wer war die blonde junge Frau? Eine Freundin – die Verlobte – Tochter eines Goldschmieds, deren *sanfftmütigkeit gegen jederman* im Antrittsbrief eines Kaplans aus dem Gyrental an den Abt des Klosters Neumarkt (geschrieben 1624) Erwähnung findet? Die Ähnlichkeit war verblüffend und ließ keinen anderen Schluss zu: Nur dieses Mädchen konnte die Gottesmutter auf dem ursprünglichen Altarbild des Kapellchens sein. Doch was war mit dem Kind auf ihrem Schoß? (Von eigenen Kindern Wolmuths ist nichts bekannt; Kerstorffer beklagt das »vollständige Schweigen der Quellen« zu diesem Thema.) Und warum hatte Wolmuth bei der Übermalung alles Sinnliche, Individuelle an ihr getilgt?

In New York wohnte ich in einem düsteren, mit dem Equipment eines Tonmeisters vollgestellten Zimmer am Fuß der Brooklyn Bridge. Ich hatte es über eine Wohnungsvermittlung im Internet gemietet, weil der Weg von dort zum Museum nicht weit war. Acht Tage lang sichtete ich die Wolmuth-Blätter, die es dort gab. Abends holte ich mir eine halbe Pizza von einem Imbiss und ging dann in das Zimmer zurück, wo ich, umgeben von riesigen Lautsprecherboxen auf dem von Brandlöchern verunstalteten Teppichboden saß (denn es gab keine Stühle) und meine Eindrücke notierte.

Es waren überraschende und widersprüchliche Eindrücke, und je deutlicher mir diese Widersprüche wurden, desto ferner rückte die großartige Theorie, die ich Bartolo hatte präsentieren wollen; denn in Wahrheit wusste ich fast nichts, worauf sich eine Theorie gründen konnte. Diverse Experten hatten das vier Blätter umfassende Konvolut einem großformatigen Skizzenbuch zugeordnet, das wohl im Jahr 1630 angelegt worden war. Die Jahreszahl fand sich auf der Rückseite eines Kartons, dessen starke Abnutzung und Vergilbung darauf hinwies, dass er als Deckblatt gedient hatte. Ursprünglich musste das Buch noch mehr Blätter umfasst haben, darauf wiesen Spuren von Bindung und Leimung hin, doch nach übereinstimmender Forschungsmeinung existierten diese Blätter längst nicht mehr. Die Zeichnungen (Kohle und Blei) bedecken Vorder- und Rückseiten der Blätter. Auf den Vorderseiten sind vielgestaltige Szenen zu erkennen, die nicht selten in undeutliche Kritzeleien übergehen. Die Forschung interpretierte sie einhellig als Vorstudien für eine große, nie ausgeführte Apokalypse. Die Rückseiten wurden etwa zwanzig Jahre später (eine undeutliche Jahreszahl, 1648 oder 1649, wies darauf hin) für Madonnenstudien verwendet.

Die Zeichnungen auf den Vorderseiten reichen von seltsamen Traumbildern bis zu verworrenen Schreckensszenen, zuweilen schräg hingeworfen oder auf dem Kopf stehend, in winzigem Format. Alle Gegenstände und Themen, denen sich der junge Maler der Pariser Blätter mit solch offensichtlicher Freude gewidmet hatte, verkehrten sich vor meinen Augen in ihr bizarres oder albtraumhaftes Gegenteil. Angefangen bei den Bauernstuben, den Blumenranken, den Vogelkäfigen der Pariser Puttenstudien: Auf Blatt 1 und 2 des New Yorker Skizzenbuchs finden sich dieselben oder ähnliche Dinge, doch nun sehen sie schadhaft aus, krümelig, bröselig, wie angebissen. Das ist wörtlich zu nehmen: An Mauern und Fensterläden, an der schweren Eisentür eines Backofens erkannte ich, mikroskopisch klein, die Abdrücke menschlicher Gebisse; Blumenkränze waren wie von Zähnen zerrissen. Vergeblich suchte ich in der einschlägigen Literatur nach einer Interpretation dieser sonderbaren Skizzen, in denen sich Stein, Holz, Eisen, jedes denkbare Material in Lebkuchen verwandelt zu haben scheint. (Delarmi schreibt nur einmal von »märchenhaften Eingebungen« des Künstlers!) Doch während man diese Bilder noch als naive Schlaraffenlanddichtungen betrachten kann, geht von dem nächsten Gegenstand blankes Entsetzen aus. Aus den fröhlichen Putten, den hübschen, drallen Kindern der Pariser Blätter sind verwundete, verstümmelte, blutüberströmte Körper geworden (ich zählte insgesamt 14, von schweren Wunden entstellte Kinderkörper, ob lebend oder tot, ist kaum zu unterscheiden); darunter auch kleine Mädchen mit langen Zöpfen und schwarz verfärbten Arm- oder Beinstümpfen; und sogar die Hündchen und Kätzchen, mit denen die kleinen Engel der Pariser Zeichnungen gespielt hatten, sind hier nur noch schmutzige, ramponierte, gequälte Kreaturen.

Einige der nächsten Szenen (Blatt 3 des New Yorker Skizzenbuchs) hatte ich schon als Reproduktionen gesehen. Doch nun wurde mir bewusst, dass ihre winzigen Formate – ich musste sie sämtlich mit der Lupe betrachten – sie nur noch schrecklicher und schockierender machen. Man spürt die rasende Furcht, die zitternde Panik bei der unmittelbaren Beobachtung grausiger Vorgänge, was unweigerlich zu dem Schluss führt, dass es sich hier um Darstellungen tatsächlicher Geschehnisse handelt, die der junge Maler mit fast fotografischer Genauigkeit festgehalten hatte.

Zu sehen sind flüchtende, schreiende, übereinander stürzende Menschen, stark abgemagert und in zerlumpter Kleidung, dazwischen abgemagerte wiehernde Pferde mit schreckgeweiteten, nach oben gerollten Augen (besonders wegen dieser Pferde musste ich immer wieder an Picassos *Guernica* denken); eine Gruppe von Männern in phantastischen Kostümen, mit engen Kniehosen, Samtumhängen und Federhüten, die Sensen, Piken und Dreschflegel schwingen; brennende Häuser; ein Bach, dessen Wasser von einer toten Kuh mit geschwollenem Bauch gestaut wird; eigenartige Wolkenformationen. Am unteren Rand von Blatt 3 entdeckte ich etwas, was mir den Atem stocken ließ: ein mit wenigen Strichen skizziertes Gebäude aus grauen Feldsteinen mit einem großen Oculus – das Kapellchen! Davor ein kahler Baum, an dessen unterstem Ast ein Mann im schwarzen Priesterhabit baumelt. (Ich dachte an den Brief jenes Kaplans und seine Schilderung der frommen und liebenswürdigen Bewohner des Gyrentals, denen er das Wort Gottes verkündet hatte.) In den oberen Ästen sitzt ein riesiger Vogel mit gesträubtem Gefieder und scheint in das Fenster des Kapellchens hineinzuspähen. Unzweifelhaft handelte es sich um das gleiche Gebäude wie auf der frühen Stadtansicht, die uns einst unser Kunstlehrer gezeigt hatte. Aus der runden Öffnung des Oculus hängen Stoffstücke oder Fahnen, die von drinnen gehalten, vielleicht geschwenkt werden. Ich konnte mir keinen Reim darauf machen. Ein Traumbild?

Auf Blatt 4 gibt es keine realistischen Szenen mehr. Alles verwandelt sich, verliert seine Eindeutigkeit, wird phantastisch, traumhaft, bizarr. Die runden Brote der Pariser Zeichnungen tauchen auf: Eng untereinandergesetzt verwandeln sie sich in Tropfen, und die Tropfen bilden am Fuß des Blattes eine schwarze Lache, in der ein Vogel mit menschlichen Beinen watet. Zarte blonde Mädchenzöpfe verwandeln sich in ekelhafte Ranken oder Schlingen, die an Dreschflegeln in den Händen eines grausigen Gerippes hängen. Ein Frosch liegt, umgeben von wimmelnden schwarzen Kaulquappen, wie ein nackter Toter mit ausgestreckten Beinen auf dem Rücken. Etwa in der Mitte des Blattes ist ein Gebilde zu erkennen, das auf den ersten Blick wie eine weit geöffnete Blüte aussieht. Unter vielfacher Vergrößerung erkannte ich, dass die (12) Blütenblätter aus pummeligen Babyfüßchen (7) und -händchen (5) bestehen. Immer wieder tauchen geflügelte Wesen auf, entweder als Mischwesen mit menschlichen Körpern und Engelsflügeln (in 4 Fällen) oder als riesige Vögel mit krummen Schnäbeln und großen, starren Augen (9-mal). In einem Fall (am rechten oberen Blattrand) scheinen sich die Flügelwesen aus einer schwarzen Wolkenformation zu materialisieren. Mit einer Taube, dem Bild des Heiligen Geistes der christlichen Ikonografie, haben diese Wesen nichts zu tun. Sie sind finster, mächtig, bedrohlich. Zwei der Mischwesen (am unteren Blattrand, mit Blei überkritzelt) hocken einander gegenüber und laben sich an großen, dampfenden Fleischbrocken; einer der Vögel (direkt daneben, die Stelle ist etwas stockfleckig) zerreißt mit seinen großen Krallen weiches, blutiges Gedärm.

Die Forschung hatte sich mit diesen makabren Traumwesen nie eingehender beschäftigt. Delarmi spricht von Studien apokalyptischer Engel; Kerstorffer sieht »Höllenknechte« am Werk, »die ihre von Gott verstoßenen Opfer vor sich hertreiben«. Le Breton kommentiert verharmlosend, Blatt 4 des New Yorker

Hefts sei nichts als »geistesabwesendes Krakelwerk«, in dem sich eine »durchaus konventionelle Furcht vor Satan und Verdammnis« äußere. In seiner großen Wolmuth-Biografie schreibt Kerstorffer im gleichen Tenor, es gebe keinerlei Anzeichen dafür, dass Wolmuth den »Schrecken des Krieges am eigenen Leibe erfahren musste«. Die Quellen vermeldeten lediglich, dass der früh verwitwete Maler und Stecher, der ab 1636 eine eigene Werkstatt unterhielt, ein allseits angesehener Mann und mit Aufträgen wohlversorgt gewesen sei. Zudem sei nicht bekannt, dass es in unserer Stadt überhaupt nennenswerte Kriegshandlungen gegeben habe. Zwei, drei Jahre lang seien die Lebensmittel knapp gewesen, doch es habe keine bedeutenden Zerstörungen gegeben, da die Wege der großen Heere anderswo verliefen.

Die Marienfiguren der Versoseiten des New Yorker Skizzenhefts enttäuschten mich zunächst. In Körperhaltung und Lichtführung ähneln sie der Madonna des Kapellchens. Überall ist etwas Angestrengtes, Bemühtes zu erkennen. Diese Frauen sind jung, doch ohne Biegsamkeit, Grazie, Schmelz; die Gesichter, großäugig, melancholisch, fast düster – im besten Fall nur maskenhaft-konventionell. Der Strich ist kraftlos, stumpf; die Körper atmen nicht. Es ist, als hätte sich Wolmuth durch diese fast mechanisch wirkenden Skizzen aus einem Zustand von Ideenlosigkeit und Erstarrung herausarbeiten wollen, schrieb ich in meinem stickigen Zimmer unter der Brooklyn Bridge in meinen Laptop. Es schienen jämmerliche Wiederholungen zu sein, hilflose Versuche, sich zu erinnern. Die Übereinstimmungen mit der späten »Madonna mit den Kuhaugen« des Kapellchens gingen so weit, dass man von Vorzeichnungen sprechen konnte. Das war der Beweis, nach dem ich gesucht hatte! Wenn die Schätzungen der Restauratoren stimmten und das ursprüngliche Gemälde in einem Zeitraum zwischen 1635 und 1638 vollendet worden war, hatte Wolmuth über ein Jahrzehnt später, gegen Ende seines Lebens, sein eigenes Werk übermalt. Doch warum? War er dazu gedrängt worden, weil irgendetwas an diesem Bild den Kirchenoberen nicht passte? Was konnte das gewesen sein? Was war das Anstößige an der jungen blonden Frau, die sich hinter der *Madonna mit der Walderdbeere* versteckte?

Ich schrieb Professor Bartolo eine kurze, euphorische E-Mail, in der ich ihm meine neuesten Entdeckungen und Interpretationen in kurzen Worten schilderte. In seiner Antwort ging er nicht darauf ein, ermahnte mich stattdessen, nicht zu voreilig zu sein, und verwendete zweimal das Wort »abenteuerlich«.

Zwischen meiner Rückkehr aus New York und der Fahrt nach Eau-Vive, wo die letzten Zeichnungen Wolmuths aus der Sammlung Fetterman auf mich warteten, lagen drei Wochen fieberhafter Recherchen. Ich saß von früh bis spät in der Bibliothek. Ich las Bücher über den Dreißigjährigen Krieg, versuchte nachzuvollziehen, wie ein nach den Regeln der Ehre geführter Kampf um die richtige Konfession unter dem Druck von Hunger und Krankheit, Aberglauben und Erschöpfung vielerorts zu einem bloßen Morden und Brennen, einem regellosen grausamen Gemetzel geworden war. Ich las von versprengten Söldnerhaufen, die Bauern terrorisierten, von müden, zerlumpten, stinkenden Banden ausgehungerter Landsknechte, die, durch jahrelanges Töten abgestumpft, vor keiner Abscheulichkeit zurückschreckten. Ich las von sittlicher Verrohung, von Anarchie und Glaubensabfall, von grässlichen Kulten, die sich im Gefolge der Verheerungen in einsamen und verödeten Landstrichen entwickelten und so tief einwurzelten, dass Vertreter beider christlicher Kirchen oft noch hundert Jahre später gegen sie zu Felde zogen. Ich betrachtete immer wieder die grausigen Zeichnungen von Callot und Franck, denen Wolmuths kleine New Yorker Skizzen auf frappante Weise ähnelten, und die Gewissheit verdichtete sich in mir, dass in den Jahren nach seiner Eheschließung im Umkreis des Kapellchens, das sich damals an einer einsamen Stelle am Rand des bewirtschafteten Tals befunden hatte, irgendetwas Entsetzliches geschehen sein musste, was den jungen Maler tief verstörte.

Professor Bartolo hatte mir mehrmals geschrieben, dass er mich zu sehen wünsche. Ich antwortete ihm, dass ich keine Zeit hätte, in seine Sprechstunde zu kommen, ihn aber aufsuchen werde, sobald ich aus Eau-Vive zurück sei. Hans traf ich in dieser Zeit nicht oft. Ein paarmal ließen wir uns abends von unserem Stammvietnamesen Essen kommen. Doch die Gerichte, die uns früher begeistert hatten, bestanden nun nur noch aus lieblos zusammengerührten Allerweltsingredienzien, mit billiger Sauce übergossen, und trugen so zu der anhaltend schlechten Laune bei, die sich zwischen uns eingestellt hatte. Wir saßen schweigend vor dem Fernseher, und jeder war mit

Dingen beschäftigt, die den anderen nicht interessierten. Einmal versuchte ich dennoch, ihm von meinen Entdeckungen zu erzählen. Ich zeigte ihm die Scans der New Yorker Skizzen und fragte ihn, ob er nicht auch glaube, dass die ersten Blätter nur Hungerphantasien sein konnten? Ja, Wolmuth selbst musste wie die Bewohner der ganzen Gegend Hunger gelitten haben. Der Hunger hatte ihren Geist beherrscht und ihren Blick auf die Dinge der Welt verändert. Der Hunger hatte sie krank gemacht und sie am Ende so zermürbt, dass sie den mordlüsternen Landsknechten, die sie überfallen hatten, keinen Widerstand entgegensetzen konnten. Denn jene – selbst bis auf die Knochen abgemagerten – Gestalten mit den Federhüten konnten nur Landsknechte sein, versprengte Söldner des Schwedenheers vielleicht, die die elenden Häuser geplündert, Männer, Frauen und Kinder gequält und getötet hatten. Da sich das Augenmerk der zeitgenössischen Chronisten auf die wichtigsten Kriegshandlungen richtete, war von diesem Ereignis am Rand der großen Schlachten nie etwas überliefert worden. Und die Stoffstücke oder Fahnen, die aus dem Fenster des Kapellchens hingen – ob er nicht auch Signale von Eingeschlossenen darin erkenne, die, von den blutrünstigen Kriegern zusammengetrieben, auf diese Weise um Hilfe gerufen hätten? Ob sich die Folgerung nicht aufdränge, dass Wolmuth das alles miterlebt hatte? Das Gyrental lag am Rand der Stadt, in der er lebte, seit einigen Jahren verheiratet, möglicherweise im Haushalt seines Schwiegervaters, der eine kleine Goldschmiedewerkstatt unterhielt. Und die Vögel – ob es sich nicht um wirkliche

Vögel handeln könne, Geier mit krummen Schnäbeln und starken Krallen? Angezogen vom blutigen Getümmel hatten sie sich dem entsetzten Volk in plötzlicher, überwältigender Nähe gezeigt –

Es gebe keine Geier in Deutschland, unterbrach mich Hans in mürrischem und gereiztem Ton. Ich identifiziere mich auf sträfliche Weise mit Wolmuth; ich hätte mich von meinem blinden Eifer dazu hinreißen lassen, in diesen Bildern Dinge zu sehen, die einzig und allein meiner eigenen Phantasie entsprangen; ich hätte mich in etwas hineingesteigert, was kein vernünftiger Mensch – vor allem kein ernsthafter Wissenschaftler! – nachvollziehen könne. In Wahrheit gebe es auf diesen Blättern nur wirres Gekritzel und ein paar abstruse Gestalten, Dämonen oder Fabelwesen, die allenfalls als Vorzeichnungen eines Totentanzes oder Jüngsten Gerichts interpretiert werden könnten, jedoch keinesfalls als Darstellungen irgendeines tatsächlichen Geschehens missverstanden werden dürften.

Dieser Streit erregte uns beide so sehr, dass wir begannen, aufeinander loszugehen. Er fasste mich an den Schultern, und ich umgriff seine Arme. So fühlten wir wieder einmal die warme Haut, das weiche Fleisch des anderen und sanken schließlich, ineinander verkrallt, aufs Bett. Es war ein kurzes und blindes keuchendes Tasten, Wühlen, Stoßen, dem Schweigen und Leere folgte. Ich wünschte mir, wenigstens weinen zu können; stattdessen lag ich bis zum Morgengrauen mit offenen Augen, ratlos und starr neben meinem fremden Mann. Vierzehn Tage später, am Abend vor meiner Abreise, waren wir zu einem Fest am Semesterende eingeladen. Hans stand im Mittelpunkt, die Studentinnen himmelten ihn an. Doch ich war nicht einmal mehr eifersüchtig. Ich merkte, dass mir alles gleichgültig war, die schönen, klugen jungen Menschen mit ihren sportlichen Körpern, ihren Projekten, Reisen, Karrieren, der Wein, den Hans so lobte, das Essen. Nichts schmeckte mir. Ich war müde. Als ich den Zigarettenrauch roch, der vom Balkon ins Zimmer wehte, wurde mir übel.

Im Studienzentrum der Sammlung Fetterman hatte man mir ein schönes Zimmer mit Seeblick und Bad reserviert. Das Foto des berühmten Gründers der Sammlung in der Eingangshalle – ein sympathischer Grandseigneur im offenen Hemd – war mit einer Trauerschleife versehen, doch darüber dachte ich nicht weiter nach. Es gab eine große Bibliothek, in der ich die gesamte Sekundärliteratur zu Wolmuth fand. In einem abgedunkelten, angenehm temperierten getäfelten Raum des Cabinet des estampes sah ich zunächst das berühmte *Selbstbildnis mit Federhut*, das wahrscheinlich aus Wolmuths letzten Lebensjahren stammt, eine kleine Silberstiftzeichnung auf der Rückseite einer Spielkarte. Sie war erst 1978 auf dem Dachboden eines Altwarenhändlers in Paris entdeckt worden. (Unter den Wolmuthforschern ist Delarmi der Einzige, der den Federhut nicht als zeittypische orientalische Kostümierung betrachtet, sondern als Zeichen der Mitgliedschaft in einer »Geheimsekte«, wofür er allerdings keine weiteren Belege anführen kann.) Das Gesicht des Mannes mit dem strähnigen Haar, das unter der bizarren Kopfbedeckung hervorquillt, dem grauen Bart, den scharf eingeschnittenen Falten um Nase und Kinn war mir unendlich vertraut. Ich sah das gefältelte Leinenhemd, das an seiner breiten Brust anlag und am Hals nachlässig mit einer Kordel zusammengezogen war, ich sah die weiten Ärmel und die Hände, die nach der Flucht aus der Stadt und seiner langen, einsamen Wanderschaft sonnenverbrannt und hart geworden waren. Der zweifelnd-gebrochene Blick der verschatteten Augen unter den gerunzelten Brauen traf mich ins Herz. Aus dem brillanten jungen Künstler mit dem offenherzigen, etwas spitzbübischen Gesicht und den prächtigen Kleidern – wie Wolmuth sich in dem frühen Selbstporträt unter den berittenen Vornehmen der Kasseler *Kreuztragung Christi* dargestellt hatte – war dieser gebeugte alte Sonderling geworden, der zum Vergnügen seiner Zechkumpanen und vielleicht um seine Spielschulden zu begleichen, auf Wirtshaustischen rasch hingeworfene Zeichnungen fabrizierte. Was beschäftigte ihn? Hatte er noch immer nicht verwunden, dass seine junge Frau – 1636, im gleichen Jahr, in dem er seinen Meisterbetrieb mit wenigstens acht Gesellen eröffnete – gestorben war? Der Grund für ihren Tod soll laut Kerstorffer ein »seelisches Leiden« gewesen sein, dessen Natur bis heute unbestimmt geblieben ist. Als Witwer hatte Wolmuth seine Werkstatt noch über zehn Jahre lang geführt; die Aufträge waren ihm nun von weit entfernten Orten zugegangen. Aber bald muss ihm klar geworden sein, dass er nicht mehr die Kraft besaß, die großen Vorhaben auszuführen, von denen er geträumt hatte. Die Auftraggeber murrten. Mehrere vielfigurige Tafeln warteten auf Vollendung, darunter das *Jüngste Gericht*, das heute in St. Michael hängt, und eine *Opferung Jesu im Tempel*, die trotz der vielen unausgeführten Stellen das Glanzstück der Gemäldesammlung der Kapuzinerabtei von Neumarkt bildet. Wenn er zu malen begann, verdunkelte sich sein Geist, und seine Hände begannen zu zittern. Schließlich hatte er die Werkstatt dem ältesten Gesellen übergeben und war fortgegangen, und von denen, die ihn kannten, sah ihn niemand wieder.

Die nächsten beiden Blätter der Sammlung waren weniger interessant. Wolmuths Walderdbeerenstudie ist heute ein beliebtes Postkartenmotiv. Die kleine Staude mit drei Stängeln wächst aus einem Boden mit welken Blättern und dunkler Erde heraus. Raum ist durch den Hell-Dunkel-Kontrast zwischen vorderen und hinteren Blättern angedeutet. Die dreizähligen gezähnten Blätter am vorderen Stängel sind dunkel schraffiert und sorgfältig gearbeitet, die des hinteren Stängels mit einigen zarten Strichen nur angedeutet. Der Hauptstängel wächst schräg nach oben. Auffällig ist, dass er sowohl Blüten wie Früchte trägt. An der Spitze, wo sich eben ein neues, seidig behaartes Blatt entfaltet, sitzen kleine Knospen. Darunter die Blüten, in einem Dreieck angeordnet; sie wirken wie offene, strahlende Augen; die Früchte, von den zurückgebogenen Kelchblättern umgeben und von den großen Blättern beschattet, sitzen an kurzen Stielen darunter, reif und fleischig und so schwer, dass die schwachen Stiele sie kaum tragen können; sie neigen sich zur Erde hinab.

Bei längerer Betrachtung wurde mir klar, dass die zarte Pflanze, die Wolmuth mit ungeheurer zeichnerischer Sicherheit auf das Blatt bannte, auch ein Sinnbild für den Kreislauf des Lebens ist, das sich knospend dem Licht entgegenstreckt, einen Augenblick lang blüht und fruchtbringend wieder der Erde anheimfällt. Indem die Madonna sie dem Kind reicht, verweist der Künstler auf dessen Tod und Auferstehung.

Kerstorffer hatte dieses Blatt aufgrund seines Wasserzeichens auf 1634–1636 datiert. Ein weiteres Blatt war wohl wesentlich später gezeichnet worden; es konnte aus demselben Skizzenbuch stammen, dessen übrige Seiten ich in New York gesehen hatte. Mehrere Forscher hatten Mutmaßungen darüber angestellt, was es darstellte, einige betrachteten es als eine missglückte Walderdbeere; andere waren zu dem Schluss gekommen, dass es sich um die Vorzeichnung zu einem Wappen handelte. Blüten und Stängel sind nur nachlässig angedeutet, und dort, wo in der frühen Studie die Früchte sitzen, hat Wolmuth drei blutrote Tropfen gezeichnet.

Alles in allem brachten die beiden letzten Zeichnungen nichts Neues. Ich hatte mehr erwartet und war nach den ersten Tagen unzufrieden und mutlos. Hans' Vorwürfe gingen mir im Kopf herum; Zweifel meldeten sich. Ich schrieb nichts. Ich trat auf der Stelle.

An einem Abend fand ein Empfang der Direktion für Forscher und Stipendiaten statt. Etwa dreißig junge Leute waren gekommen, und zwei Bedienungen trugen silberne Platten mit Champagnergläsern und Lachsschnitten durch den Saal. Die Tür ging auf, zwei Männer kamen herein. Der Direktor, Victor Lalyt (ich hatte zwar schon mit ihm korrespondiert, ihn bis jetzt aber noch nie gesehen), trug einen dunkelblauen Anzug mit Krawatte und Einstecktuch und elegante Oxfords. Die tänzerische Geschmeidigkeit, mit der er sich bewegte, ließ die Plumpheit und Hässlichkeit seines untersetzten, kurzbeinigen Körpers vergessen. Monsieur Lalyt ging federnd zu dem bereitstehenden Mikrofon und begrüßte uns mit einer etwas unangenehmen, blechernen Stimme, doch im routinierten Tonfall des geübten Redners. Dann geschah etwas Sonderbares. Nachdem er uns seinen Begleiter Henry Morton vorgestellt hatte (keiner von uns kannte ihn, doch wir applaudierten brav), warf er dem »lieben Freund« einen eigenartigen kalt-ironischen Blick zu, worauf Morton von Kopf bis Fuß zu beben anfing. Er war ein Mann unbestimmten Alters mit schönen graublauen Augen, hochgewachsen, breitschultrig, einen Kopf größer als Lalyt, ebenfalls geschäftsmäßig-korrekt in Anzug und Krawatte erschienen – doch gerade deshalb war es schrecklich, ihn in diesem aufgelösten Zustand erleben zu müssen. Vielleicht bemerkten es nur diejenigen, die nah am Podium standen. Ich jedenfalls sah es deutlich. Von da an schien Morton immer mehr hinter Lalyt zu verschwinden. Wie das möglich war, habe ich mich danach immer wieder gefragt. Es muss eine Sinnestäuschung gewesen sein, hervorgerufen durch die von Lalyt bewirkte Veränderung der Atmosphäre. Lalyt fesselte uns alle, weniger durch die Worte, die er sprach, als durch seine ungeheure physische Präsenz. Sein Körper schien eine besondere Stärke oder Robustheit zu besitzen, was durch den zwar schwachen, doch sehr unangenehmen Geruch verstärkt wurde, der von ihm ausging und mich seltsamerweise an den Raum erinnerte, in dem mein Vater einst seine Vögel präpariert hatte. Man konnte den Blick nicht von ihm wenden, obwohl sein Gesicht mit der niedrigen Stirn, den tief liegenden, lauernden Augen, der großporigen Haut eher abstoßend wirkte. Man hörte ihm zu, doch seine Worte blieben seltsam flach, plump und trivial; an manchen Stellen – wir trauten unseren Ohren nicht! – hörte man eine empörende flegelhafte Ignoranz, unangebrachte Albernheit, infamen Unverstand, die Gegenstände der Sammlung betreffend – während jenes andere, das ich mit seiner faszinierenden körperlichen Präsenz in Verbindung brachte, immer mehr Raum einnahm. Neben ihm ging Henry Morton verloren. Seine Angst wurde immer deutlicher und vergiftete die Luft. Der arme Mann war nicht mehr als ein Schatten Lalyts, eine Marionette, er wagte kaum, den Kopf zu heben in seiner Gegenwart und schien vollständig von ihm beherrscht zu werden. Das war es, was wir spürten. Es rief in uns allen eine kalte und lähmende Beklemmung hervor. Wir standen völlig im Bann dieses grotesken Schauspiels – was dazu führte, dass es eine Weile dauerte, bis wir das, was Lalyt uns mitteilte, auch begriffen.

Kurz gefasst, sagte er, dass Professor Fetterman bei einem Unfall ums Leben gekommen sei und dass der »weltbekannte Fabrikant und Philanthrop« Henry Morton von nun an als Kuratoriumsvorsitzender fungiere. Die Aufgaben und Ziele der Sammlung würden sich ändern. Fetterman sei vielleicht ein ehrenwerter Gelehrter gewesen (mit »Gelehrter« meinte er »Trottel«, das kam unmissverständlich zum Ausdruck), doch unsere Zeit verlange etwas Neues, etwas, was die Welt zu beleben, zu erregen, aus dem Schlaf zu reißen vermöge, in die sie die lange Herrschaft eines durch und durch korrupten Christentums versetzt habe. Der Schwerpunkt der Sammlung müsse ein anderer werden. All diese Barockzeichnungen mit ihren langweiligen Motiven, ihrer konventionellen Frömmigkeit hätten bisher viel zu viel Aufmerksamkeit beansprucht. Die Bedeutung der neuen Sammlung Fetterman-Morton liege anderswo. Ein grundlegender Paradigmenwechsel stehe an, und wir alle seien gefordert, ihn in die Wege zu leiten.

In dieser Nacht trafen sich einige Stipendiaten im Garten der Villa Fetterman, die, wie ich, nicht schlafen konnten. Wir hatten uns nicht verabredet; nach und nach sammelten wir uns im Schatten unterhalb der großen beleuchteten Terrasse. Wir waren noch immer entgeistert, ja, verstört; die sonderbare, angsterfüllte Atmosphäre des Empfangs steckte uns in den Knochen. Wir fragten uns immer wieder, was wohl mit Fetterman geschehen sei. Einige hatten ihn gekannt und sprachen mit Wärme von diesem großen Sammler. Von einem Unfall hatte niemand etwas gehört oder gelesen. Wir rekapitulierten Lalyts Rede und versuchten herauszubekommen, worauf er eigentlich hinauswollte. Niemand konnte es sagen. Irgendjemand berichtete, dass einige kleinere, wenig bekannte Blätter der Sammlung, allesamt Mariendarstellungen, seit Monaten nicht mehr auffindbar seien. Lalyt schien dahinterzustecken, vielleicht eigene, unsaubere Geschäfte zu betreiben. Es war, als fehlten unseren Forschungen plötzlich Ziel und Grund. Einsilbig, ratlos, bedrückt saßen wir in der Dunkelheit auf dem Rasen.

Die Erinnerung an ein sonderbares Spiel stieg in mir auf, das ich als Kind mit meinen Brüdern in unserem Garten gespielt hatte. Wir hatten es »Verschwinden« genannt. Im Grunde hatte es darin bestanden, dass wir unserem Bewegungsdrang so lange wie möglich widerstanden und durch nichts auf uns aufmerksam machten. Während dieses Spiels hatte ich manchmal das Gefühl gehabt, dass mein Körper sich von mir ablöste und mit den Schatten ringsum verschwamm. Meine Herzschläge existierten unabhängig von mir selbst, die Erde, die Steine, ein Baum, ein Fliederbusch schienen sie hervorzubringen. Ich hatte die Geräusche der nächsten Umgebung deutlicher als sonst wahrgenommen, vor allem Vogelstimmen, denn die Vögel schienen die einzigen Wesen zu sein, die sich unserer Gegenwart bewusst waren. Die Amseln keckerten aufgeregt, und die kleinen Meisen beäugten uns aus dem Gebüsch. Kleine Gegenstände waren mir ins Auge gefallen, die nicht mehr die Sonne zu reflektieren schienen, sondern eine andere Art von Licht. Immer wieder hatte ich als Kind über die Bedeutung alles dessen nachgegrübelt; ich hatte gefürchtet, dass irgendetwas Dunkles, Böses mich überwältigen, von mir Besitz ergreifen und mich meinen Eltern und meinen Brüdern entreißen könnte. Wenn wir unser Spiel spielten, war diese alte Angst in mir gewesen – doch ich hatte auch gewusst, dass meine Mutter mich retten würde. Sobald sie uns zum Essen rief, waren wir aus den verschiedenen Winkeln, in denen wir uns versteckt hatten, hervorgekrochen und wieder zu ganz normalen fröhlichen Kindern geworden, denen die Dunkelheit nichts anhaben konnte.

Die Nacht in Eau-Vive endete mit dem Gesang der Vögel bei Sonnenaufgang. Ich hatte schon so lange in der Stadt gelebt, dass ich vergessen hatte, wie dieser vielstimmige Chor in der Stille einer abgelegenen Landschaft klingt. Seine Schönheit überwältigte mich und schien mich von mir selbst, dem tiefen Zwiespalt, der in mir war, zu befreien. Ein sonderbarer Gedanke stieg in mir auf. Vielleicht müssen wir verschwinden, dachte ich ganz ruhig, vielleicht wird erst alles gut, wenn wir nicht mehr da sind. Die anderen waren bei mir, ich sah ihre weißen Gesichter, und es schien mir, dass sie ähnliche Gedanken hatten. Freundschaftlich umarmten wir uns, bevor jeder wieder in sein Zimmer ging.

Das Ende meines Aufenthalts in Eau-Vive rückte näher. An einem Sonntag saß ich allein in der Bibliothek. In der Stille hörte man durch ein offenes Fenster Kirchengeläut. Nicht zum ersten Mal wanderte mein Blick über die Sammlung der Bücher über Wolmuth und seine Epoche, und plötzlich entdeckte ich einen Titel, den ich noch nicht kannte: *Speise für die Ewigkeit. Mariensagen des Gyrentals.* Es war ein dünnes Büchlein, dessen Autor mit den Initialen T. F. zeichnete. Das konnte nur Thaddé Fetterman sein, dessen Standardwerk *Mariendarstellungen im Barock* wie auch einige kleinere Monografien zu diesem Thema im Studienzentrum nicht mehr auffindbar waren. (»Medium vermisst« hieß es, wenn man im hauseigenen Katalog nach ihnen suchte.) Im Vorwort schrieb

Fetterman – den ich sofort an seinem angenehm leichten, unakademischen Stil erkannte –, die Marienfrömmigkeit des Gyrentals habe eine Unmenge von Legenden hervorgebracht, die erst mit der Säkularisation und dem Beginn der Industrialisierung ihre Bedeutung verloren. In allen Erzählungen über die Gottesmutter komme die uralte, echt bäuerliche Auffassung von Maria als Ernährerin und Erhalterin des Volkes zum Ausdruck, ein Glaube, der erstaunlicherweise nicht einmal durch Hunger, Pest und Krieg habe erschüttert werden können.

Maria, schrieb Fetterman, sei vor allem gegen Verzauberung und Verhexung durch teuflische Kräfte zu Hilfe gerufen worden, und ihrer besänftigenden Güte habe man es zugeschrieben, dass die vielen toten Kinder der »bösen Zeit« (womit der Schwedenkrieg gemeint war) die Lebenden nicht als Racheengel und Gespenster heimsuchten.

Die ersten zehn in schlichten Worten nacherzählten Legenden waren wenig überraschend: Durch wunderbare Interventionen sorgt Maria für die Errettung Unglücklicher aus vielerlei Gefahr, für die Erhaltung Verirrter in weglosem Wald, für reiche Ernten, für Abhilfe bei Elend und Not. Auch die elfte Legende folgte diesem Muster, doch Gegenstand der übernatürlichen Rettung sind hier nicht Lebende, sondern Tote, wodurch die kleine Geschichte eine ungewöhnlich düstere und makabre Färbung erhielt. Es war mir sofort klar, dass Wolmuth sie gekannt haben musste, wenn ich auch nicht sofort erkannte, in welcher Weise er sie in seinem Bild verwendete. Ich schrieb mir den Text ab:

Einmal im Jahr, am Tag ihres unbefleckten Herzens, steigt Maria in der Dämmerung vom Himmel herab, um für die toten Kinder des Gyrentals Walderdbeeren zu pflücken. Denn obwohl sie ihre Eltern und Geschwister und alles, was sie hienieden erfreut und bedrückt hat, ganz vergessen haben, sehnen sie sich nach dieser irdischen Speise, die ihnen die Ewigkeit versüßt. Maria aber lässt an diesem Abend die Tür zum Himmel offen stehen, und wer aufmerksam ist, kann die Schar der bleichen Kinder sehen, wie sie im Paradiese spielen.

An meinem vorletzten Tag in Eau-Vive fühlte ich mich, obwohl ich lange geschlafen hatte, wie zerschlagen. Es war ein herrlicher Morgen mit warmem Licht und bläulich-silbrig schimmerndem See. Ich ging nicht ins Zeichenkabinett. Seit meiner Abreise hatte ich nicht mehr mit Hans gesprochen. Er hatte nicht angerufen, und als ich jetzt versuchte, ihn zu erreichen, wurde ich mit der Mailbox verbunden. Eine unbestimmte Angst stieg in mir auf, und ich war unendlich erleichtert, als kurz danach mein Telefon klingelte.

Aber es war nicht Hans, sondern die blecherne, gefällige und gleichzeitig zutiefst beunruhigende Stimme Victor Lalyts, die sich meldete.

»Ich glaube, ich habe etwas, was Sie interessiert«, sagte er.

Er lud mich ein, zum Tee zu ihm zu kommen. »Um vier? Im Direktorenzimmer. Sie wissen ja, wo es ist.«

Auf dem Weg zur Bibliothek war ich fast täglich an seinem Büro vorbeigekommen. Vor Monaten hatte ich ihm per E-Mail mein Projekt vorgestellt, und er hatte mir eine kurze zustimmende Antwort gegeben. Nach dem Empfang hatte ich ihn nicht mehr gesehen. Ich blieb bis um drei im Bett liegen. Dann duschte ich, zog mich an, schminkte mich – doch jede Bewegung fiel mir schwer, und immer wieder musste ich mich hinsetzen, um meine Kräfte zu sammeln.

Das Direktorenbüro war ein großzügiger Raum mit mehreren Fenstern, einem riesigen Schreibtisch und einer Sitzgruppe aus dunklem Leder. Auf dem Tischchen vor der Couch standen Tee und Gebäck bereit. An den Wänden hingen gerahmte Ausstellungsplakate. Lalyt trug einen anderen, doch nicht weniger eleganten Anzug als an jenem Abend, und er empfing mich mit ausnehmender Höflichkeit. Er kannte die sehr wenigen (und wenig bemerkenswerten) Artikel, die ich da und dort (in wenig bemerkenswerten Zeitschriften) veröffentlicht hatte und gab mir das Gefühl, eine vielversprechende Kunsthistorikerin zu sein, die fraglos einen bedeutenden Beitrag zur Wolmuthforschung und zum Ruhm der Sammlung Fetterman-Morton leisten werde. Wenn ich ihn etwas länger ansah, wurde mir kalt, und ich merkte, wie es mich immer wieder schauderte. Glücklicherweise nahm er das Gespräch in die Hand, und ich hatte genug damit zu tun, das feine Porzellan zu bewundern und den chinesischen Tee zu probieren, den er mir einschenkte.

»Sie haben Wolmuths Skizzenbuch in New York in Händen gehalten«, sagte er, nachdem wir die Präliminarien hinter uns hatten.

Es war keine Frage, sondern eine Feststellung; ich hatte nichts davon erwähnt.

Man könne diese Zeichnungen mit nichts vergleichen, was von Wolmuth selbst oder von seinen Zeitgenossen je hervorgebracht worden war, und doch scheuten moderne Betrachter davor zurück. Die Vögel – sie seien mir doch aufgefallen? – rätselhaft, grässlich, wie Figuren aus dem phantastischen Kosmos eines Goya oder Bosch. Wahrscheinlich seien sie im Zusammenhang mit einem antikirchlichen Geheimbund, einem Satanskult oder Ähnlichem entstanden, die zu Wolmuths Lebzeiten massenhaft Zuspruch erfuhren. Durch die Erfahrung des Krieges und seiner Folgen hätten die Menschen damals jegliches Gefühl der Sicherheit, jegliches Vertrauen in die alten Religionen verloren und seien, da die kirchlichen Oberhäupter ihre Fragen nicht mehr beantworten konnten, scharenweise zu den Vertretern einer Gegenwelt mit völlig anderen Machtverhältnissen und Autoritäten übergelaufen. Es sei denkbar, dass auch Wolmuth nach einer einschneidenden Erfahrung im Krieg einen Glauben angenommen habe, der uns Heutigen absonderlich, wenn nicht gar finster und unheimlich vorkommen mochte. »Aber sind wir modernen Menschen nicht ungeheuer eingebildet? Was ist unser Wissen wert? Kann es nicht sein, dass die Menschen damals der Wahrheit viel näher kamen, als unser heutiger Verstand zuzugeben bereit ist?«

Ich hörte ihn sprechen – und hörte hinter dem, was er sagte, etwas anderes. Es war, als redete er mit einer Stimme auf zwei Ebenen, und wie beim Lesen eines Palimpsests wurde mit jedem Wort, das ich entzifferte, ein anderes bruchstückhaft deutlich, das etwas ganz anderes bedeutete. Auf der ersten Ebene sprach er als Wissenschaftler über ein Thema, eine Begebenheit; auf der zweiten schien sich diese Begebenheit gerade jetzt zu zeigen, zu entfalten, und er war plötzlich handelnder Akteur. Seine Worte verbanden sich zu einer verworrenen, flammenden, fanatischen Propagandarede, einer Predigt, in der es darum ging – ich kann es nur ungefähr und mit unzureichenden Worten wiedergeben –, dass ein mächtiger Herr oder ein Gott etwas von seinen Untertanen forderte, dass man diesem Herrn Nahrung geben musste, dass ein Opfer gebracht werden musste, um ihm zu danken oder um ihn dazu zu bewegen, seine Macht weiterhin zum Schutz seiner Untertanen zu verwenden.

Diese Rede zu verstehen verlangte die größte Anstrengung von mir. Ich kann auch eigentlich nicht sagen, dass ich sie damals schon verstand. Aber es war notwendig – ja, ich spürte deutlich diese Notwendigkeit –, mich mit aller Kraft darum zu bemühen.

Lalyts Blick war kalt, stechend; ich konnte ihm nicht standhalten; mir war, als würde ich von eisigen Blitzen durchzuckt. Die Augen auf mich gerichtet, begann er, von dem Rest des Skizzenbuchs zu sprechen, Blättern, die von dogmatischen Christen vernichtet worden seien, weil sie Wolmuths aufrührerische Darstellungen nicht hätten dulden können. Nur eine einzige Zeichnung des verschollenen Konvoluts sei im letzten Moment aus dem Feuer gerettet worden. Bis jetzt habe man sie unter Verschluss halten müssen, doch nun glaube man (wer »man« war, sagte er nicht), einen wissenden und verschwiegenen Menschen gefunden zu haben, dem man sie vorlegen könne – *und dieser Mensch war ich!*

Eine leichte Übelkeit hatte mich ergriffen, während ich das alles hörte, und der von Monsieur Lalyt ausgehende unangenehm modrig-säuerliche Geruch setzte mir immer mehr zu. Lächelnd saß er mir gegenüber, entspannt zurückgelehnt, die Beine übereinandergeschlagen, in seinem perfekt sitzenden Anzug, mit seinen weichen Schuhen, die keine Spuren von Abnutzung aufwiesen, und sprach von Dingen, die mich brennend interessierten – und doch gelang es mir nicht, mich darauf zu konzentrieren. Der entsetzliche Geruch schien die Luft um mich zu tränken; ich fürchtete mich davor, mich zu bewegen oder tiefer zu atmen, weil ich sicher war, dass sich im nächsten Augenblick mein Magen heben würde. Seine Stimme, sein Körper – nichts konnte widerwärtiger sein, aber ich war außerstande, einfach aufzustehen, mich zu entschuldigen und zu gehen. Seine Gegenwart nahm mich gefangen, bannte mich. Wie durch einen Schleier sah ich über meinem Kopf die drei großgedruckten Worte »Gott mit uns!«, die irgendeiner Ausstellung des Zeichenkabinetts einmal als Motto gedient hatten und die ich jetzt, unwillkürlich und ohne die Lippen zu bewegen, wiederholte wie ein verzweifeltes Stoßgebet.

Er ging zu einem Wandsafe, streifte weiße Handschuhe über und holte ein großes Blatt heraus, das tatsächlich auffallend jenen Blättern ähnelte, die ich in New York gesehen hatte. Die Ränder sahen verkohlt aus. Er winkte mich zu einer Ablage an der Wand. Ich stand fast taumelnd auf und ging mit zitternden Knien zu ihm. Ich sah das Bild – und sah es nicht. Es nahm mir den Atem. Ich musste die Augen schließen, verlor das Gleichgewicht. Ich war konsterniert, abgestoßen – aber auch berückt, verzaubert, im Innersten herausgefordert. Wie ich dann wieder zu meinem Platz kam, wie lange das Ganze noch dauerte, weiß ich nicht. Am Ende stand ich mit schweißnassem Gesicht an der Tür und spürte den Griff der fleischigen, kalten Hand dieses doppelgesichtigen Mannes. Sein Mund war zu einem widerwärtigen Grinsen verzerrt, und ich hörte ihn sagen: »Wir sehen uns bald wieder.« Dann war ich endlich draußen. Ich rannte durch die langen Gänge zu meinem Zimmer zurück, riss die Tür zum Bad auf und übergab mich.

Erst am nächsten Tag, als ich unter dem Vordach des hübschen kleinen Bahnhofs von Eau-Vive mit seinen geschnitzten Bögen im Chaletstil auf den Zug wartete, war ich wieder ich selbst. Ich konnte an nichts anderes mehr denken als an das Blatt, das Lalyt mir gezeigt hatte – und doch fehlte mir jede Erinnerung an das Gesehene. Wie soll ich dieses Paradox schildern? Ich wusste, dass ich etwas Außerordentliches gesehen hatte. Ich spürte seine Wirkung, aber mein Gedächtnis hatte das Bild nicht bewahrt; kaum gesehen, war es wie hinter einer dichten Nebelwand verschwunden. Ich musste es wiedersehen! Es zu beschreiben und zu deuten, würde die Wolmuthforschung auf den Kopf stellen. Ich würde etwas wahrhaft Aufsehenerregendes schreiben. Professor Bartolo würde keinen Grund mehr haben, mir Standpauken zu halten und nörgelnde E-Mails zu schreiben. Er konnte froh sein, in einer Fußnote von mir erwähnt zu werden!

Die Fahrt nach Hause dauerte einen halben Tag. Meine gereizte, zwischen Bangigkeit und Euphorie schwankende Stimmung hielt an, doch die Übelkeit, unter der ich morgens wie in den letzten Tagen ständig gelitten hatte, verschwand allmählich. Während der blaue See immer wieder auftauchte und verschwand, stieg ein beunruhigender Gedanke in mir auf, der sich auf die sonderbarste Weise mit der Erinnerung an Lalyt und das, was er mir gezeigt hatte, mischte. Mir war abwechselnd kalt und heiß. Zitternd legte ich meine Stirn an das Zugfenster, hinter dem die Landschaften einer rätselhaften, ungreifbaren Welt vorbeiflogen. Was geschah mit mir? Gleich nach der Ankunft kaufte ich in der Bahnhofsapotheke einen Schwangerschaftstest. Eine Stunde später hatte ich Gewissheit.

Das nächste Bild, das ich vor mir sehe, wenn ich an diese schreckliche, verworrene Zeit denke, ist der leere Flur der Wohnung, die ich einmal mit Hans geteilt hatte. Als ich aus dem Aufwachraum kam, hatten mir die Helferinnen am Empfang der Praxis ein Taxi gerufen. Mit einem etwas unsicheren Gefühl stieg ich langsam die zwei Treppen hoch und schloss die Tür auf. Es war zehn Uhr vormittags, Sonnenlicht fiel durch die offene Küchentür direkt in den hohen quadratischen Raum. An den Garderobenhaken hatten immer Jacken und Schals von Hans gehangen. Jetzt war die Wand bis auf eine alte Strickjacke von mir, die mit ihren langen Ärmeln wie ein Affenkostüm wirkte, leer. Auch seine Schuhe, die Fahrkarten und Zettel, die sonst kreuz und quer auf einem kleinen Regal unter dem Spiegel gelegen hatten, und der Kunstkalender neben der Badezimmertür, der ihm alljährlich von seinem Bankberater verehrt wurde, waren nicht mehr da, und erst jetzt, beim Anblick dieses unbewohnt wirkenden Raumes, dieser abgenutzten Wände und der Staubflusen in den Ecken, wurde mir bewusst, dass er es ernst gemeint hatte. Dass er wirklich nicht mehr da war.

Ich war allein – doch das Bedauern darüber hielt sich in Grenzen. Mit einiger Erbitterung dachte ich an unsere letzte lange nächtliche Auseinandersetzung, in deren Verlauf er mich bei den Schultern genommen und geschüttelt hatte, als würde ich schlafen und als müsste er mich aufwecken. Ich hätte mich in letzter Zeit so verändert, dass er mich nicht wiedererkenne, hatte er geschrien, ich hätte die Realität aus den Augen verloren, hätte nur noch Wolmuth im Kopf, Wolmuth, Wolmuth! Wolmuth hätte mich verhext! Vielleicht hatten Eifersucht, Sorge, sogar echte Verzweiflung hinter diesen Worten gestanden, doch das änderte nichts. Im tiefsten Innern blieb ich kalt. Ich wollte mich nicht mehr ständig übergeben. Ich wollte wieder klar denken, mich erinnern können und der Spur folgen – ich wusste selbst nicht genau, welcher Spur. Ich wollte Lalyts Zeichnung enträtseln. Das war es. Daneben schien es keinen Platz zu geben, weder für Hans noch für ein Kind.

Im nächsten Augenblick – ich stand immer noch in dem verwaisten Flur – erkannte ich plötzlich mit einem Gefühl der Dankbarkeit und Befreiung die wahre Bedeutung der *Madonna mit der Walderdbeere*. Hatte ich es nicht schon lange gewusst? Natürlich, Johannes Wolmuth hatte eine *Totenmadonna* gemalt. Seine junge, blonde Maria-Persephone kommt auf die Erde, um die Walderdbeeren zu pflücken, die

die Kinder im Jenseits erfreuen sollen. Die Gestalten neben und hinter der undeutlichen Frauengestalt auf den Infrarotaufnahmen der Restauratoren waren keineswegs nur harmlose Putten – wie Professor Bartolo vermutet hatte –, es mussten die toten Kinder sein, die sich zeigen, wenn die Himmelskönigin auf die Erde herabsteigt. Und auch das Jesuskind auf ihrem Schoß – dieser so sonderbar starr und puppenhaft wirkende kleine Knabe mit den liebevoll gezeichneten hellen Locken, den feinen Händchen und zarten Füßchen – gehörte in Wahrheit zur Schar der Abgeschiedenen, die sich nach der lange vermissten irdischen Speise sehnen.

Der auffällige Umriss des Vogels über dem Kopf der Gottesmutter war das Zeichen, das die Davongekommenen an den Überfall der Landsknechte erinnerte. Wenn sie sich in St. Michael versammelten, feierten sie das Wiedersehen mit den »bleichen Kindern«. Gerade das muss später als anstößig empfunden worden sein. Das Gemälde hatte die Grenzlinie überschritten, die Lebende und Tote säuberlich voneinander trennt, die Walderdbeere war das Symbol einer unheiligen Vermischung. Doch Wolmuth hatte sich durch dieses Bild der Gemeinde offenbar auf besondere Weise empfohlen; es war der Beweis seiner Meisterschaft, der Grundstein seiner neuen Rolle als angesehener Werkstattbesitzer in der noch immer aufgewühlten, trauernden Stadt.

In der Post fand ich einen Brief von Professor Bartolo, in dem er mir ein Ultimatum setzte. Wenn ich ihm bis Anfang des nächsten Monates nichts Substantielles schicke, werde er mich nicht länger betreuen. Es stehe dann für ihn fest, dass ich zu wissenschaftlicher Arbeit nicht fähig und nicht promovierbar sei.

Auf einem herumliegenden Zettel kritzelte ich eine Antwort. Er könne mir mit seiner akademischen Beschränktheit und Überheblichkeit gestohlen bleiben. Er werde sich noch wundern, und es werde ihm noch leidtun. Ich knüllte den Zettel zusammen und warf ihn in den Abfalleimer. Danach hatte ich das Gefühl, mit diesem Kapitel meines Lebens endgültig abgeschlossen zu haben. Ich fühlte mich wie von einer schweren Last befreit. Da ich kaum noch Geld hatte, suchte ich eine neue Wohnung und zog schließlich mit ein paar Sachen in einen heruntergekommenen Atelierraum. Er hatte keine Heizung, aber bis zum nächsten Winter würde sich bestimmt etwas Besseres finden.

Ab und zu ging ich noch in die Bibliothek, um irgendetwas nachzuschlagen, aber eigentlich konnte ich weder mit den Büchern noch mit den Menschen, die tagelang mit krummem Rücken über staubigen Folianten hockten, etwas anfangen. Nach vielen Jahren verspürte ich auf einmal wieder den Drang, etwas mit meinen Händen zu tun. Ich besorgte mir Papier und Farbe und legte alle Utensilien auf einen alten Gartentisch.

Seit der Schulzeit hatte ich nicht mehr ernsthaft gemalt. Der Wunsch, Malerin zu werden, war mir nach der Absage der Kunstakademie, bei der ich mich gegen den Willen meines Vaters heimlich beworben hatte, selbst lächerlich vorgekommen. Meine Mappe hatte damals nur ein paar Madonnenstudien und schüchterne Porträtzeichnungen meiner kranken Mutter enthalten, etwas anderes zu malen, war mir nicht in den Sinn gekommen. Im Kunstunterricht bei Herrn Jakub hatte ich viel gelernt, aber wenn man mich nach meinen »Themen« fragte, hatte ich nie etwas zu antworten gewusst, und allmählich sank die unklare Sehnsucht nach einem Leben als Malerin, die ohnehin nur ein kümmerliches Feuer gewesen war, zu einem Aschehäufchen zusammen. Erst jetzt, als ich einen meiner alten Pinsel wieder in der Hand hielt, drängte sich mir etwas Dunkles auf, was nach Gestaltung verlangte. Doch ich fand keinen Anfang und stand unschlüssig vor dem weißen Blatt.

Irgendwann ließ sich ein kleiner Falter auf dem Papier nieder. Ich rieb den Pinsel in schwarzer Farbe und begann ihn über das Weiß zu ziehen. Es entstanden Formen, die geflügelten Insekten ähnelten. Ich setzte den Pinsel erneut an. Wieder entstanden geflügelte Gestalten. Was war das? Ich kaufte neues, besseres Papier und malte weiter, einen ganzen Tag lang, erst mit Wasserfarbe, dann mit Tusche. Es entstanden weitere, größere Gestalten dieser Art, Vögel, Engel, gefiederte, geflügelte Mischwesen, die den grausigen Gebilden in Wolmuths Skizzenbuch ähnelten. Gleichzeitig schien ich mich mit meinem Pinsel an eine Erinnerung heranzutasten – Wolmuths verlorene Zeichnung, die Lalyt mir gezeigt hatte. Sobald ich den Pinsel ansetzte, verschwand das Gefühl von Widerstand und Zweifel, das ich so gut kannte. Es gab nur weiten Raum, in den ich vorstieß, und Leichtigkeit; nirgends ein Hindernis, nirgends eine Grenze. Der Pinsel – meine Hand – mein Körper – meine Gedanken wurden zu einer Einheit, und diese Einheit – die nicht »ich« war – bewegte sich so gewandt und mühelos wie ein Fisch im Wasser, ein Pfeil in der Luft auf seiner vorgezeichneten Bahn. Die Freiheit meines Tuns berauschte mich. Hin und wieder schossen mir Dinge durch den Kopf, die ich früher für Probleme gehalten hatte – wie lächerlich kamen sie mir nun vor, da ich sie im Zusammenhang der großen Bewegung sah, die mich ergriffen hatte –, wie töricht war ich selbst gewesen, dass ich mich von solchen Kleinigkeiten hatte schrecken und lähmen lassen. Ich brauchte nur den Pinsel anzusetzen – er zeigte mir den Weg, er würde mir alles offenbaren. Ich wurde nicht müde, meine Kraft verbrauchte sich nicht. Sie stammte aus einer unerschöpflichen Quelle. Mit jeder Faser meines Körpers *lebte* ich wie nie zuvor.

Nach vielen Stunden warf ich mich auf meine Matratze und betrachtete die bemalten Blätter, die ich mit Klebestreifen an den Wänden befestigt hatte. Es war, als erblickte ich die zahllosen Gesichter eines unbekannten Wesens, das mir dennoch vertraut war, denn es war ein Teil von mir – oder vielmehr war ich ein Teil von *ihm*. Dann stand ich auf und begann erneut zu malen. Freudige Zuversicht durchströmte mich. Jedes neue Ansetzen des Pinsels führte mich zu einem neuen Bild, jedes neue Ansetzen des Pinsels brachte mich dem Bild näher, das ich suchte.

Mehrere Tage malte ich in rauschhafter Begeisterung. Dann schlief ich einen Tag und eine Nacht lang tief und traumlos. Als ich erwachte, war die Lust zu malen vorbei. Es ging mir schlecht. Ich ekelte mich vor mir selbst, und tiefer Abscheu hielt mich von Pinsel und

Farbe fern. Ich versank in einem Abgrund von Traurigkeit und konnte mich kaum dazu bringen, mich morgens zu waschen oder etwas zum Essen einzukaufen. Irgendwann in diesen qualvollen Wochen klingelte es, und ein Mann stand vor meiner Tür, der mir vage bekannt vorkam. Er war nicht groß, untersetzt und roch nach Parfum. Im dämmrigen Abendlicht gelang es mir kaum, die Visitenkarte zu entziffern, die er mir in die Hand drückte: »V. Littal, Kunsthandel«. Er sagte etwas, und ich ließ ihn ein. Ich weiß nicht mehr genau, wie es im Einzelnen vor sich ging, aber kaum hatte ich begriffen, weshalb er gekommen war, hatte er mir alle Blätter, die an meinen Wänden hingen, auch schon abgekauft. Er hatte eine Mappe dabei, in die er sie sorgfältig einsortierte. Dann legte er ein Bündel großer Scheine auf meinen farbverkrusteten Gartentisch.

»Ihre Begabung ist phänomenal«, sagte er zum Abschied. »Sie sollten sie nutzen.«

In der kurzen Zeit, in der er sich in meiner Nähe, in meiner Wohnung aufhielt, fand ich ihn immer widerwärtiger. Warum ließ ich ihn gewähren? Ich weiß es nicht. Wie ein strenger Zensor sah er sich bei mir um und sammelte meine Bilder ein, und ich tat nichts, um ihn daran zu hindern. Nur die ersten Zeichnungen der geflügelten Wesen auf dem dünnen Papier eines alten Zeichenblocks hatte ich nicht aufgehängt, und ich hütete mich davor, den schrecklichen Besucher auf sie aufmerksam zu machen. Als er endlich gegangen war, war ich froh, dass ich sie noch besaß – obwohl es sich zweifellos um die schwächsten dieser Blätter handelte.

Es folgte eine Zeit, in der eigentlich nichts geschah. Abgesehen von seltenen Treffen mit Hans, bei denen wir geschäftsmäßig die Modalitäten der Scheidung besprachen, war ich meistens allein. Manchmal versuchte ich zu malen – aber es ging nicht mehr, und die damit verbundene Empfindung der Ohnmacht war so stark, dass ich immer wieder in tiefste Niedergeschlagenheit versank. Wenn ich in Büchern blätterte, interessierte mich nur ein Thema, auf das sich all meine Grübeleien bezogen. Eines Tages kam mein jüngerer Bruder Thedor zu Besuch. Ich hatte ihn lange nicht gesehen, und plötzlich fiel mir auf, wie sehr er mit seinem schmalgliedrigen Körper, seinen schönen zarten Händen meiner Mutter ähnelte. Sogar einige seiner Gesten – wenn er redete, streckte und spreizte er zuweilen die Finger vor der Brust, als wollte er ein unsichtbares Gegenüber auf Distanz halten – erinnerten mich an sie, und ich hatte das Gefühl, auch ihn rührten Erinnerungen an die Zeit, als sie uns noch beschützte. Ich zeigte ihm die Zeichnungen, die ich gerettet hatte, und sprach von einigem, was ich gelesen hatte und was mich beschäftigte. Ich merkte aber, dass er mir nicht folgen konnte. Aufmerksam betrachtete er die Bilder. Sie schienen eine Saite in ihm zum Klingen zu bringen, wie es so schön heißt. Doch mir kamen sie unbegreiflich vor, als hätte eine fremde Hand sie gemalt.

Er war feinfühlig genug, mich nicht weiter nach Hans und dem anderen, was geschehen war, auszufragen. Als wir zusammen auf meiner Matratze saßen und Tee tranken – der einzige Tisch war mit meinen Malutensilien vollgestellt –, musste ich an die Zeit denken, in der wir im Garten gespielt hatten, während die Mutter oben krank im Schlafzimmer lag. Ich spürte, dass auch er daran dachte. Aber wir fanden keine Worte dafür. Am Ende gestand er mir, dass er vorhatte, die Stadt zu verlassen und für Monate nicht zurückzukommen, und als er sich verabschiedete, schnürte sich mir die Kehle zu. Ein ängstliches Vorgefühl ergriff mich, das ich ihm kaum verhehlen konnte.

Auch mein älterer Bruder Lorenz meldete sich und fragte nach meinem Befinden. Er schien sich auf einmal Sorgen um mich zu machen. Eines Abends besuchte ich ihn und saß mit ihm, seiner Frau und den Kindern, meinen Neffen Philip und Tom, an einem Tisch mit schönem Geschirr und silbernem Besteck. So etwas hatte ich lange nicht zu Gesicht bekommen. Marta hatte gekocht. Sie kochte gut, obwohl sie als Lehrerin sehr viel zu tun hatte; sie war energisch und verstand es, sich »immer neue Ziele zu setzen«, wie sie es nannte. Wir kamen allerdings kaum zum Reden, weil sie sich ständig nervös an Lorenz wandte und ihn aufforderte, etwas zum Gespräch beizutragen.

»Warum bist du so still? Warum ist dir das alles egal?«, sagte sie immer wieder in vorwurfsvollem Ton.

Ich vermied es, in die Küche zu gehen, um nicht mit ihr allein sein zu müssen. Ich fürchtete, dass sie mit mir über Lorenz reden wollte. Was wusste ich schon von ihm. Die Kinder, große, starke, wortkarge und hochmütige Jungen, schaufelten riesige Mengen Essen in sich hinein und waren mit ihren Handys beschäftigt. Nach dem Essen ging ich zu ihnen, sie saßen in

Toms Zimmer im ersten Stock. Ich wusste nicht, was ich mit ihnen reden sollte. Sie schüchterten mich ein mit ihren schnellen Urteilen, ihrer kindlichen Unangreifbarkeit. Auf undeutliche Weise schämte ich mich vor ihnen. Ich gab ihnen Geld; sie steckten die Scheine ein und wandten sich gleich wieder ihren rätselhaften Tätigkeiten zu.

Marta brachte den Obstsalat und noch eine Flasche Wein. Wir kamen auf die alten Märchenbücher zu sprechen, die ich in der Wohnung unseres Vaters gefunden und Lorenz zusammen mit anderen Büchern und Manuskripten übergeben hatte. Nun hörte Marta plötzlich aufmerksam zu. Lorenz sprach von einem obskuren Märchen aus irgendeinem osteuropäischen Land. (Es kann sein, dass wir es als Kinder gehört hatten, wie er behauptete, aber ich konnte mich nicht daran erinnern. Hätte unsere Mutter uns so etwas Grausames je vorgelesen?) Es ging darin um den Vogel Greif, der alles weiß und überallhin fliegt und hungrig ist nach Menschenfleisch.

»Der Vogel Greif ist der Teufel«, sagte Lorenz.

Marta erzählte von einem Stück über Prometheus, das sie mit ihren Schülern einstudiert hatte. Es war von einem namhaften Theaterkritiker besprochen worden und erwies sich als unerwarteter Erfolg. Die ganze Stadt pilgerte offenbar zu ihrem Stück. Sie holte einen Kunstband aus dem Regal und zeigte uns ein Gemälde von Jacob Jordaens. Ich kannte dieses kühne Bild, das im selben Jahr entstanden war wie Wolmuths *Opferung Jesu*, und sah doch wie zum ersten Mal den auf dem Boden hingestreckten Prometheus, wie er, halb über der Hadesgrube hängend, mit einem grässlichen Schrei zu dem riesigen Vogel über ihm aufblickt. Der Vogel hat die Schwingen weit ausgebreitet, sie überschatten die ganze Welt. Im nächsten Augenblick wird er seine spitzen Krallen und den furchtbaren Schnabel in das Fleisch des hilflosen Titanen schlagen.

Lorenz verhielt sich eigenartig. Er sah das Bild kaum an. »Die Griechen haben ihn Ethon genannt«, sagte er. »Der Adler des Zeus, der strafende Engel, der sich von seinem Opfer nährt.«

»Ethon, der Sohn des Ungeheuers Typhon«, sagte ich. »Der alte Gott. Der Vogelgott.«

Lorenz bedachte mich mit einem scharfen Blick. Auf einmal zeigte er echtes Interesse an seiner unbedarften kleinen Schwester! Er beugte sich vor, und es war, als wollte er mir noch etwas sagen, etwas, was nur uns beide anging und Marta ausschloss. Marta merkte nichts. Sie begann wieder nervös zu werden und ihm Vorwürfe zu machen. Sie beklagte sich darüber, dass er in letzter Zeit nicht mehr mit ihr ausging, sich auch nicht mehr um die Kinder kümmerte und wie abwesend wirkte. Bald ging es nur noch darum. Marta tat mir leid. Sie redete viel, aber sie erreichte Lorenz nicht. Schließlich stand sie resigniert und fast weinend auf und begann abzuräumen.

Als ich dann mit Lorenz allein war, war er wieder ganz der Alte. Er fragte mich aus. Ich log ihm etwas von einem Projekt vor, bei dem ich eine wichtige Rolle spielte, erzählte ausschweifend von New York und Eau-Vive und hoffte, dass seine Miene freundlicher würde. Doch er hörte mir kaum zu und unterbrach mich schließlich mit der Frage: »Wer ist dieser Lalyt?« Er setzte sich an seinen Computer und fand heraus, dass der Leiter der Sammlung Fetterman Dr. Alain Lafitte hieß. »Soviel dazu«, murmelte er rechthaberisch. Er suchte fieberhaft weiter und entdeckte einen Artikel, in dem es über die kleinformatigen Zeichnungen Wolmuths hieß, sie seien seit 1958 vollständig erfasst und stellten ein »für den Fachmann wenig ergiebiges, qualitativ heterogenes Sammelsurium phantastischer Kritzeleien« dar. Ich erinnerte mich an Lorenz' Verhalten nach dem Tod unseres Vaters, an die kühle Gleichgültigkeit, mit der er mir die ganze Arbeit mit der Wohnung überlassen hatte, an die Arroganz, mit der er mir und Thedor immer begegnet war, an seine unerträglichen Belehrungen. Es war ihm offenbar nicht bewusst, wie ähnlich er unserem Vater geworden war. Warum war ich zu ihm gekommen, was hatte ich eigentlich von ihm gewollt?

Seltsamerweise kamen mir plötzlich die Worte Lalyts in den Sinn, und mechanisch murmelte ich: »Kann es nicht sein, dass die Menschen damals der Wahrheit viel näher kamen, als unser heutiger Verstand zuzugeben bereit ist?«

Er stutzte, und ich merkte, dass er zu einer aggressiven Erwiderung ansetzte. Aber dann unterdrückte er, was er hatte sagen wollen, und begann über irgendeinen Kollegen oder Vorgesetzten zu reden, der ihn angeblich beleidigt hatte. Ich spürte, wie kalt er im Grunde war, und der Abstand zwischen uns wurde immer größer. Zum Abschied drückte er mir ein dickes zerfleddertes Heft in die Hand, das er von unserem Vater erhalten hatte, wenige Tage vor dessen Tod. Es waren ornithologische Aufzeichnungen und Betrachtungen aus den letzten Lebensjahren. Wahrscheinlich hatte der Vater gehofft, ein Buch daraus machen zu können – er hatte immer ein Buchautor sein wollen, das Dasein als Lehrer genügte ihm nicht –, aber dann war ihm der Schlaganfall zuvorgekommen. Lorenz hatte mit den in der kleinen, korrekten Handschrift des Vaters abgefassten Texten nichts anfangen können – wahrscheinlich hatte er sie nicht einmal gelesen. Ich nahm das Heft nun achselzuckend entgegen, denn auch ich hatte der Vogelleidenschaft unseres Vaters immer fremd gegenübergestanden. Doch irgendwie besänftigte mich diese Gabe auch. Als ich Lorenz die Hand gab, merkte ich, dass es ihm trotz allem schwerfiel, mich gehen zu lassen. Wir trennten uns wortlos. Als ich wieder auf der Straße war, drehte ich mich um und bemerkte, dass er mir mit ernster Miene nachsah.

Das Heft enthielt Beobachtungen über Verhalten und Eigenarten von Vögeln, die mein Vater selbst bei Ausflügen in die nähere Umgebung beobachtet hatte, aber auch Reiseberichte, Projektskizzen und Exzerpte; da und dort fanden sich stichwortartige Reflexionen, die sich meist mit dem Verschwinden von Arten und der Bedrohung der Vogelwelt durch die moderne Landwirtschaft beschäftigten, zuweilen aber auch in die Vergangenheit führten. Das meiste interessierte mich nicht, ich überblätterte es, doch bei einer Eintragung wurde ich hellhörig. Sie bestand aus einem kurzen Paragrafen, den er offenbar in einer alten Chronik im Stadtarchiv gefunden hatte, und eigenen Spekulationen, die sich daran anschlossen:

»Darbey in unserm großen jammer un geschrey ist zulezt under ensäzlich schwarzen wolken un rotem sonnlicht eyn furchtbarer engel mit weißem kopff un großen flügeln am himmel gewest von uns alen als erlöser gegriest welcher hat das abscheulich volck vertrieben.« (1631)

Warum als Phantasterei abtun, was dieser volkstümliche Chronist uns übermittelt? Aber wer war dieser Engel? Ein Zeichen, ähnlich den so oft beobachteten roten Sternen, ungewöhnlichen Wolkenformationen, Regenbögen, Kometen, die als Verkünder von Unheil galten? Vielleicht muss man sich ans Wörtliche halten. Schreckenerregende fleischfressende Vögel, bei der Bevölkerung als »Beinbrecher«, »Blutsäufer«, »Kinderfresser« etc. bekannt, finden sich in Rabiosus' »Reise durch Oberdeutschland« von 1652 und auch in Hildebrands »Grewel der Verwüstung menschlichen Geschlechts«, etwas früher entstanden.

Aegypinae-Populationen durchaus im hiesigen Raum denkbar. Eindrucksvolles Erscheinungsbild von Gypaetus barbatus, riesige Exemplare mit 3 m Flügelspannweite. Oder andere Arten, z. B. über die Pyrenäen eingewandert? In Kriegszeiten reiche Nahrung!

Ich setzte mich an meinen Laptop und schrieb an Professor Bartolo. Ich sah alles genau vor mir, als hätte ich es selbst erlebt. Ich begann mit einer kurzen Schilderung der Verhältnisse in dem Dorf, das sich einst im Gyrental befunden hatte und um 1630 im Zuge des Dreißigjährigen Krieges vielleicht von versprengten Landsknechten geplündert und zerstört worden war.

Bis zu diesem Datum war es von Kriegshandlungen verschont geblieben, wenn auch der Hunger, wie überall in der Gegend, die verelendeten Bewohner schon über Jahre begleitet hatte. Eines Tages war ein Trupp Söldner gekommen, ebenfalls ausgehungert, zerlumpt, verroht und zu allem bereit. Sie hatten die letzten Vorräte geplündert, die Häuser in Brand gesteckt, die Männer mit Piken und Dreschflegeln niedergemacht, die Frauen zusammengetrieben und vergewaltigt. Die Kinder waren im Wald gewesen, um Holz zu sammeln. Während nun Leute, die mit dem Hüten von Tieren oder mit Feldarbeiten beschäftigt gewesen waren, als sie die Flammen sahen und das Geschrei hörten, herbeirannten, um zu retten, was zu retten war, wiesen sie die Kinder an, sich in dem etwas abseits gelegenen Kapellchen zu sammeln und sich still zu verhalten. Die größeren Kinder hatten die Kleinen an sich gerafft und waren zu dem angegebenen Ort geeilt, wo das Weinen und Schreien doch bald aus allen Ritzen drang und die Gewalttäter anlockte, die mit ihren Waffen in das Kapellchen stürmten. Einigen größeren Kindern gelang es, an Stangen aus dem Fenster gehängte Kleidungsstücke zu schwenken, um auf ihre Not aufmerksam zu machen. Doch von Menschen konnten sie nicht mehr gerettet werden. Allerdings hatte das Gemetzel inzwischen Vögel angezogen, Geier vielleicht, die von ihren Nistplätzen auf den höheren Bergen herabgeschwebt kamen, um nach Nahrung zu suchen, majestätische Vögel mit weißen Köpfen und riesigen dunklen Flügeln, die in diesen Jahrzehnten auch weit entfernt von ihren gewohnten Habitaten in den südlichen Gebirgen gesichtet wurden, immer dort, wo die großen Schlachten des europäischen Krieges ihnen reiche Nahrung versprachen. Als sie sich aus hoch aufgetürmten schwarzen Wolken im Schein der blutroten Abendsonne über dem Dorf zeigten, mussten sie die Wirkung eines Himmelszeichens haben, vor dem sich die Menschen dieser Zeit wie vor nichts anderem ängstigten. Ihr Anblick schlug die Mörder in die Flucht. Die Dorfbewohner aber warfen sich vor ihnen nieder. Hunger und Verzweiflung hatten ihren Verstand ausgelaugt. Sie sahen, wie die bewaffneten Angreifer erschrocken Reißaus nahmen. Sie sahen, was ihre Seelen und ihre Phantasie seit Langem beschäftigte. Es konnten keine Vögel, es mussten Engel sein, von denen sie gerettet worden waren, mächtige wundertätige Wesen mit Krallen statt Händen, die das Fleisch der Erschlagenen fraßen. In der Bibel las man von solchen Wesen nichts, und die Priester sprachen nicht von ihnen. Auch gab es im Gyrental schon lange keine Priester mehr. In der Stadt waren die Kapuziner vom Kloster Neumarkt die Einzigen, die geblieben waren, um die Kranken zu pflegen und die Toten zu beerdigen. Gegen das, was geschah, konnten sie nichts ausrichten. Und was war vom Gott der Priester zu halten, einem Gott, der gleichgültig auf all die Schrecknisse herabsah, die die Menschen hier durchlitten hatten, und sich auch von den Qualen der unschuldigen Kinder zu keiner Tat bewegen ließ? Diese mächtigen Engel aber, die aus dunklen Wolken herabgesegelt kamen, mit ihren riesigen Schwingen, ihren blitzenden, alles sehenden Augen hatten ihnen geholfen. Waren sie nicht die Erlöser, denen man Dank schuldete?

Ich fühlte mich wach und aufgeräumt, während ich einen Satz nach dem anderen formulierte, ich dachte klar und präzise, während ich Seite um Seite schrieb. Es war genau der substantielle Text, den Bartolo gefordert hatte, das Fundament der Theorie, die die Rätsel der Zeichnungen Johannes Wolmuths aus seinen letzten Lebensjahren löste.

Warum schickte ich meinen Text nicht ab?

Ich nahm die S-Bahn zum Gyrental. Der kleine Platz um das Kapellchen war frisch gepflastert, heller, größer, sauberer, als ich ihn in Erinnerung hatte. Es gab auch keine Abfallcontainer mehr, Gerüst und Bauzaun waren verschwunden. Ich klingelte bei Szymon, und als ich den großen, hageren Diakon mit seinem weißen Bart sah, hatte ich das Gefühl, in Sicherheit zu sein. Er bat mich in seine Klause. Seine Augen waren freundlich, aber sein Blick war anders als beim letzten Mal, forschend, prüfend, sehr ernst. Ich saß auf dem Stuhl vor dem Schreibtisch, er auf dem Bett, über dem eine graue Wolldecke lag. Nach einer Weile ging er in die angrenzende kleine Küche und kam mit einer Flasche zurück. Er goss mir ein Glas ein – es war Schnaps – ich trank ihn wie Wasser.

»Warum sind Sie gekommen?«, fragte er.

Ich konnte nicht antworten.

Auf seinem Schreibtisch lagen die Papiere. Dicke, gelbliche, eingerissene und ausgefranste Bögen, mit einer stark verschlungenen Handschrift unregelmäßig und sprunghaft bekritzelt. Die Papiere, die unter dem Altar gefunden worden waren. Sie warteten auf Entzifferung.

»Das ist es also«, sagte er leise, doch so, dass es mir durch und durch ging.

Ich nahm ein Blatt nach dem anderen in die Hand und las ein Wort nach dem anderen, mühelos. Wie soll ich es beschreiben? Eine körperlose Stimme schien zu mir zu sprechen, mich zu leiten. Oder vielmehr – es war, als würde in mir selbst die Erinnerung an etwas auftauchen, was ich vor langer Zeit gelernt hatte, wie die Erinnerung an ein Stück, das ein Musiker irgendwann einübt, um es für alle Zeit auswendig spielen zu können. Ich las die Worte auf dem Papier und begriff plötzlich, dass die *Madonna mit der Walderdbeere* erst jetzt enträtselt war, da ich im Begriff stand, an den tiefsten Schrecken zu rühren, den Schrecken aller Schrecken, das unfassbare Geheimnis.

Szymon begann mit mir zu sprechen. Er hatte lange geforscht, er wusste viele Dinge. Die Gedanken flogen zwischen uns hin und her. Und doch war ich nur halb bei der Sache.

Jene bittere Not hatte eine unvergängliche Spur hinterlassen, und jenes kriegerische Gemetzel, bei dem die Bewohner des Gyrentals ihre Kinder verloren hatten, war nie vergessen worden. Die Trauer der Überlebenden hatte sich nicht in Ruhe, in Frieden verwandelt, sie war immer wieder angeschwollen und in Wut umgeschlagen, in rasenden Zorn und Gier nach Vergeltung. Was sie erlitten hatten, mussten sie wiederholen. Deshalb beteten sie zu den Engeln, ihren neuen Herren, die hungrig, mit blitzenden Augen über ihren Köpfen kreisten. Sie konnten keine Freude mehr dulden, ihre Freude war für immer ausgelöscht. Sie konnten die Erregung nicht mehr bändigen, die immer wieder in ihnen aufstieg, nachts, wenn die Betäubung des Alltags abfiel und der Schrecken wiederkam. Sie beruhigten sich erst, wenn sie das Weinen und Schreien wieder hörten und wussten, dass es nicht vergessen wurde, weil andere es wieder erlebten – andere, die ihnen dafür bürgten, dass das Unerträgliche, das Himmelschreiende nicht vergessen wurde, niemals, solange es Mütter und Kinder und Tränen gab, solange die Welt bestand.

Die Vögel – die bösen Engel – waren die Herren der Davongekommenen. Sie forderten Blut, und man musste ihnen das Geforderte geben. Denn es durfte kein Glück geben, solange es Unglück gab; und es durfte kein neues Leben geben, weil die toten Kinder wiederkamen und nach Nahrung verlangten. So opferte man diesen grausamen Herren das Leben. Mord zeugte neuen Mord, und es gab kein Ende, kein Ausruhen, keinen Frieden, nur Schmerz und Gewalt fort und fort.

Szymon hatte lange gesprochen. Ich wurde unruhig.

»Haben Sie sich schon einmal Gedanken gemacht, was es mit dem Brand auf sich hatte?«, fragte er mit dieser hartnäckig leisen, sanften Stimme.

»Der Brand von 1651 –«

»Drei Jahre nach dem Friedensschluss. Ich habe Hinweise dafür gefunden, dass fromme Mönche ihn legten, und zwar mit Zustimmung der höchsten Stellen.«

Es fiel mir immer schwerer, mich zu konzentrieren. Ich rutschte auf dem Stuhl herum, aber Szymon schien mich mit seinem Blick festzuhalten. »An diesem Punkt sind die Quellen eindeutig«, fuhr er fort. »Der Abt der Kapuziner in Neumarkt, keine zehn Kilometer von hier entfernt, hat Briefe geschrieben, verzweifelte Briefe an seine Oberen, die heute im Archiv des Vatikans lagern. Ich bekam die Erlaubnis, sie zu sichten. Dieser kluge Mann beobachtete, was in den ersten Nachkriegsjahren in der Stadt vor sich ging, und wusste sich bald nicht mehr zu helfen. Der satanische Kult, die Verehrung der großen Greifvögel, die sich im Gyrental angesiedelt hatten, griff um sich, und er sah die Herrschaft eines finsteren, kannibalischen Antichrist heraufdämmern. Die Kirchen dienten nicht mehr der Ehre Gottes, schrieb er, sie seien Stätten des Götzendienstes geworden, und alles Gerät und Bildwerk in ihnen huldigte dem teuflischen Getier.«

Ich ahnte – wusste –, was nun kam.

»Wolmuths Altarbild in St. Michael stand wahrscheinlich im Mittelpunkt ihres grausigen Opferrituals«, ergänzte er. »Was oder wen es darstellte, wird wohl nie mehr zu enträtseln sein. Aber der Vogel über dem Kopf der jungen Frau und das leblose Kind auf ihrem Schoß lassen den Schluss zu, dass er selbst ein Anhänger des neuen Kults geworden war.«

»Sie haben Feuer gelegt«, sagte ich. »Sie waren auch nicht besser als die Soldaten.«

»Sie haben die Stadt in Brand gesteckt«, bestätigte Szymon, »denn sie konnten nicht zulassen, dass die heiligen Gegenstände den Götzendienern in die Hände fielen, diesen Verblendeten, Verelendeten, deren teuflischer, rachsüchtiger Neid es nicht duldete, dass Mädchen schwanger wurden und Kinder heranwuchsen, die von Hunger und Krieg nichts wussten. Sie haben sich dazu entschlossen, die Stadt zu zerstören, statt sie dem Feind zu überlassen.«

»Aber Wolmuths Bild ist gerettet worden«, sagte ich. »Es ist hierher gebracht worden, ins Gyrental, so ist es dem Feuer und den wütenden Mönchen entkommen.«

»Es musste getan werden«, sagte Szymon.

Ich hielt seinem Blick nicht länger stand. »Was wollen Sie?«, fragte ich, während der Aufruhr in mir immer größer wurde. »Ich weiß doch nichts –«

»Der Feind herrscht über die Seelen der Menschen«, sagte Szymon, weich, leise, nah an meinem Ohr. »Er entzieht sie der Liebe Gottes und dem ewigen Leben.«

»Ich gehe«, sagte ich.

»Wo wollen Sie hin, um diese Zeit?«

»Lassen Sie mich –«

»Nein –«

Mühelos schob ich seinen alten, kraftlosen Körper zur Seite.

Niemand kennt Johannes Wolmuth besser als ich. Ich habe das Rätsel der *Madonna mit der Walderdbeere* gelöst. Ich allein.

Nein, der alte Maler hatte das Bild seiner Frau und seines toten Kindes nicht deshalb übermalt, weil ihn die Mönche dazu zwangen. Sondern weil er die Erinnerung nicht mehr ertrug. Aber es hatte ihm nichts genützt. Er hatte sich vor dem Schrecken retten wollen, indem er das tote Kind in ein lebendiges verwandelte, einen hübschen, aufgeweckten, gut genährten Jesusknaben, einen Welterlöser auf dem Schoß einer frommen Allerweltsmaria, doch er merkte bald, wie unbeholfen, wie ausdruckslos und flach er malte. Es gelang ihm nicht mehr, sich selbst zu glauben. Die Arbeit kostete ihn immer größere Mühe. Die kunstvoll abgestuften Räume und vielgestaltigen Prospekte seiner Städte und Landschaften, die wie von innen heraus leuchtenden Gesichter, die beseelten Gesten, die vieldeutigen Blicke und anmutig wogenden Gewänder seiner Heiligenfiguren, all das, was einst so leicht, wie ohne sein Zutun entstanden war und ihn zu einem viel gerühmten Meister hatte werden lassen, ging verloren. Auch andere merkten es. Die Aufträge kamen aus weit entfernten Orten, wo man nur die Bilder seiner Jugendzeit kannte. Immer wieder flackerte die Hoffnung in ihm auf, dass es wieder so werden könnte wie früher. Er begann das *Jüngste Gericht*, doch nach kurzer Zeit verließen ihn die Kräfte. Dann die *Opferung Jesu*, bei der nur die prächtigen Gebäude und Türme, ein hoher kahler Baum im Hintergrund und die Menge der Zuschauer rechts und links des Altars vollendet sind. Diese Zuschauer – Bauern und Handwerker, aber auch adelige Herren und Damen – beweisen seine immer noch überragenden malerischen Fähigkeiten. Die groben und brutalen Gesichter der Gaffer, ihre Erbarmungslosigkeit und selbstgerechte Erbitterung, ihre höhnisch grinsende Arroganz, ihre augenfällige Lust an dem grausamen Spektakel lassen jedem empfindungsfähigen Betrachter das Blut in den Adern gefrieren. (Le Breton vertritt die Meinung, dass dieses Bild keinen Auftraggeber hatte. Bevor es Wolmuths Werkstatt verließ, hätten die Kapuziner es ihm mit einer hohen Summe abgekauft, mit der Wolmuth zuerst seine Schulden bezahlte, den

Rest an seine Gesellen verteilte, bevor er mittellos die Stadt verließ.) Doch bei der Gestaltung des zentralen Geschehens merkte er, dass es in ihm leer geworden war. Nur noch seine Hand führte den Pinsel; die gewohnte Sicherheit, das Vertrauen, das Gefühl, aus einer unerschöpflichen Quelle zu schöpfen, das ihm in seinen frühen Jahren so viel Stärke verliehen hatte, fehlte; zerstreut, müde, richtungslos fuhr er über die Leinwand, auf der sich nichts mehr zueinander fügte, alles Einzelne nichtssagend für sich stand und das Ganze sich schließlich ausnahm wie ein banaler Flickenteppich. Es wurde ihm klar, dass er als Maler am Ende war, und wie er sonst leben sollte, wusste er nicht. Von Schuldgefühlen zermürbt, ging er dahin und dorthin, fing dieses und jenes an, betrachtete die Höhen und die Täler, die nach den Jahren der Angst und der Verheerung wieder zu grünen und zu blühen begannen, die Dörfer, in denen die Mädchen wieder tanzten und den Männern Blicke zuwarfen und die Babys dick wurden und glucksten und strahlende Augen hatten, wie ihre Mütter, und mit ihren zarten, rosafarbenen Händchen neugierig nach den Dingen griffen, die ihnen die jungen Frauen hinhielten – betrachtete das alles und die Wiesen ringsum, die Glockenblumen, die Bäche, die Flüsse, die weißen und schwarzen Lämmer, die Eidechsen, die Spinnennetze, die leuchtenden Wolken, Sonne und Mond – aber nichts ließ die Quelle wieder sprudeln, nichts rief in der Tiefe seiner selbst ein Echo hervor. Laut Kerstorffer suchte Wolmuth in seinen letzten Jahren die Gesellschaft von Kindern und benahm sich selbst immer kindischer und törichter. Er soll Kinder aus brennenden Häusern gerettet und die Fähigkeit besessen haben, Kindbettfieber und Rachitis zu heilen – Legenden, schreibt der Biograf, »mit denen das ungebildete Volk das Geheimnis des scheuen Wanderers zu fassen suchte«. Beim Spielen mit Kindern soll er am Ende in einen Bach gefallen und ertrunken sein. Niemand weiß, wo er begraben ist. Sein Name war lange vergessen. Aber das Altarbild im Kapellchen hat über Jahrhunderte hinweg Leidende und Verzweifelte angezogen und spendete ihnen Trost.

In die Stadt wollte ich nicht zurück. Dort gehörte ich nicht hin. Ich irrte durch die dunklen Straßen, auf der Suche nach einem Hotel, in dem ich schlafen konnte. Es gab aber kein Hotel, nicht einmal eine Kneipe, und so setzte ich mich auf eine Bank am Ufer des rauschenden Kanals. Wie lange hatte diese Suche schon gedauert! Ich war sehr müde. Schlief ich ein? Ich weiß es nicht. Ich weiß nur, dass das Gespräch mit Szymon in mir nachklang. Unruhe, hasserfüllte Gereiztheit stiegen in mir auf. Der Sonnenaufgang war noch fern.

Auf dunkle, chaotische Weise näherte ich mich dem Bild, *meinem* Bild, und verschmolz mit ihm.

Die Klinke der seitlichen Pforte des Kapellchens war eiskalt. Ich betrat den aus schlichten grauen Feldsteinen gemauerten Raum, den ich kannte und doch nicht kannte. Ein widerwärtiger Geruch schlug mir entgegen, den ich zuerst nicht identifizieren konnte. Ich sah an mir herunter – ich trug sonderbare, grobe, ausgeblichene Kleidungsstücke. Ich hatte blondes Haar. Ich war die schattenhafte Gestalt, die die Röntgenstrahlen der Restauratoren zum Vorschein gebracht hatten, die junge Frau, die sich hinter der Madonna mit der Walderdbeere versteckt, die Hochverehrte, die Missbrauchte, mit den gesenkten Lidern, dem steifen bleichen Kind auf dem Schoß, ihrem Sohn, dem Geopferten.

Es waren nicht die Landsknechte gewesen, die das getan hatten. Daran erinnerte ich mich jetzt. Bevor sich meine Augen an das Halbdunkel gewöhnten, spürte ich die Blicke der Unsichtbaren, die den Altar umstanden, hörte ihre erregten und angsterfüllten Atemzüge. An der Stirnseite das große, runde offene Fenster. »O ihr Engel…ihr Herrlichen…o unsere Retter…«, lautete das fiebrige Gemurmel, das Gebet, mit dem sie ihren grausigen Gott anlockten. Hier also endete die Suche nach meinem Kind, vor diesem schrecklichen Altar. Ein weißes Tuch lag darüber, mit drei roten Tropfen befleckt. Mein Kind. Das Blut meines Kindes, das mir entrissen worden war.

Zögernd, mit angehaltenem Atem trat ich näher. Etwas tauchte aus der Vergessenheit auf – das Bild, das Lalyt mir gezeigt hatte – Wolmuths letzte Zeichnung. Hinter dem runden Fenster wurden die Äste des hohen kahlen Baums sichtbar, in dem sie lauernd hocken. Große schwarze Vögel mit weißen Federhauben, plumpe, feiste, satte Wesen, Ungeheuer mit spitzen Krallen und blitzenden Augen, die scharfen Schnäbel blutverschmiert.

Das Hupen eines Autos brachte mich zurück auf meine Bank am Kanal. Die Sonne war noch nicht aufgegangen, aber ihre Wärme war schon spürbar, und eine Prozession leuchtend roter Wolken zog über den grauen Himmel. Auf der schattigen Erde wanderte ein Junge mit einem Einkaufstrolley von Haus zu Haus und steckte Reklameprospekte in die Briefkästen. Ich ging zum Kapellchen. Wieder einmal fiel mir auf, wie fein und präzise die Feldsteine gemauert waren und wie genau der große Oculus in die östliche Fassade eingepasst war. Die Steine fühlten sich rau und kühl an. Die Pforte war verschlossen.

III

KINDERTRÄUME

Es hat eine Zeit gegeben, in der ich mir ein Leben ohne Marta nicht vorstellen konnte. Ich war verloren, wenn ich nicht mit ihr sprechen, sie betrachten und berühren konnte. Die Welt, in der ich mich zu behaupten versuchte, hielt nur Feindseligkeit und Kränkungen für mich bereit, die Gemeinschaft mit Marta aber war ein eigener Raum, ein Kosmos voller leuchtender Gefühle und Gedanken, die wie Sterne dem Urnebel unseres Glücks entsprangen. Als Philip, unser erstes Kind, kam, dehnte sich dieser Raum noch weiter aus. Er schien das Grabesdunkel unserer unbekannten Ahnen ebenso wie die blasse Ferne unserer namenlosen Nachfahren zu umfassen, die unser schönes Leben – konnte es einen Zweifel daran geben? – fortsetzen und vervielfältigen würden. Während der Geburt von Tom, unserem zweiten Sohn, wurde Marta plötzlich ohnmächtig, und die Angst, sie zu verlieren, überfiel mich mit solcher Heftigkeit, dass ich eine Art Schüttelfrost bekam und von einer Schwester aus dem Kreißsaal geführt werden musste. In dieser schlimmen Nacht, die ich allein in unserer engen, unaufgeräumten Wohnung verbrachte, schien es nichts anderes mehr zu geben als die trivialen Dinge, auf die mein Blick fiel, das schmutzige Laken, die stinkenden Windeln, die halb gelesene Zeitung auf dem Tisch, das stumpfe, unnachgiebige Jetzt, und ich erkannte, dass jene Macht, deren Wirken ich schon als Kind erfahren und gefürchtet hatte – das finstere Gegenteil unserer hellen Tage, unserer Zärtlichkeit und Zuversicht –, niemals ruhen würde und nicht zu besiegen war.

Als Tom nach langen Qualen endlich da war, winzig klein und kraftlos, mit Martas blauen Augen und einem Büschel dunklen Haars auf dem Kopf, weinte ich. Ein Vers aus einem Gebet meiner Kindheit fiel mir ein:

> Alle Menschen groß und klein
> sollen dir befohlen sein.

Zusammen mit meinen Geschwistern hatte ich es jahrelang vor dem Schlafengehen aufgesagt, bevor meine Mutter uns mit dem immer gleichen Wunsch: »Gesegnete Träume!« in die Nacht entließ. Meine gute Mutter hatte fest an die Macht von Gebeten geglaubt. Und auch mir wuchs in diesen freudigen Stunden, obwohl vage und undeutlich, wieder jenes kindliche Vertrauen zu. Die Unzerreißbarkeit der Kette, der Zusammenhalt der Welt, die Güte dessen, der sie in Händen hält, all das schien in dem Maße möglich zu sein, in dem ich die Kraft aufbrachte, mich nicht an meine dunklen Ängste zu verlieren. Dass der Tod mir meine Mutter genommen hatte, hatte mich gewappnet; dass er mir Marta nehmen und mein Glück vernichten konnte, war nicht zu leugnen; aber etwas viel Tieferes, Substantielleres, unsere Zusammengehörigkeit, könne mir niemand rauben. So redete ich mir zu. Erst viele Jahre später, als unsere Kinder schon erwachsen wurden, begann das alles erneut zu wanken und verlor seine Festigkeit.

Wenn es einen Anfang gab, muss es der Sommer gewesen sein, in dem ich Clara kennenlernte. Clara, die Strahlende, wie ich ihren Namen übersetzte, obwohl sie dunkel und unscheinbar wirkte; nur ihr Haar, der lange Zopf, den sie meist im Nacken zusammengerollt trug, war auffällig blond. Sie war groß, stattlich, bewegte sich langsam, wie zögernd, und ihre Handgriffe waren oft ungeschickt, als stünde sie neben sich. Doch sie bewahrte stets ihre aufrechte Haltung, und ihr langes Gesicht blieb ausdruckslos. Wenn man sie zurechtwies, antwortete sie unaufgeregt mit einer etwas rauen, krächzenden Stimme. Ich spürte eine seltsame Kraft in ihr, etwas Stilles und Unheimliches, was ihre Arbeit, ihre gewöhnlichen Lebensumstände nicht berührte. Ihre Augen sah ich nicht, da sie eine große altmodische Brille mit getönten Gläsern trug. Sie gehörte zu den sechs oder sieben Frauen, die in unserer Pension für die Bedienung der Gäste und die Besorgung der Zimmer zuständig waren. Vom ersten Augenblick an, als ich sie sah, fühlte ich mich zu ihr hingezogen.

Wir hatten uns in diesem Sommer für drei Wochen dort eingemietet, Marta und ich in einem großen Zimmer mit Seeblick, Philip und Tom in einem kleineren Zimmer daneben. Das Haus hatte einen albernen Namen (ich glaube, »Pension Abendrot«), es lag weit von der Straße entfernt direkt am Wasser, die Einrichtung war wohltuend schlicht, und es gab eine Terrasse mit bunten Lampions, wo man bei schönem Wetter essen und den Enten zusehen konnte, die ihren Kindern die Welt zeigten. Unsere Kinder ließen sich nichts mehr zeigen. Jedenfalls nicht von uns. Sie forderten mehr Spaß und mehr Geld, während wir ihnen die Schönheit der Landschaft, des stillen Sees, der grünen Hänge schmackhaft zu machen versuchten. Sie maulten herum und waren überhaupt unerträglich, sodass wir froh waren, als sie schließlich entdeckten, dass man mit einem Kleinbus in die nah gelegene Kreisstadt fahren konnten, wo es Geschäfte und ein Café mit Billard und Kicker gab.

Anfangs war es kühl und neblig. Tagsüber fuhren wir mit der Seilbahn auf einen Berg oder mit dem Auto durch die Gegend, später gab es Kaffee, dann lasen wir ein, zwei Stunden, und dann nahmen wir im Kreis angenehm leise redender Gäste das recht mittelmäßige Abendessen ein. Dazwischen die unvermeidlichen Auseinandersetzungen mit den Kindern. Wenn sie endlich im Bett lagen (es kann sein, dass sie nachts heimlich weggingen, doch dafür brachte ich bald kein Interesse mehr auf), begannen die »Gespräche«, die Marta als einen wesentlichen Teil ihrer freien Wochen betrachtete, in denen sie keinen Unterricht vorzubereiten und keine Hefte zu korrigieren hatte. Vielleicht hat es eine Zeit gegeben, in der mir diese Form des Austauschs ein Bedürfnis, ja eine Notwendigkeit gewesen war. Nun aber fühlte ich mich mehr und mehr wie der Zuhörer einer langweiligen Radiosendung. Ohne innere Beteiligung verfolgte ich, wie sie, Wollsocken an den Füßen, auf dem Bett sitzend, alle Probleme der letzten Monate hervorkramte und sie noch einmal des Langen und Breiten und mit Genuss durchkaute, meist unter Verwendung banaler Redensarten und Floskeln, und je weniger ich sagte, desto dringender forderte sie mich immer wieder auf, ihr endlich beizupflichten. »Und dann haben sie ihr das

Konto gesperrt. Und weißt du warum? Sie kriegt einfach den Hals nicht voll! Gib zu, dass ich recht habe!« – »Wer so einen Mist baut, darf sich nachher nicht beklagen. Stimmt doch!« – »Dieser Typ ist ein Waschlappen! Das musst du doch sehen! Du wirst ihn doch nicht auch noch verteidigen?« Sie schnatterte, plapperte, lästerte mit unerschöpflicher Energie, und ich fragte mich mit wachsendem Entsetzen, wie ich dieses völlig inhaltsleere Gerede je hatte ertragen können. Ich hatte Lust, mir die Ohren zuzuhalten oder hinunterzugehen und auf der finsteren Terrasse Bier zu trinken und alles zu vergessen. Dadurch wäre es am nächsten Tag allerdings nur umso schlimmer geworden, weshalb ich sehr lange mit wahrhaft engelhafter Geduld alles über mich ergehen ließ. Bis es mir irgendwann doch zu viel wurde.

Nach der ersten Woche wurde das Wetter besser. Ich teilte Marta mit, dass ich vorhatte, etwas über die Pension und ihre Angestellten zu schreiben.

»Gerade jetzt, wo wir endlich baden gehen können, willst du anfangen zu arbeiten«, sagte sie. »Hatten wir nicht vereinbart, dass wir noch etwas mit den Kindern unternehmen? Wollten wir nicht alles, was mit Geldverdienen zu tun hat, auf nächsten Monat verschieben?«

»Es hat nichts mit Geldverdienen zu tun«, sagte ich.

Doch sie verzieh mir nicht, und den Rest der Zeit sprachen wir nur noch in gereiztem Ton miteinander. Mehrmals stritten wir uns nachts so laut, dass ich mich vor den Blicken der anderen Gästen beim Frühstück fürchtete. Aber das war es nicht, weshalb ich das Frühstück von nun an ausließ. Ich blieb auch bei herrlichstem Sonnenschein im Haus und drückte mich auf den Gängen herum, weil ich auf eine Begegnung mit Clara wartete.

Ihren Namen hatte ich von den zwei Zimmermädchen erfahren, mit denen ich sie oft zusammen sah, Ana und Veronica. Ich hatte mich ein paarmal mit ihnen unterhalten, hatte ihnen die üblichen Fragen gestellt, wie sie lebten, woher sie kämen, was sie mit ihrem Lohn anfingen, wenn sie nach der Saison in ihre elenden Dörfer irgendwo in Osteuropa zurückkehrten und so weiter, und hatte alles brav mitgeschrieben. Den Text hatte ich für die »Seite Drei« des *Tagblatts* konzipiert. Es war nicht das erste Mal, dass ich eine Reportage dieser Art schrieb; Matthisen, der Redakteur, wollte immer wieder »etwas mit sozialer Problematik« von mir. Aber ich merkte, dass ich mit dem Schreiben nicht zurande kam. Ich versuchte mehrmals, Clara allein zu sprechen, fing sie ab, wenn sie mit dem abgeräumten Frühstücksgeschirr von der Terrasse kam, stellte mich ihr in den Weg, wenn sie den Wäschewagen über die steile Rampe in den Keller schob. Aber irgendwie gelang es ihr immer, sich wegzudrehen und mir zu entziehen, und je unnahbarer sie sich gab, desto größer wurde ihre Anziehungskraft.

Marta blieb das natürlich nicht verborgen. Einmal lag sie heulend auf dem Bett. »Was ist in dich gefahren?«, sagte sie schluchzend, als ich mich neben sie setzte. »Seit wann interessierst du dich für dicke, hässliche Frauen in schmuddeligen Kittelschürzen? Was willst du von diesem abscheulichen Weib?«

In gewisser Weise hatte sie recht. Was wollte ich von Clara? Ich wusste nur, dass ich das, was ich hatte, nicht wollte. Die Bücher und Kleider und Zeitungen in unserem Zimmer stießen mich ab, die Wanderstöcke und Trockenobstpackungen, Martas Nachthemd, Martas Tampons, Martas Gefühlsausbrüche – alles, was mich an unsere gewohnte Welt erinnerte, stieß mich ab. Ich konnte es nicht in Worte fassen. Hilflos ging ich hinaus, zum See hinunter, wo ich mir eine einsame Stelle suchte und aufs Wasser starrte.

Schon des Öfteren hatte ich an die Tür geklopft, hinter der, wie ich wusste, Clara mit Ana und Veronica zusammen wohnte, aber erst am vorletzten Tag unseres Aufenthalts, nachdem ich Veronica etwas Geld zugesteckt hatte, wurde mir geöffnet. Es war eine winzige unordentliche Mansarde. An einer Wand stand ein Stockbett. Auf dem Tisch unter dem Fenster sah ich eine Nähmaschine, einen Haufen Stoffe, einen Laptop. An der Wand klebte das Foto eines jungen Mannes mit schwarzem, glattem Haar im Profil. Etwas ungeheuer Feindseliges ging von diesem Gesicht aus, das mich wie ein eisiger Luftzug traf. Es gab nur zwei Stühle. Einer wurde mir hingeschoben, auf dem anderen saß Clara. Ich sagte, dass ich sie gern befragen würde, für die Zeitung. Sie schüttelte den Kopf. Ana und Veronica begannen zu kichern. In ihrer Sprache redeten sie auf ihre verlegen dasitzende Freundin ein, drängten sie offenbar, halb scherzend, halb ernst, zu antworten. Clara schüttelte den Kopf.

»Sie hat Angst vor Ihnen«, sagte Ana kichernd.

»Sie liest auch aus der Hand«, sagte Veronica. »Aber das ist nicht billig.«

Unwillkürlich versteckte ich meine Hände hinter dem Rücken. Ich schämte mich für ihre Weichheit und Blässe. Um irgendetwas zu sagen, fragte ich nach dem Foto an der Wand.

»Ein Verwandter«, sagten sie ausweichend.

Die Atmosphäre veränderte sich plötzlich. Ich sah, dass die beiden Frauen, die hinter Clara standen, sie an der Schulter schüttelten, ihr mit den Fingerknöcheln in den Nacken stachen. Clara senkte den Kopf, nahm die Brille ab, rieb sich die Augen. Leise, nervös sagte sie etwas in ihrer Sprache.

»Was sagen Sie?«, fragte ich, nach vorn gebeugt.

Ich wollte ihr Gesicht sehen, aber sie hielt den Kopf gesenkt. Ihre Hände nestelten an einem losen Knopf. Plötzlich hatte ich das Gefühl, beobachtet zu werden. Ich drehte den Kopf zur Decke – wandte mich dann wieder Clara zu und sah für einen kurzen Moment ihre Augen – schwarze Augen, die mich faszinierten, metallisch glänzende Spiegel.

»Sie müssen jetzt gehen«, sagte Ana in unvermittelt strengem Ton.

»Sofort«, bestätigte Veronica.

Ich löste mich aus der seltsamen Starre, die mich befallen hatte, stand auf und ging zur Tür.

»Sie hat den Teufel gesehen«, flüsterte mir Ana ins Ohr, bevor sie mich hinausschob. »Er war bei Ihnen, ganz nah. Sie sagt, Sie müssen aufpassen.«

In dieser Nacht erwachte ich von einem Geräusch, einem leisen Klopfen oder Picken gegen Glas. Ich hatte so fest geschlafen, dass ich nicht gleich wusste, wo ich war. Am offenen Fenster stehend, verflog meine Benommenheit nicht, sondern schien sich auf eigenartige Weise noch zu vertiefen. Der hinter ziehenden Wolken immer wieder aufscheinende Mond warf bleiches, unregelmäßiges Licht auf den rauschenden See. Oder kam dieses Rauschen von den dunklen Bergen her, die mit ihren gewaltigen Körpern unser winziges Haus umstanden? Nirgends sah ich Lichter oder sonst irgendein Zeichen menschlicher Anwesenheit, und es war mir plötzlich, als wäre ich in eine urzeitliche Landschaft versetzt worden, in der die noch von keinem menschlichen Auge erblickte und von keinem menschlichen Fuß entweihte Natur ihre grausame und erhabene Macht ausübte und Wesen, die nach anderen Gesetzen lebten und anderes für wirklich hielten als wir, einander auf geheimnisvolle Weise riefen und lockten. Ich hörte ein leises, dumpfes Krächzen zu meiner Linken, dann sah ich einen riesigen Vogel, der, in geringer Höhe über dem Boden schwebend, seinen Kopf mit dem starken Schnabel, den blitzenden Augen zu mir drehte. Nach einer Weile schraubte er sich mit raschem Flügelschlag in die Höhe und verschwand über dem jenseitigen Ufer des Sees. Am nächsten Morgen fand ich eine große weißliche Feder auf dem Fensterbrett. Bevor wir abreisten, zeigte ich sie einigen vogelkundigen Einheimischen. Sie stamme aus der Armschwinge eines Raubvogels, sagten sie. Aber solche Vögel seien schon seit Jahrzehnten nicht mehr in der Gegend heimisch.

Clara sah ich nur einmal wieder – Jahre später, als ich endlich begriff, worin unsere tiefe Verbundenheit bestand. In den Monaten, die unserer ersten Begegnung folgten, fand ich andere Frauen, auf die ich mich, immer nur für kurze Zeit, ein paar Stunden, eine Nacht, einließ, Frauen, die meine Sprache nicht beherrschten, von deren Gefühlen ich wenig erfuhr und denen ich nichts von mir erzählen musste. Ich lernte sie bei alltäglichen Gelegenheiten kennen, wenn ich, statt ein Konzert, eine Lesung zu besuchen, wo Marta auf mich wartete, »Recherchen« vorschützte und wahllos Bars und Kneipen in der Bahnhofsgegend aufsuchte, und folgte ihnen in dunkle, stickige Zimmer. Alles dort war mir unvertraut, der Körper neben mir und die Habseligkeiten, die ein fremdes Leben bezeugten, und das Eindringen in dieses fremde Leben erleichterte und belebte mich, als hätte mein eigenes Dasein dadurch ein wenig von seiner bedrückenden Enge verloren. Seit meiner frühesten Jugend hatte ich unter dem Gefühl gelitten, bei allem, was ich tat, etwas Wesentliches zu verpassen, nicht das zu erleben, was die anderen erlebten, was sie stark und erfahren machte, und mich dadurch unrettbar im Nachteil zu befinden. Jetzt erlebte ich etwas, was ich aus Büchern und Filmen kannte, ich betrog meine Frau, ich erhielt geheime Nachrichten, ich führte eine Art Doppelleben, das mit Überreizung und Übermüdung einherging und mich zum Lügen zwang. Doch bald war ich es leid zu lügen; die Wirkung der Eskapaden hielt nicht an. Letzten Endes brachte ich nicht genug Interesse für diese routinierten und verschlossenen Frauen auf, deren Blicke sagten, dass sie Bescheid wüssten, dass sie die Männer kannten, und nach kurzer körperlicher Befriedigung spürte ich wieder die Unrast, die seit unserem Aufenthalt am See in mir gärte. Ich erkannte, dass ich etwas anderes suchte, etwas, was mit Clara zusammenhing, mit jenem Ungreifbaren, Unheimlichen, das ich in ihrem Blick gesehen hatte.

Meine Reportage wurde nicht gedruckt. Ich schickte sie Matthisen am Ende dieses Sommers, nach unserer Rückkehr, mit einem freundlichen Begleitschreiben, auf das er nicht antwortete. Auch andere Redaktionen, an die ich den Text schickte, reagierten nicht. Seit ich nach der ersten großen Entlassungswelle beim *Tagblatt* freiberuflich arbeitete, war ich an lange Wartezeiten, Vertröstungen und Zurückweisungen gewöhnt, doch diesmal irritierte mich besonders Matthisens Schweigen, weil ich ihn in den letzten Jahren oft intensiver Zusammenarbeit als einen überaus verlässlichen Zeitungsmann schätzen gelernt hatte. In seiner Kartei der freien Mitarbeiter gehörte ich zu den gediegensten Namen. Er war fast ein Freund für mich geworden, auch wenn wir längst nicht mehr regelmäßig zusammen zu Mittag aßen. Ich wusste, dass er unter großem Druck stand und wahrscheinlich keine Zeit mehr hatte, sich eingehender um Leute zu kümmern, die potentiell jederzeit ersetzbar waren. Aber ich vertraute immer noch darauf, dass er die Qualität meiner Arbeit höher schätzte als die oberflächlichen und reißerischen Texte, die ihm von anderen geliefert wurden, auch wenn diese anderen schneller, wendiger, anpassungsfähiger sein mochten. Er musste zu dieser Zeit längst aus dem Urlaub zurück sein. Als er auf weitere Nachrichten von mir nicht antwortete, blieb mir nichts anderes übrig, als mir neue Projekte auszudenken, die ich ihm anbieten konnte.

Aber mir fiel nichts ein. Anders als sonst, wenn ich nach einem längeren Aufenthalt in der Natur wieder in die Stadt zurückkehrte, hatte ich nicht die geringste Lust, irgendeine Sache zu verfolgen, irgendeiner Geschichte auf den Grund zu gehen. Ich war zerstreut, ungeduldig, auf unklare, ziellose Weise tatendurstig; ich telefonierte viel, schrieb Nachrichten an Bekannte, die ich lange aus den Augen verloren hatte und die mir nachts plötzlich einfielen, und wartete darauf, dass sie mir antworteten oder dass von irgendwoher etwas auftauchte, was mit einem Schlag alles regeln und klären würde. Ich saß stundenlang am Bildschirm, ohne dass irgendetwas meine Neugier, oder wenigstens echte Aufmerksamkeit geweckt hätte; nichts öffnete mein wie versiegeltes Inneres. Die Schule hatte wieder angefangen, Marta und die Kinder hatten mit sich selbst zu tun, ich war oft bis spätnachmittags allein in dem stillen Haus, das wir uns dank einer Geldspritze von Martas Eltern vor einigen Jahren hatten kaufen können. Wenn ich aus dem Fenster meines Arbeitszimmers sah, fielen mir die mageren Bäume auf, deren Blätter dieses Jahr schon im August gelb geworden waren. Die ganze Welt lag abgenutzt und entkräftet unter einem trüben Himmel. So reibungslos der Verkehr funktionierte, so betriebsam sich alles gab, so überdeutlich schien mir die große Ermattung zu sein, die sich unter der Oberfläche verbarg. Hinfällig, gebückt wie Greise, kleinmütig wie Verurteilte trotteten die Leute die Straßen entlang oder saßen wie abgestumpfte Jahrmarktbesucher in ihren Autos. Wie sehr schien sich jeder darum zu bemühen, auf seiner Bahn zu bleiben, die Augen nicht zu weit zu öffnen, den Kopf nicht zu weit nach rechts oder links zu wenden, um nichts Beunruhigendes zu sehen. Oder waren das nur meine eigenen Empfindungen, die ich auf die Welt übertrug? Das Licht hatte sich verändert, war stumpf und fahl geworden; tagelang verbarg sich die Sonne hinter einem milchig-grauen Schleier. Etwas schien mit der Stadt geschehen zu sein, in der ich lebte, sie war anders, weniger gesund, weniger intakt, als ich sie in Erinnerung hatte. Ein großes Parkhaus im Zentrum war mit Planen verhängt; unweit davon standen Geschäfte und Büroetagen leer. In einer Straße in unserer Nähe wanderte mein Blick zufällig an den gleichförmigen Fassaden entlang, als ich plötzlich feststellte, dass die Fenster auch dort schmutzig waren und die Wohnungen dahinter leer standen. Was hatte all diese Leute dazu bewogen, ihre Häuser zu verlassen? Und warum hatte ich bisher nichts davon bemerkt? Früher hätte ich mir wahrscheinlich keine weiteren Gedanken darüber gemacht, aber jetzt zog es mich immer wieder in diese Straße, und ich starrte zu den blinden Fenstern hinauf, als würde sich irgendetwas Entscheidendes dahinter verbergen.

Endlich kam der ersehnte Anruf von Matthisen. Ich drückte meine Freude darüber aus, dass er sich meldete. Doch er war anders als sonst, kurz angebunden, fast frostig, und als ich nach meinem Text fragte, sagte er nur: »Wir hatten nicht genug Platz.« Am Vortag hatte es einen Autounfall gegeben, bei dem in einem heruntergekommenen, hauptsächlich von Zuwanderern bewohnten Randbezirk ein Kind, ein fünfjähriger Junge, ums Leben gekommen war. Er brauchte einen kurzen Hintergrundbericht darüber. Spätestens am übernächsten Tag sollte ich ihn abliefern, damit er noch in der Wochenendausgabe erscheinen konnte. Dankbar und erleichtert sagte ich zu.

In der Nacht hatte es geregnet. An einer Seite der Kreuzung, wo der Unfall passiert war, lagen durchweichte Blumen und Plüschtiere, die Verkehrsinsel in der Mitte war noch von Glassplittern übersät. Ich klingelte, und ein dunkelhäutiges Mädchen mit wirr vom Kopf abstehenden Haaren öffnete mir. Dahinter wurde ein zweites, etwas kleineres Mädchen sichtbar. Beide Kinder trugen Pyjamas und rochen ungewaschen. Die Eltern waren nicht da.

»Weyde«, sagte ich etwas ratlos. »Ich heiße Weyde. Lorenz Weyde. Ich komme vom *Tagblatt*.«

Die Mädchen führten mich in ein Zimmer mit einer langen, braun gemusterten Couch, auf der sich Wäsche stapelte. Ich fragte, ob ich warten dürfe, bis die Eltern wiederkamen. Sie nickten – ich wusste nicht genau, ob sie mich verstanden hatten –, und als ich mich auf einen Stuhl am Esstisch gesetzt hatte, begannen sie, die Tätigkeit wiederaufzunehmen, mit der sie offenbar schon vor meinem Kommen beschäftigt gewesen waren. Sie knieten vor einem niedrigen runden Tisch und malten in Hefte. Immer wieder tippten sie auf der Tastatur eines Handys, worauf eine Tierfigur auf dem Display erschien, die sie mit Farbstiften abzeichneten. Sie waren so vertieft in ihre Malerei, dass sie mich vergessen zu haben schienen. Es herrschte tiefe Stille in diesem Zimmer, in dem, wie ich mit wachsendem Unbehagen feststellte, nichts am richtigen Platz zu sein schien. Auf dem Esstisch lagen Papiere, eine Haarbürste, Spielzeugautos, Küchengeräte durcheinander; auf dem Stuhl neben mir stand eine Tüte voller leerer Flaschen; vor der Küchentür war Mehl oder Grieß verstreut, der Besen lag daneben, als hätte derjenige, der ihn eben noch in der Hand gehalten hatte, vergessen, wozu man ihn benutzt. Ich erinnerte mich plötzlich daran, dass in der letzten Zeit der Krankheit meiner Mutter dieselbe Art von Unordnung in unserem Haus geherrscht hatte. Als sie starb, hatte niemand die Kraft gehabt, aufzuräumen oder zu putzen, und wenn ich nicht gewesen wäre, hätten wir nicht einmal etwas zu essen bekommen. Die schweigenden Mädchen malten Seite um Seite ihrer Hefte voll. Ihre Hände schienen sich automatisch zu bewegen, während ihre Körper unnatürlich starr und gekrümmt verharrten. Ich hätte nicht eintreten dürfen, dachte ich, aber es war zu spät. Ich ging zu den Mädchen, kniete mich zu ihnen an den Tisch, fragte, was sie malten.

Sie musterten mich mit ausdruckslosen Gesichtern. Sie hatten aufgesprungene Lippen, trockene Haut.

»Darf ich es sehen?«

Die Größere zeigte mir das Heft. Leblose Linien, ausgemalte Schablonen, stereotype Umrisse von Hunden, Katzen, Pferden, Kühen.

Das kleinere Mädchen sagte: »Er hat uns immer geärgert. Deshalb. Er macht immer alles kaputt. Er kann ja gar nicht malen.«

»Euer Bruder? Wie heißt er? Wie alt ist er gewesen?«

Sie redeten wirres Zeug. Sie redeten, als ob sie ihre Zeichnungen immer noch vor ihm schützen müssten, und wussten doch, dass er nicht wiederkam. Die Größere schob mir ein zerfleddertes Heft hin. »Das hat er gemalt.«

Ich traute meinen Augen nicht. Die meisten Seiten wellten sich etwas, weil die schwarzen Umrisse mit Wasserfarben ausgemalt worden waren. Einige Seiten waren lose. Es gelang mir, sie unauffällig in die Tasche zu stecken. Ich musste es tun, ich weiß nicht warum.

»Wie lange? Seit wann?«

Sie redeten durcheinander. Ich verstand nicht alles. Er hatte unaufhörlich diese Vögel gemalt. Nachts war er eiskalt und zitternd zu seinen Schwestern ins Bett gekrochen. Er hatte diese Träume gehabt. Aber man wusste nicht genau, wovon er träumte. Er hatte sich vor Flugzeugen gefürchtet. Vor großen Vögeln. Auch vor Krähen und sogar vor Tauben. Ständig hatte er davon geredet. Einmal hatten sie im Kindergarten Luftballons steigen lassen. Da hatte er plötzlich geschrien wie am Spieß. Er wusste, dass man bei Rot stehen bleiben musste. Er war immer stehen geblieben, nur dieses Mal nicht, und die Mutter hatte ihn nicht halten können. Den ganzen Weg vom Kindergarten hierher hatte er wieder von seinen Vögeln erzählt. Er hatte wohl ein Flugzeug gesehen und war nicht stehen geblieben, obwohl rot war. Die Mutter war ihm nachgestürzt. Er hatte panische Angst gehabt. Das Auto war von dort gekommen. Er war einfach losgerannt, obwohl rot war.

Ich hatte mich auf den Rand der Couch gesetzt und hörte ihnen zu. Nach einer Weile ging ich in die Küche, in der es nicht weniger chaotisch aussah als im Zimmer, und ließ Wasser in zwei Gläser laufen. Ich brachte ihnen das Wasser, und als sie getrunken hatten, waren sie wieder schweigsam wie zuvor.

»Wollt ihr euch etwas kaufen?«, fragte ich nach einer Weile.

Sie sahen mich an und nickten. »Nagellack«, sagte die Ältere, »Nintendo«, die Jüngere, eifrig, mit todernstem Gesicht.

Ich gab jeder von ihnen einen Geldschein. Es war das Einzige, was mir einfiel. Dann verabschiedete ich mich. Ich sah sie über ihre Hefte gebeugt kniend am Couchtisch, als ich die Wohnungstür hinter mir zuzog.

Matthisen biss nicht an. Als ich ihm sagte, dass ich einer Geschichte auf der Spur sei, die wahrscheinlich viel größer sei als die von dem verunglückten Jungen, antwortete er, ich hätte ihm den vereinbarten Text nicht geliefert, das sei das Entscheidende, er müsse das vor dem Ressortchef verantworten und stehe jetzt dumm da. Ich kündigte ihm an, Material zu schicken. Er ging nicht darauf ein. »Du kannst machen, was du willst. Aber rechne nicht mit mir«, sagte er, bevor er auflegte.

Als ich von den Mädchen kam, hatte ich angefangen zu recherchieren. Ich verfolgte jeden Hinweis in Schülernetzwerken, sammelte Hilferufe irritierter, besorgter, entsetzter Eltern, las Online-Tagebücher und Blogs. Was sich mir zeigte, ergab kein eindeutiges Bild. Sobald ich glaubte, genügend Informationen gesammelt zu haben, um sagen zu können: das und das ist der Fall, brach der Nachrichtenfluss ab, Beobachtungen wurden zurückgenommen, Meldungen dementiert, und ich war nicht klüger als zuvor. Die erste Regel des seriösen Journalismus fordert, dass eine Nachricht den Tatsachen entsprechen muss. Ich hatte bald Hunderte von Anhaltspunkten, die sich aber nicht zu etwas verdichten ließen, was Matthisen akzeptiert hätte. Viele Kinder hatten etwas geträumt. Kinder jeden Alters, zwischen vier und siebzehn. Flugzeuge seien auf sie gefallen, sagten einige; oder es war von Ufos die Rede, die sie angriffen, unbemerkt von Eltern, Betreuern und den Bewohnern der Stadt, oder von anderen seltsamen fliegenden Objekten. Die meisten Träumer hatten – jedoch nur andeutungsweise, zögernd, stotternd – von großen Vögeln gesprochen, die sich auf sie stürzten. Es gab auch Fotos, die meist irgendwelche verschwommenen Punkte am Himmel zeigten. (Ich sah Matthisens Miene vor mir. Ich kannte seine Meinung zum Thema Handyfotografie.) In den Foren der Eltern wurde davon berichtet, dass Kinder nachts schreiend erwachten oder dass sie sich im Halbschlaf unter ihr Bett oder in dunkle Winkel verkrochen, wo sie in gekrümmter Haltung, den Kopf unter den Armen stundenlang verharrten und sich nicht beruhigen ließen. Einige Mütter erzählten, dass sich die Stimmen der Kleinen verändert hätten, dass sie krächzten oder versuchten, die Rufe von Raubvögeln nachzuahmen. Andere teilten mit, dass ihre Kinder plötzlich Angst vor Tauben und Krähen hätten oder sich von ihren Händen losrissen und in den nächsten Hauseingang flüchteten, wenn sie ein Flugzeug am Himmel bemerkten. An wolkenlosen Tagen geschehe das so oft, dass man kaum noch ohne Aufregung von A nach B gelangen könne. Als einmal einen ganzen Vormittag lang ein Zeppelin über der Stadt schwebte, mehrten sich die Einträge von Müttern, Erzieherinnen, Lehrern. Viele Kinder gingen nicht mehr von den Fenstern weg; andere schienen ihre Betreuer nicht mehr zu verstehen, die sie zu beruhigen versuchten; wieder andere verkrochen sich einfach im Bett. Natürlich versuchte ich, mit den Leuten Kontakt aufzunehmen; ich wollte diese Kinder sehen, ihr Verhalten prüfen, sie befragen – aber das war unmöglich. Je dringlicher und phantastischer die Berichte geklungen hatten, desto schneller wurden sie zurückgenommen, sobald ich nachhakte, Konkreteres wissen wollte. Wie oft tauchten die seltsamen Träume auf? Seit wann wurden sie beobachtet? Auf welche Weise veränderten sie die Kinder?

Ich konnte mich nicht dazu entschließen, die Zeichnungen des kleinen Amadou, die ich bei meinem Besuch in der Wohnung eingesteckt hatte, ohne die Eltern um Erlaubnis zu fragen, zu veröffentlichen. Aber ich nahm mir vor, sie den Leuten zu zeigen, die bereit wären, sich mir anzuvertrauen. Es musste weitere Zeugnisse dieser Art geben! Ich kam nur einfach nicht weiter. Ängstlichkeit und Argwohn schlugen mir entgegen, wo immer ich versuchte, ein wenig Licht in diese rätselhafte Sache zu bringen. Es war, als würde sich etwas vor mir abzeichnen, dessen Wirklichkeit nicht zu bezweifeln war, doch zu dessen Erfassung sich meine Augen nicht eigneten; als fehlte mir die geeignete Brille.

In dieser Zeit stieß ich zum ersten Mal auf den Namen Torvyk Allt. Er war Arzt und hatte offenbar einige der Kinder behandelt, die von den ominösen Träumen heimgesucht worden waren. Dass ich nirgends eine Adresse oder Telefonnummer von ihm finden konnte, führte ich auf eine fehlerhafte Schreibweise seines Namens zurück. Ein »Prof. Dr. V. Y. Callt« hatte in einem fünf Jahre alten Interview, das ich im Archiv des *Tagblatts* fand, verkündet, dass die Zahl der Depressionen und Angsterkrankungen im Kindesalter auf besorgniserregende Weise ansteige, und zu einem frühzeitigen Check-up im Klinikum geraten. Doch weder »Allt« noch »Callt« ergaben weitere Treffer.

Am Ende waren es nur einige Eltern, deren Namen ich hatte herausfinden können und die sich zu einem Gespräch mit mir bereitfanden. Die Kinder seien ängstlicher geworden und fürchteten sich vor ihren Träumen, sagten sie, einige kamen in der Schule nicht mehr mit, andere hatten keine Lust mehr, Fußball zu spielen, schwimmen zu gehen oder Geige zu üben, wie sie es früher getan hatten, wieder andere hatten sich ganz nach innen gewendet, sprachen kaum noch, vernachlässigten ihre Haustiere oder misshandelten jüngere Geschwister. Natürlich verläuft die Entwicklung von Kindern nicht geradlinig; es war daher schwierig, aus diesen Aussagen etwas herauszusieben, was auf wirklich außergewöhnliche Vorgänge hinwies, und noch schwerer, einen Zusammenhang zwischen solchen Verhaltensweisen und den Träumen – über die keines der Kinder in deutlichen Begriffen sprechen wollte oder konnte – herzustellen. Das Einzige, was alle Betroffenen verband, war die Tatsache, dass sie ihre Kinder zu einem Gesundheitscheck im Städtischen Klinikum geschickt hatten und, im Abstand von jeweils einigen Monaten, immer noch schickten. Ich beschloss daher, dieser altehrwürdigen Institution unserer Stadt einen Besuch abzustatten.

Der Gebäudekomplex an der Endhaltestelle der Straßenbahn, der früher unter dem Namen Mortonsche Heilanstalt bekannt gewesen war, machte einen finsteren Eindruck, aber daran war womöglich das trübe Herbstwetter schuld. Die Familie Morton hatte im 19.

Jahrhundert an dieser Stelle eine pharmazeutische Fabrik betrieben. Die Hauptgebäude lagen auf einer Anhöhe inmitten eines weitläufigen Parks mit akkurat geschnittenen Hecken und Rasenflächen von künstlich wirkendem Grün, der bis auf einige Arbeiter in schwarzen Uniformen völlig still und menschenleer war. Unterhalb des von einer hohen Mauer aus Steinquadern gestützten Hügels befand sich ein Parkplatz voller Autos, doch auch hier sah ich keine Menschenseele, und da einige der Fahrzeuge von abgefallenem Laub bedeckt waren, entstand der Eindruck, dass sie schon viel länger hier stehen mussten, als ein noch so langer Arbeitstag ihrer Besitzer dauern konnte. Eine steile Treppe war in den Fels gehauen. An ihrem Ende war das Empfangsgebäude, ein wuchtiger historistischer Pavillon mit steinernem Posaunenengel über dem Tor, der auf einer Weltkugel mit der Aufschrift »Morton-Artzeneien« stand. Er schien dem bekannten Posaunenengel von Wolmuth nachgebildet zu sein. Als ich mich ihm näherte, überwältigte mich schockartig die Erinnerung. Ich fühlte mich in meine Kindheit zurückversetzt. Jenes Gemälde, das über einem Seitenaltar in St. Michael hing, war mir während der regelmäßigen Gottesdienstbesuche unserer Familie immer lebhaft gegenwärtig gewesen, und wie damals ergriff eine diffuse, gegenstandslose Furcht von mir Besitz. Es war der Anblick der überaus realistisch und detailliert dargestellten, mit dunklen Federn besetzten Schwingen der apokalyptischen Gestalt gewesen, die mich immer wieder erschreckt und eingeschüchtert hatte. Und heute? Es gab nichts Beängstigendes an der nicht sehr kunstvoll ausgeführten, unscheinbaren, halb verwitterten Steinfigur über der Tür; allein die Erinnerung an meine Kinderangst raubte mir die Fassung. Ich spürte, dass meine Knie nachgaben, und musste mich ein paar Minuten lang auf die Steinstufen setzen, bis ich meine gewohnte geistige und seelische Ausgeglichenheit wiedergewonnen hatte.

Der Maler Johannes Wolmuth war mir später nicht sympathischer geworden, und die tiefe Faszination, die meine Schwester Dora ihm gegenüber empfand, hatte mich immer mit Befremden erfüllt. (Was vielleicht auch dazu führte, dass mich ihr Plan, über Wolmuth zu promovieren, nicht überzeugen konnte.) Ein anderes Gemälde von Wolmuth fiel mir ein – es hängt ebenfalls in St. Michael –, auf dem ein schmächtiger Tobias mit einem kleinen, dreieckigen, erschreckten Gesicht und einer um den Leib geschnallten Tasche (meiner alten Kindergartentasche nicht unähnlich) vor einem riesigen dunklen Wesen, »Engel« genannt, flieht, einem geflügelten Ungeheuer mit Vogelaugen und Menschenhals, das aus einem aufgewühlten Himmel voller gezackter roter Wolken in eine schattige Welt herabsegelt. Wie Tobias hatte ich damals auf Reisen gehen wollen, um herauszufinden, ob auch ich einem solchen Wesen begegnete und ihm gewachsen wäre. Wie blass, wie blutleer kamen mir stets die »erwachsenen« Gewissheiten vor, die das furchterregende mystische Dunkel der Wolmuthschen Flügelwesen in das Reich der Unwirklichkeit verbannen, und wie lächerlich naiv wirkte der fromme Glaube an die Güte der Engel auf mich! Meine Kinderangst lehrte mich anderes. Doch schon früh begann ich auch, mich gegen sie zu wehren, sie zu prüfen und mit dem Verstand zu durchdringen. So fiel mir jetzt, auf den Steinstufen vor dem Pavillon der Morton-Klinik, ein Aufsatz ein, den ich einmal im Religionsunterricht geschrieben hatte. Bestimmt nicht wegen seiner historischen Ungereimtheiten, sondern wegen des unverhohlenen Angriffs auf den herrschenden Engelsglauben war er von meinem Lehrer heftig getadelt worden, und danach hatte es lange gedauert, bis ich mich wieder traute, eigene Gedanken in Worte zu fassen (wenn auch nie mehr in diesem Fach). Ich hatte die These vertreten, dass Wolmuth seinen Engel dem Urvogel *Archaeopteryx* nachgebildet hatte. Kurz zuvor hatte mein Vater uns Kindern anhand eines beeindruckenden Lebendmodells im Naturkundemuseum die Grundbegriffe der Darwinschen Evolutionslehre zu erklären versucht. Ob ein elf-, zwölfjähriger Junge, der noch nichts von der Unumkehrbarkeit der Zeit weiß, in der Lage ist, Darwins bahnbrechende Gedanken zu verstehen? Mir war nur so viel klar, dass dieses drachenartige Ungeheuer mit Krokodilszähnen, langem Echsenschwanz und riesigen gefiederten Schwingen der Urahn aller Vögel war, dass Amsel, Drossel, Fink und Star von ihm abstammten und ihn als ihren König und Herrscher verehren mussten wie wir Geschwister unseren Vater. Die hundert Millionen Jahre, die ihn von unserer Zeit trennten, waren für mich ebenso unvorstellbar wie die nur kaum vierhundert Jahre Abstand zur Lebenszeit Wolmuths, sodass ich in meiner großspurigen Abhandlung die von meinem Lehrer als »abstrus« und »infantil« bezeichnete Szene entwarf, dass der Maler den Urvogel selbst gesehen, für einen Engel gehalten und auf seinem Zeichenblock festgehalten hatte. War diese Idee wirklich so abwegig? Gab es für Wolmuths unheimliche und phantastische Darstellung keinerlei materielles Korrelat? Aber der Lehrer hatte das letzte Wort, ich schämte mich (wie üblich) und kam nicht mehr auf die Sache zurück. Nur ein kleiner Stich, etwas, was mich bis zu diesem Tag alarmierte, war zurückgeblieben und hielt die Erinnerung wach.

Ohne mich von dieser Erinnerung lösen zu können, betrat ich nun durch eine sich lautlos öffnende Glastür den Eingangsbereich des Pavillons, der als Wartezimmer eingerichtet war. Elternpaare oder einzelne Frauen mit Kindern und einige Jugendliche saßen auf Stühlen an der Wand. In der Mitte gab es einen kleinen Tisch voller Spielzeug, darum herum standen mehrere bunte Kinderstühle. Auch an der Wand standen Plastikbehälter voller Spielfiguren und Plüschtiere, aber keines der anwesenden Kinder spielte. Alle wirkten stumpf und apathisch. Die kleineren Kinder saßen brav auf dem Schoß ihrer Mütter; die größeren Kinder hatten Kopfhörer in den Ohren und starrten vor sich hin. Wenn jemand sprach, dann nur im Flüsterton. Ab und zu hörte man Geräusche; Türen, die geöffnet und geschlossen wurden, Schritte, weibliche Stimmen, die nach dem »Herrn Professor« riefen. Ein leichter Geruch hing in der Luft – ein unbeschreiblich widerwärtiger Geruch. Er ließ an Zersetzung und Zerfall denken, etwas, was direkt aus den Eingeweiden der Erde zu dringen schien. Ein ähnlicher Geruch war, wie mir gleich darauf bewusst wurde, aus dem Zimmer gedrungen, in dem mein Vater als leidenschaftlicher Ornithologe früher seine Vögel präpariert hatte

– eine Tätigkeit, die mir stets makaber und abscheulich vorgekommen war.

Ich setzte mich zu den Wartenden. (Störte sie der Geruch nicht? Waren sie schon so lange hier, dass sie sich an ihn gewöhnt hatten und ihn nicht mehr bemerkten?) Keiner gab meinen Blick zurück, keiner antwortete mir, als ich nach einer Registrierung, einem Empfang fragte. Nach einer Weile hielt ich das lastende Schweigen im Raum nicht mehr aus und ging den langen, dämmrigen, stickigen Gang entlang, aus dem die Geräusche gekommen waren. Rechts und links sah ich Türen. Unvermittelt wurde eine dieser Türen aufgerissen und ein Mann in einem offenen weißen Arztkittel stand vor mir.

»Herr Weyde«, sagte er mit einer irgendwie unangenehmen Stimme. »Da sind Sie! Was kann ich für Sie tun?« Und indem er mir seine Hand entgegenstreckte, fügte er hinzu: »Allt. Sehr erfreut. Bitte, treten Sie ein.«

Er war kleiner als ich, ein kräftiger, kurzbeiniger, dunkelhaariger Mensch, der, wie mir schien, einen Fuß nachzog. Dennoch waren seine Bewegungen von auffallender Geschmeidigkeit. Die Augen unter der niedrigen Stirn schwarz und stechend. Es war, als hätte er die Macht, mir mitten ins Herz zu sehen und meine geheimsten Gedanken zu erraten, und ich wich unwillkürlich vor ihm zurück. Dieser erste unbehagliche Eindruck – der sich mit der Frage verband, woher er meinen Namen kannte – war jedoch schnell vergessen, nachdem er begonnen hatte, sich mir auf die höflichste und gewinnendste Weise vorzustellen und von seiner Arbeit zu reden.

Wir befanden uns in einem recht großen Zimmer, dessen größter Teil im Dunkel lag. Auf dem Boden ein auffällig gemusterter chinesischer Teppich. Dem einzigen Fenster gegenüber eine Metalltafel mit eingraviertem Text. An einer anderen Wand farbige Darstellungen des menschlichen Gehirns. Auf dem Tisch, zu dem mich Allt führte, blinkte eine digitale Uhr. Ich sank in einen Ledersessel. Die Metalltafel schien eine Art Gründungsurkunde zu sein; ich las den Namen Morton und die Worte: »Wir dienen dem Höchsten.«

Allt war meinem Blick gefolgt. »Das wirft Fragen auf, was?«, sagte er mit einem sonderbaren Grinsen. »Aber Sie werden sehen, es ist gar nicht so schwer.«

Beim Weiterreden blätterte er in einem Buch oder einem Atlas und legte seine Hand mit dem ausgestreckten Zeigefinger da- und dorthin. Ich kam aber nicht dazu, das zu betrachten, was er mir zeigte, weil ich immer wieder seine Hand betrachten musste, eine derbe, schwarz behaarte Hand, die den größten Gegensatz bildete zu seinem glatt rasierten lächelnden Gesicht, den flüssigen und kultivierten Worten, die aus seinem Mund strömten.

Während ich ihm zuhörte, geschah etwas mit mir. Ich wurde nervös, verlor meine Festigkeit, Intaktheit, hatte das Gefühl, den Boden nicht mehr zu erreichen. Ich war wie zweigeteilt. Seine Worte drangen in mich ein, es waren vertraute Worte, und doch hatte ich den Eindruck, eine fremde Sprache zu hören, die ich nur bruchstückhaft verstand. Den größten Teil meiner Energie brauchte ich dafür, ihm standzuhalten, nicht schwächer und schwächer zu werden und in meinem

Sessel zu verschwinden – denn das war die Wirkung, die er auf mich ausübte. Das Einfachste, Naheliegendste gelang mir nicht: einfach aufzustehen und zu gehen. Von seiner Macht gefesselt, benebelt, blieb ich sitzen, hörte ihm zu.

Er sprach von einem Medikament – so viel begriff ich –, dessen Entwicklung er, im Dienst der Firma Morton stehend, leitete. Ein Mittel, das die Unvollkommenheit unseres Gehirns überwinde und dazu führe, dass endlich das ganze Potential des Individuums ausgeschöpft werden könne. So naiv sei die Wissenschaft heute nicht mehr – fuhr er dann ungefähr fort –, dass sie sich einbilde, ewige Jugend erschaffen zu können. Doch die Krankheit, die dem heutigen Menschen am meisten zu schaffen mache, könne ausgerottet werden wie einst die Pest.

»… die Pest.« Bei diesem Wort schreckte ich auf. Ich hatte die ganze Zeit auf den Teppich gestarrt, um Allts Blick zu vermeiden. Nun wurde mir bewusst, dass auf diesem seltsamen Teppich ein chinesischer Drache abgebildet war, ein Ungeheuer mit riesigen Augen, Hörnern und Krallen.

»In kleinliche Kämpfe verstrickt« – ich hörte Allts Stimme wie in einem Traum, der stärker auf mich wirkte als die Wirklichkeit – »und von der geringsten Anstrengung zu Tode erschöpft, steht er kurz davor, all das zu verlieren, was Generationen aufgebaut haben, was ihn ausmacht und worauf er stolz ist.«

Ich meinte, die Anstrengung zu spüren, von der er sprach, es war die Anstrengung des Zuhörens, die Anstrengung, diese Worte in mich aufzunehmen und zu begreifen.

Schon junge Menschen kämpften gegen die Niedergeschlagenheit, sagte er, tappten wie Blinde im Dunkel ihrer leeren und beschränkten Welt umher, und niemand könne ihnen mehr sagen, wofür sie leben, lernen, kämpfen sollten. Morton habe das Gebot der Stunde erkannt. Das neue Medikament werde die Schäden des angegriffenen, vorzeitig gealterten Gehirns reparieren, den gesamten Organismus regenerieren, sodass es wieder möglich sei, die Dinge mit klarem Blick zu erkennen, überhaupt wieder zu jener Klarheit und Frische des Geistes, jener direkten, jugendlichen Erfahrung zu gelangen, die das echte Leben ausmache. Das echte Leben sei das volle Leben – das intensive, kraftvoll gelebte Leben, nicht diese Stumpfheit, dieses Dahindämmern, dieses armselige matte, kampflose Vegetieren. Wünsche man sich nicht die Zuversicht zurück, die man einst hatte, die Lust, vorwärts zu stürmen, an sich zu reißen, zu erobern, den Glauben an eine weite, offene Welt voller verlockender Möglichkeiten? Dieser Glaube sei ein Geschenk der Natur, er entstehe in unserem Gehirn und sei dort verankert – wissenschaftlich nachweisbar... Es gehe nur um eine winzige Veränderung, die Wiederherstellung einer Verknüpfung, das Ablösen von Plaques...

Allt redete unablässig weiter, aber ich konnte ihm nicht mehr folgen. Der Drache auf dem Boden zog meinen Blick auf sich; andere, undeutliche Bilder tauchten in mir auf, Bilder, die gewisse Stimmungen und Empfindungen mit sich brachten, Erinnerungen an den See, über den ein großer Vogel strich, und an den Blick aus dem Fenster meines Kinderzimmers in den Garten, der in der Dunkelheit versank.

Dann hörte ich seine Stimme wieder, sie war ganz dicht an meinem Ohr. Ich musste eingenickt sein.

»Hast du nicht immer daran gedacht?«, sagte er, und sein widerwärtiger Atem strich über mein Gesicht.

»Was – woran –«, stotterte ich.

Sein Gesicht war direkt vor mir, und ich sah in seine funkelnden schwarzen Augen. Ich sah – mich selbst – als anderen – als die Summe meiner Möglichkeiten, die Vollendung aller Erfahrungen, alles dessen, was ich in meinem Leben gedacht, gelernt, probiert hatte; alles war da, umfassend, körperlos, alle Momente meines Lebens ordneten sich und schlossen sich zu einem Ganzen zusammen wie schmutzige Fetzen, die sich plötzlich als Teile eines unendlich kostbaren, schimmernden Gewandes erweisen. Doch im nächsten Augenblick war das Bild verschwunden, und ich fand mich zusammengekrümmt und zitternd in meinem Sessel wieder.

Allt stand an der Tür. »Ich werde sehen, was ich für Sie tun kann«, sagte er kalt und förmlich.

Mit letzter Kraft stand ich auf. Ich weiß nicht, ob er mir noch einmal die Hand gab oder mich noch einmal ansah mit seinen furchterregenden Augen. Auf einmal war ich wieder in dem dunklen, engen Gang, und es wurde mir bewusst, dass der Geruch, den ich wahrgenommen hatte, auf mich übergegangen war. Mein Hemd hatte seine Form verloren, es war durchgeschwitzt und zerknittert. Aus einem Fenster sah ich den Hof und drei schmale mehrstöckige Gebäude, gleichförmig und schmucklos wie Fabriken. Von außen waren sie nicht zu sehen gewesen. Das letzte Gebäude war von einem pyramidenartigen gläsernen Dach gekrönt.

Ein Mensch kam auf mich zu – eine Schwester oder Helferin –, sie führte mich zu einer Theke und legte mir ein Blatt Papier vor, auf dem die Namen meiner Kinder standen. Mit krächzender Stimme fragte ich, was es damit auf sich habe. Verwundert fragte sie zurück, ob ich meine Kinder denn nicht zum Check-up anmelden wolle?

Mit Mühe brachte ich ein schwaches »Nein« heraus.

In den nächsten Wochen ging es mir nicht gut. Weil ich nachts kaum schlafen konnte, war ich mittags oft so müde, dass ich mich hinlegen musste und nach zwei, drei Stunden wie gerädert aufwachte. Ich schrieb nichts und war voller Unruhe. Matthisen rief ein paarmal an, aber als ich seinen Namen auf dem Display sah, nahm ich nicht ab.

Mein Vater kam ins Krankenhaus. Er war gestürzt und hatte sich den Fuß gebrochen. Ich besuchte ihn, brachte ihm Kleidung, Bücher, aber er wollte nicht lesen und sich auch nicht anziehen. Im Krankenhaus konnte er nicht bleiben. Murrend ging er in die Wohnung zurück, in der er seit dem Tod meiner Mutter lebte, aber die Verletzung, die viele Unannehmlichkeiten mit sich brachte, hatte ihn offenbar aus der Bahn geworfen, sodass er bald nicht einmal mehr die einfachsten Dinge selbst verrichten konnte. Ich nahm sie für ihn in die Hand. Doch je mehr ich für ihn tat, desto anspruchsvoller und undankbarer wurde er. Es war schrecklich, diesen Mann, dessen überragende körperliche und geistige Kraft alle immer bewundert hatten, nun als einen Jammerlappen sehen zu müssen, der kaum noch etwas anderes tat als fernsehen und schlafen. Wenn das Essen, das ich ihm brachte, ihm nicht schmeckte, oder ihm sonst etwas nicht passte, wurde er kalt und boshaft, wie früher. »Hast du denn nichts zu tun?«, fragte er, wenn ich nachmittags zu ihm kam. »Was ist das denn für eine Arbeit, bei der man sich einfach so freinehmen kann? Als ich in deinem Alter war, habe ich mich nicht ständig ausgeruht. Ich habe eine Familie ernährt!« Ich ließ ihn reden und wurde innerlich immer wütender. An manchen Tagen verdunkelte sich sein Geist. Unvermittelt wurde seine Stimme weich, er rief nach seiner Frau und streichelte meine Hand, in dem Glauben, sie wäre es, die an seinem Bett saß. Doch selbst in solchen Momenten konnte ich kein Mitgefühl für ihn aufbringen.

Dora war in England. Sie schrieb mir, dass sie gerade jetzt wichtige Prüfungen habe und nicht kommen könne. Thedor machte sich nicht einmal die Mühe, eine Ausrede zu erfinden. Schließlich besuchte er ihn, auf mein Drängen hin, ein paarmal. Doch vor seinem einstigen Liebling bemühte sich der Vater, den Eindruck zu erwecken, es sei alles in Ordnung, er komme problemlos allein zurecht und brauche keine Hilfe, von niemandem.

»Und du hast ihm geglaubt«, sagte ich zu Thedor, als wir uns allein trafen. »Das sieht dir ähnlich.«

Thedor hielt seine schmale Hand mit den gespreizten Fingern hoch, wie er es immer getan hatte, wenn sich irgendetwas zeigte, womit er nicht zurechtkam. Diese Geste bedeutete: Das ist nicht meine Sache. Er schien sich nie zu verändern. Wenn er die Brille abnahm – ab und zu nahm er sie ab, um sie zu putzen, die dicken Gläser waren ständig verschmiert –, sah er aus wie das täppische, unbedarfte Kind, das er im Grunde immer geblieben war. Ich hasste ihn dafür. Ich hasste seine Oberflächlichkeit und Gedankenlosigkeit, hasste die Art, wie er das Geld des Vaters einsteckte und ihm dafür Lügen auftischte, hasste das Glück, das er immer mit allem gehabt hatte, obwohl er nie einen Finger dafür hatte krümmen müssen. Nie hatte er irgendetwas stark genug gewollt, um es kontinuierlich zu verfolgen, nie hatte er Opfer bringen müssen, immer war er den einfachsten Weg gegangen. Und ich... Wenn der Vater mir nur etwas unter die Arme gegriffen hätte, wenn er meine Wünsche ernst genommen hätte, wenn er mich nur halb so viel gefördert und bestärkt hätte, wie er Thedor förderte und stärkte, meinen schwachen, unbegabten kleinen Bruder! Ich dachte an die Ungerechtigkeit alles dessen und musste an mich halten, um Thedor nicht ins Gesicht zu schreien: Du Egoist! Du naiver, verzogener Weichling! Hast du eine Ahnung, wie es anderen geht, *mir* zum Beispiel?

Thedor schien zu ahnen, was in mir vorging. Er sah mich mit einem seltsamen Blick an und beeilte sich, Dinge zu sagen, die medizinisch-professionell klingen sollten (ich glaube, zu diesem Zeitpunkt hatte er sein Medizinstudium gerade abgebrochen).

»Wir werden ihm eine Pflegerin besorgen«, sagte ich energisch, nachdem ich mir sein einfältiges Gestotter eine Weile angehört hatte. »Das will er natürlich nicht. Aber es ist die einzige Lösung.«

Er senkte den Kopf und begann, wie er es immer tat, wenn er verlegen war, irgendetwas zu zerkrümeln.

Ein Pappuntersetzer verteilte sich in Form vieler kleiner Flocken auf seinen Pulloverärmeln. »Weißt du noch, wie du mich einmal mitgenommen hast zu diesen Obdachlosen«, sagte er auf einmal, »sie haben sich an der Mauer der Lagerhalle am Güterbahnhof getroffen. Du warst ein sehr neugieriger Mensch – damals. Ganz anders als ich. Alles hat dich interessiert. Besonders diese Sachen.«

Ich wusste, was er meinte. Ich hatte die Obdachlosen damals interviewt und über sie geschrieben – meine erste Reportage, die später sogar gedruckt worden war. Aber ich wusste auch noch, warum ich Thedor mitgenommen hatte in die Lagerhalle. Ich hatte dort gearbeitet. Das war es, was ich ihm eigentlich hatte zeigen, womit ich vielleicht ein wenig hatte prahlen wollen. Es war harte Arbeit gewesen. Mit ein paar anderen Männern – erwachsenen Männern, die ein hartes, entbehrungsreiches Leben hatten und mich trotz meiner bürgerlichen Herkunft und Lebensweise akzeptierten, ja, fast freundschaftlich mit mir umgingen – hatte ich nachts Pakete in Lastwagen verladen. Meine Hände waren voller Schwielen gewesen, und ich war stolz darauf, Pakete mit schweren Maschinenteilen, die durch unsere Hände gingen, über den Kopf stemmen zu können wie die stärksten meiner Kollegen.

»Und du?«, sagte ich knapp.

»Ich wollte meine Ruhe haben. Die Welt dreht sich auch ohne uns, ist dir das noch nie aufgefallen?«

Ich ging auf diese Provokation nicht ein. Ich sprach von anderen Dingen, und er wurde einsilbig und schüttete Bier in sich hinein. (Wahrscheinlich erwartete er, dass ich dieses Bier auch noch bezahlte. Aber ich tat ihm den Gefallen nicht.)

Nach dem Gespräch – wenn man es so nennen kann – trennten wir uns sehr kühl, und ich sah ihn erst bei der Beerdigung wieder – bei der er übrigens keine Träne vergoss.

Als ich mit dem Bus nach Hause fuhr, schämte ich mich. Ich sagte mir, dass der arme Thedor es nicht verdient habe, so von mir gehasst zu werden. Er hatte noch immer keine Freundin. Er musste einsam sein. Ich dachte an meine eigene Einsamkeit, die Einsamkeit meiner Kindheit, die Reiseberichte, die ich verschlungen hatte, die seltsame Faszination, die Landstreicher und Obdachlose auf mich ausgeübt hatten, und daran, wie ich mich immer danach gesehnt hatte, eine Welt zu entdecken, die groß war und auch mich groß machen würde. Die Stadt, die im Bus an mir vorbeizog, war mir bis zum Überdruss vertraut, sie war abgenutzt und hassenswert wie ein Gefängnis.

Das Verhalten von Matthisen und Konsorten mir gegenüber trug nicht dazu bei, dass sich der Aufruhr in mir legte. Lukrative Projekte wurden an andere vergeben, und Matthisen versuchte nicht einmal mehr, das vor mir geheim zu halten. Wenn ich ihn um etwas bat oder ihm einen Vorschlag machte, antwortete er mit Geringschätzung, und als ich Geburtstag hatte, kam nicht einmal eine Karte. Nachdem ich ihm anlässlich seiner Beförderung zum Ressortchef einen überschwänglichen Huldigungsbrief geschrieben hatte, wurde seine ganze Eitelkeit offenbar. Geschmeichelt rief er mich schon am nächsten Tag an und fragte mich, als wäre nie etwas gewesen, ob ich Lust hätte, einer kleinen Sache nachzugehen, die sich vielleicht für die Rubrik »Lebenswege« im Lokalteil eigne.

»Lebenswege« war die Spielwiese für den Nachwuchs. »Sind euch die Volontäre ausgegangen?«, fragte ich.

Er ignorierte die kleine Stichelei. »Wir kennen den Herrn nicht, der uns angeschrieben hat. Es könnte ein Spinner sein. Du weißt ja, wie oft wir es mit solchen Leuten zu tun kriegen, die überall gleich den Weltuntergang wittern. Aber vielleicht kommt doch etwas dabei heraus.«

Ich fragte nach dem Honorar.

»Erst der Text«, sagte er und setzte etwas verlegen hinzu: »Verstehst du... ich muss jetzt alles richtig machen...«

Du verdammter Lügner!, wollte ich schreien. Aber ich schrie nicht. Ich riss mich zusammen, fragte nach den Einzelheiten und machte mich an die Arbeit.

Ein Herr Petri hatte sich brieflich an die Redaktion gewandt und von Vorgängen geraunt, die sich »zum Schaden der ganzen Stadt« auswirken könnten. Er selbst sei im Passamt beschäftigt und habe neuerdings beobachtet, dass junge Männer, angeheuert von einer obskuren, »vermutlich kriegerischen« Organisation, versuchten, auf möglichst unauffällige Weise das Land zu verlassen. Natürlich sagten sie alle, sich zugunsten von Kindern oder Kranken betätigen zu wollen, aber das sei nicht mehr als eine Schutzbehauptung. Worum es in Wahrheit gehe, wisse er auch nicht. Es sei aber »im Interesse des Gemeinwesens« dringend geboten, mehr darüber herauszufinden.

Ich traf ihn in einem Kämmerchen seiner Behörde, und während ein verkalkter Wasserkocher auf der Ablage neben dem Waschbecken mit einem krächzenden Geräusch Dampfwolken ausstieß, unterzog mich das schmächtige Männchen einem längeren Verhör, meinen Werdegang und meine Lebensumstände betreffend, bevor er bereit schien, mir zu schildern, worum es ging.

»Sie haben sicher nicht viel Zeit«, sagte er mit lauerndem Blick.

Er goss kochendes Wasser über einen Pfefferminzteebeutel in einer angeschlagenen Bürotasse, und ich wappnete mich mit Geduld.

»Es ist nämlich nicht so einfach. Zuerst muss ich Ihnen erklären, was mich beunruhigt. Aber ich bin mir nicht ganz sicher...« Wieder traf mich ein prüfender Blick.

Ich hielt ihm stand und sagte mir, dass an diesem Tag ohnehin nichts Wichtiges auf meinem Terminkalender stand.

»Ich habe den Eindruck, dass hinter alldem – hinter all den Dingen, die ich hier beobachte – etwas sichtbar wird, was ich für äußerst alarmierend halte. Nein, nicht etwas«, fügte er hinzu. »Sondern *jemand*.«

»Herr Petri«, sagte ich in möglichst einfühlsamem Ton. »Wie wäre es, wenn Sie mir einfach erzählen würden, was Sie erzählen wollen?«

Die Geschichte war folgende: Herr Petri war der Neffe eines gewissen Christian Petri, der in den frühen Fünfzigerjahren mit seiner Familie nach Afrika ausgewandert war, um in einem von der Zivilisation noch unberührten Winkel der Erde das Evangelium zu predigen. Als junger Mann hatte er den Krieg erlebt und war, wie viele seiner Generation, grenzenlos enttäuscht gewesen, als er nach seiner Rückkehr in die zerstörte Stadt erfahren musste, dass man einfach zur Tagesordnung überging, Häuser und Fabriken wiederaufbaute und sich fieberhaft der Wiederherstellung der Normalität widmete. Was er erwartet hatte, was ihm zu schaffen machte in dieser Zeit, war schwer zu sagen. Seine einstige Fröhlichkeit und Freimütigkeit hatte er verloren. Er litt unter Albträumen und Schlaflosigkeit und zeigte sich früheren Klassenkameraden gegenüber abweisend. Zur Überraschung seiner Familie fing er dann an, Theologie zu studieren. Im Lauf von zwei, drei Jahren baute er zusammen mit einigen Engländern eine Missionsstation in einem abgelegenen und bis dahin völlig unzugänglichen Gebiet auf. Der Ort hieß Kiw-Aza. (»Kiw-Aza bedeutet ›Hier ist Aza‹«, erläuterte Petri, der Neffe.) Dann war etwas mit ihm geschehen. In den wenigen Briefen, die er nach Hause geschrieben hatte, war immer weniger von seiner Frau, den Kindern, dem häuslichen Leben auf der Station und stattdessen immer mehr von der grausigen Religion der einheimischen Bevölkerung die Rede gewesen. Man verehrte dort offenbar einen archaischen Vogelgott, der Menschenopfer verlangte, und machte wenig Anstalten, sich dem Evangelium zu öffnen. Einmal war Petri sogar nach London geflogen, um in dortigen Archiven den Werdegang eines lokalen Warlords oder Medizinmanns nachzuverfolgen, der ihn besonders interessierte.

Als der kleine alte Mann im Passamt an diesem Punkt seiner Erzählung angekommen war, holte er ein vergilbtes Schwarz-Weiß-Foto aus einem Ordner und legte es vor mich hin. »Es stammt aus einem Brief meines Onkels«, sagte er. »Er hat es seiner Mutter geschickt. Warum, weiß ich nicht.«

Ich sah – das war mein erster Eindruck – die plumpe Gestalt eines großen, gefährlichen Tiers, das sich kaum vom tiefen Schatten eines Baumes abhob. Ein Vogel mit spitzem Schnabel und tückischen Krallen. Dann merkte ich, dass es kein Vogel war, sondern ein maskierter Mann mit einem langen Umhang aus Stofffetzen und einer weißen Kopfbedeckung aus Federn. Der Mann – das heißt, sein Umriss, seine Statur, denn sein Gesicht konnte ich nicht erkennen – kam mir auf sonderbare Weise bekannt vor; dem Weiteren hörte ich daher mit verdoppelter Aufmerksamkeit zu.

»Das ist Chief Ali«, sagte Petri.

Chief Ali (oder Aly, wie man ihn in englischen Dokumenten schrieb) war die Verballhornung eines einheimischen Namens. Die Engländer hatten einen jungen Mann namens Id Civaly, den Spross einer mächtigen Schamanenfamilie, als Soldaten rekrutiert und im Ersten Weltkrieg eingesetzt. Danach war er zurückgekehrt nach Afrika, hatte die Engländer bekämpft und in einem verlustreichen Feldzug sein Volk befreit. Ob es sich allerdings bei diesem legendären Kriegshelden noch um jenen Civaly oder überhaupt um irgendeine historisch nachweisbare Person handelte, war mehr als fraglich. Nach Petris Auffassung passte sich der Held der Befreiung einer mythischen Schablone an und verschmolz allmählich mit ihr. Ebenso wenig wie die ihm angedichteten Kräfte

– angeblich konnte er fliegen – kannten die Geschichten, die über ihn im Umlauf waren, zeitliche oder räumliche Grenzen. An allen möglichen Orten, in allen möglichen Epochen soll er sein Unwesen getrieben haben. Seine Gefolgsleute seien unverwundbar, hieß es. Die Ungläubigen verzaubere er und verwirre ihren Geist durch abscheuliche Zeremonien, sodass sie schließlich zu seinen gefügigen Werkzeugen wurden und halfen, seine finstere Macht über die ganze Welt zu verbreiten.

»Was ist mit Ihrem Onkel passiert?«, fragte ich, während ich versuchte, Petris abenteuerliche Ausführungen zu verdauen.

»1952 ist die Station von Kiw-Aza überfallen worden. Brother Smith, einem englischen Ordensmann, ist es noch gelungen, eine kurze Nachricht auf ein Blatt Papier zu kritzeln und sie einem Boten zu übergeben, der dem Gemetzel entkam und das Blatt rettete. Es befindet sich heute im Missionsmuseum von Glendale-on-Trent. Ich habe es gesehen. Hier meine Übersetzung.« Mit zitternder Hand legte er ein Blatt aus grauem Recyclingpapier vor mich hin, auf dem, mit Schreibmaschine getippt, zu lesen war:

Sie sind da. Jetzt fühlen wir die Rache derer, von denen wir glaubten, unsere Armeen hätten sie zermalmt – aber einer ist unter ihnen – ich kenne ihn, sein rundes Gesicht unter der Maske, ist es Petri? – aber seine Augen – so schwarz – blitzen wie Vogelaugen – die Kinder rennen – Gott! – diese Maske! – unsere Liebe ist zu schwach gewesen – Mutter soll sich nicht grämen –

Heiße das, fragte ich Herrn Petri, man müsse annehmen, dass sein Onkel, der Missionar, am Ende mit den Rebellen von Chief Ali gegen seine eigenen Leute kämpfte?

Genau das heiße es, sagte Herr Petri. Aber es gehe ihm weniger um diesen Onkel, den er im Übrigen nie persönlich kennenlernte, sondern darum, dass er den Eindruck habe, dieser Chief Ali – oder ein Nachahmer, jemand, der unter seiner Maske agiere – sei noch nicht gestorben, er geistere weiterhin in der Welt herum, sammle Anhänger und gläubige Ausführer seiner Weisungen. Hier, in dieser Stadt, gingen Dinge vor, die Anlass gäben zu größter Besorgnis.

»Woran denken Sie?«, fragte ich.

Er bedachte mich mit einem langen Blick. »Sehen Sie mich an«, sagte er, während er ungeschickt versuchte, das Blatt Papier wieder in den Ordner zu verfrachten. »Ich bin alt und krank. Die Zeitungen halten mich für übergeschnappt. Und Sie?«

Ich konnte seine tattrigen Bewegungen nicht mehr mit ansehen, nahm ihm den Ordner aus der Hand und stellte ihn ins Regal. Da er an Parkinson leide, fuhr er fort, werde er bald pensioniert werden und könne die beunruhigenden Vorgänge nicht mehr an Ort und Stelle beobachten. Doch wenn die Zeichen nicht trögen, müsse man zu dem Schluss kommen, dass sich junge Männer aus dieser Stadt von Chief Ali rekrutieren ließen und auszogen, um für ihn zu kämpfen – zu morden –«

»Herr Petri –«, begann ich.

Er begann wieder heftig zu zittern. »Ich habe diese Männer gesehen. Ihre Augen. Glauben Sie mir, unsere

Tugenden gelten ihnen nichts. Sie lieben nichts. Sie sind zu allem bereit.«

Wir schwiegen eine Weile, während wir an seinem Schreibtisch saßen, in dem kleinen Zimmer mit dem Regal voller Ordner, dem krächzenden Wasserkocher, der staubigen Glücksfeder vor dem Fenster. Ich weiß nicht, wie ich erklären soll, was folgte. Plötzlich ließ meine Neugier nach. Meine Stimmung änderte sich. Er tat mir leid – aber was konnte ich für ihn tun? Ich brachte nicht mehr das mindeste Interesse für ihn auf.

»Sie sollten sich an eine andere Zeitung wenden«, sagte ich. »Wie Sie wissen, ist der Platz für diese Dinge im *Tagblatt* sehr beschränkt.«

Er konnte es nicht fassen. Sein Gesicht begann wie wahnsinnig zu zucken. Neben dem *Tagblatt* gebe es keine respektable Zeitung mehr in der Stadt, wandte er noch ein. Ich riet ihm zu einer Publikation im Internet. Beim Abschied spürte ich das unangenehme Beben seiner schlaffen Hand.

Matthisen meldete ich, dass sich seine Vermutung als richtig erwiesen habe. Dieser Herr Petri habe sich eine bizarre Geschichte ausgedacht, um am Ende seines langweiligen Beamtenlebens vielleicht noch ein wenig öffentliche Aufmerksamkeit zu erlangen. Nicht das Geringste an dieser Geschichte sei für die Leser – und seien es die Leser des Lokalteils – von Belang.

Den Tod meines Vaters hatte ich seit Langem vorausgeahnt. Stundenweise von einer Pflegerin betreut, war er immer hilfloser und verwirrter geworden. Eines Nachts hatte man ihn, nur mit einer Schlafanzughose bekleidet, auf dem kalten Schlafzimmerboden vor dem Bett tot aufgefunden. Er war offenbar gestürzt. Das Telefon stand direkt neben dem Bett. Warum er weder den Rettungsdienst alarmiert noch den Notrufpieper betätigt hatte, blieb ungeklärt.

Ich hatte ihn seit Monaten nicht mehr gesehen. Als ich seinen eingeschrumpften kleinen, weißen, fast haarlosen Körper sah, stieg Übelkeit in mir auf. Fast sehnsüchtig dachte ich an die Zeit unserer Kämpfe zurück, als mein Hass auf ihn so groß gewesen war, dass ich die Kraft in mir gespürt hatte, weit weg, in einem anderen Teil der Welt, unter anderen Menschen ganz auf mich gestellt zu leben. Ich dachte an jene Abende, an denen er uns, vor dem Glasschrank mit den von ihm selbst präparierten und ausgestopften Vögeln sitzend, seine Entscheidungen verkündete und seine strengen Lehren predigte.

»Du willst also ein Rentnerleben führen«, hatte sein Kommentar gelautet, als ich ihm kurz vor dem Abitur von meinen Wünschen erzählte.

Geld, Erfolg, eine anerkannte Stellung, all das, was er erreicht hatte und für allein erstrebenswert hielt, hatte ich verworfen. Ich hatte nichts von ihm übernehmen wollen – aber war nicht auch die vage Vorstellung in mir gewesen, dass ich nach meinem trotzigen Auszug eines Tages triumphierend zu ihm zurückkehren und ihm beweisen würde, dass ich alles besser machte als er? Ich war Tobias gewesen – der Knabe auf Wolmuths Gemälde –, aber ich ließ mich von Engeln weder ängstigen noch beschützen; ich war modern, ich war mutig, ich wollte die Fremdheit der Welt schmecken, den großen Fisch mit eigener Kraft überwinden, die engen Grenzen des Zuhauses hinter mir lassen und erfahren, dass es anderswo andere, bessere Arten zu leben gab.

Doch statt zu reisen und meinen Horizont zu erweitern, hatte ich mich nach der Decke strecken müssen. Die Krankheit meiner Mutter und der Geiz meines Vaters hatten mich dazu gezwungen, früh mit dem Arbeiten zu beginnen. Dann lernte ich Marta kennen, und es schien nichts Wünschenswerteres mehr zu geben, als mit ihr eine Familie zu gründen. Von all meinen großartigen Projekten war letzten Endes nichts übrig geblieben, sagte ich mir jetzt, und es war eingetreten, was immer die größte Sorge meines Vaters gewesen war: Ich hatte keine Stelle mehr und verdiente so wenig Geld, dass ich ohne Marta nicht einmal die Miete hätte bezahlen können.

Dora kam aus England, sie kümmerte sich um die Beerdigung, die Auflösung der Wohnung. Sie erwartete natürlich Anerkennung, aber meine Stimmung war so seltsam, so zwiespältig, dass ich mich kaum auf sie einstellen konnte. Nach außen hin blieb ich gleichgültig und abweisend. Sie sagte mir, dass sie promovieren wolle. Ich reagierte skeptisch. Vielleicht war auch Neid im Spiel. Meine kleine Schwester, die immer lieber geträumt und geweint hatte, als Entscheidungen zu treffen und zu arbeiten, und deren klägliche künstlerische Versuche keiner je ernst genommen hatte, traute sich zu, akademischen Lorbeer zu erringen! An das Madonnenbild, von dem sie mir erzählte, erinnerte ich mich nicht – sie behauptete, wir hätten es als Kinder im Kapellchen gesehen –, und der verwickelten Theorie, die sie mir atemlos darlegte, vermochte ich kaum zu folgen. Sie schien mich mit ihrer Begeisterung aus der Reserve locken zu wollen, appellierte sozusagen an die väterlichen Gefühle ihres großen Bruders, aber ich konnte mich nicht überwinden, sie für ihre hochfliegenden Pläne zu loben. Als sie beim nächsten Mal mit verliebten Augen von einem Mann erzählte, den sie gerade erst kennengelernt hatte und der offenbar ihre Zuneigung errungen hatte, weil er ihr nach dem Mund redete, war es mit meinem Verständnis endgültig vorbei. Ich wusste sofort, dass dieser Hans ein Angeber und Windbeutel war, mit dem sie kein Glück haben würde. Später machte sie mich mit ihm bekannt, und mein Urteil bestätigte sich. Da ich mich also weigerte, ihr das zu sagen, was sie hören wollte, zog sie sich vor mir zurück. Wahrscheinlich hatte sie auch gehofft, dass wir sie einluden oder Ausflüge mit ihr machten, wie es früher einmal üblich gewesen war. Das angespannte Verhältnis zwischen Marta und mir erlaubte es jedoch nicht, dass wir uns auf die Bedürfnisse Dritter einließen. Wir hatten genug damit zu tun, die Kinder zu versorgen und einen Anschein von Normalität aufrechtzuerhalten. (Erst nach ihrer Scheidung lud ich Dora auf Drängen Martas wieder einmal ein und erfuhr bei dieser Gelegenheit, dass Thedor praktisch von einem Tag auf den anderen die Stadt verlassen hatte.)

Als ich ein paar Tage nach der Beerdigung in das Vorzimmer des Notars trat, saß Thedor da und blätterte in einer Filmzeitschrift, deren Cover eine Schwarz-Weiß-Aufnahme aus einem Western zeigte, eine leere wüstenartige Landschaft, über der an einer schiefen Stange eine ausgefranste Fahne flatterte. Diese Fahne, nicht mehr das heilige Zeichen einer Gemeinschaft, sondern ein gleichgültiges Stück Stoff, an dem der Wind riss, schien mir das passende Bild für uns drei arme Waisen zu sein, deren Verbindung nur noch darin bestand, dass sie den gleichen Nachnamen trugen. Wir waren wortkarg, verstimmt; jeder war mit sich selbst beschäftigt. Dann wurden wir hereingerufen und saßen auf drei geschnitzten Gründerzeitstühlen vor dem Notar, der uns das Testament unseres Vaters vorlas. Ich dachte daran, dass auf einem dieser absurd prächtigen Stühle, Jahre zuvor, noch rüstig und voller Pläne für das Buch, das er hatte schreiben wollen, auch mein Vater gesessen haben musste. Als der Notar mit den Worten: »Mein ältester Sohn Lorenz soll die Bibliothek bekommen...« die einzelnen Klauseln zu verlesen begann, traten mir Tränen in die Augen, doch es waren kalte Tränen, die mein erstarrtes Herz nicht weicher machten. In dem knappen Schriftstück ging es um die Verteilung von Dingen, die dem Vater kostbar erschienen waren – neben Büchern (das Wort »Bibliothek« passte nicht auf seine zusammengewürfelte Sammlung; die wertvollsten Bände hatte er schon vor Jahren der Ornithologischen Gesellschaft geschenkt) abgenutzte und schadhafte Möbel und ein paar Schmuckstücke. Sie waren in Wahrheit nichts wert; und das wenige Geld, das nach der Bezahlung offener Rechnungen und der Entrümpelung der Wohnung für mich übrig blieb, reichte nicht einmal für das Wochenende in Paris, das Marta sich seit Langem wünschte. (Sie glaubte offenbar, unsere Ehe dadurch retten zu können, dass wir die Schauplätze unseres früheren Glücks aufsuchten.)

Ich fragte den Notar, einen biederen, korpulenten, rotgesichtigen Herrn – außerhalb der Amtshandlungen redete er am liebsten von den zweiundzwanzig Enkeln, die ihm seine sechs Kinder geschenkt hatten –, nach der Vogelsammlung meines Vaters. Er sah mich verwundert an. »Die Vögel sind ja voller Motten gewesen«, sagte er. »Ihr Vater hat sie verbrannt. Sie wussten das nicht? Es hat ihm sehr wehgetan, sich von ihnen trennen zu müssen. All die Reisen, die er in seiner Jugend unternommen hat, um sie zu studieren ... Ja, er hat diese Tiere sehr verehrt ... *hoch* verehrt ...«

Bei diesen Worten sah ich das Zimmer wieder vor mir, in dem der Schrank mit den ausgestopften Vögeln gestanden hatte, und plötzlich wurde mir bewusst, dass mich noch mehr als das zänkische und übellaunige Wesen meines alten Vaters dieser Glasschrank davon abgehalten hatte, ihn öfter zu besuchen. Auch als Erwachsener hatte ich mich nicht von dem unheimlichen Gefühl befreien können, das mir seine Vögel mit ihren spitzen Schnäbeln, ihren blitzenden Augen, ihren riesigen Schwingen immer eingeflößt hatten. In der Mitte hockte ein geierartiges Ungetüm auf einem Ast. Es wirkte so lebendig, dass es mir immer vorgekommen war, als könnte es im nächsten Augenblick seine Flügel ausbreiten, das dünne Glas durchbrechen und sich in die Luft erheben. Aber hatte sich in die Furcht vor diesen Vögeln nicht auch Hoffnung gemischt? Wie oft hatte ich mich, wenn ich mich mit den öden Hausaufgaben beschäftigen musste oder zur Strafe für irgendein Vergehen in meinem Zimmer eingesperrt worden war, der träumerischen Vorstellung hingegeben, dass einer dieser Vögel kommen und mich entführen würde in die Freiheit. Es war seltsam zu erfahren – ich konnte es nicht glauben! –, dass von diesen furchterregenden Wesen, die ich mir größer und gerechter gedacht hatte als Menschen, nur Staub und Asche übrig sein sollte.

In diesen tristen Monaten wurde ich immer wieder von Erinnerungen aus der Zeit vor der Krankheit meiner Mutter überwältigt. Besonders der von ihr angelegte Garten stand mir vor Augen, den wir verloren hatten, als mein Vater nach ihrem Tod beschloss, in eine Wohnung in einem belebten Viertel der Innenstadt zu ziehen. Dieser Garten am Stadtrand, mit seinen Bäumen, seinen Rosen, dem Rasen, auf dem wir Federball spielten, seinen Himbeeren und Stachelbeeren und dem kleinen Teich, glich einem freundlichen Wesen, das uns mit sanfter Stimme – der Stimme der Mutter – dazu aufforderte, still zu sein, um dem Quaken eines Froschs, dem Schnaufen eines Igels, dem Rauschen des Regens zu lauschen. Ich sehnte mich nach dem Garten zurück. Es war, als sei in ihm der Keim einer lang entbehrten, vielleicht schon unmöglich gewordenen Versöhnung enthalten.

Ich erinnerte mich auch an den Tag, an dem mir die Krankheit meiner Mutter zum ersten Mal zu Bewusstsein kam. Wieder einmal hatte ich in meinem einsamen Zimmer im ersten Stock gesessen. Dora und Thedor spielten unten im Garten, sie kletterten auf die große Eiche am Rand unseres Grundstücks, ich hörte sie schreien. Ich wollte zu ihnen gehören und fühlte mich ihnen doch fremd; die lähmende Wirkung dieses Zwiespalts war mir von frühester Zeit an vertraut. Meine Mutter klopfte an die Tür. »Warum sitzt du hier oben so allein?« Wie schön sie war, blass und zart, in ihrem langen grünsamtenen Morgenrock. Doch dieser Morgenrock war auch das Zeichen ihrer Bettlägerigkeit, und während mir plötzlich die Schwere der Situation klar wurde – denn sie hatte über Tage hinweg nachmittags im Bett gelegen –, kam mir auch schon eine Erklärung dafür in den Sinn: Die Grobheit und Hartherzigkeit meines Vaters musste daran schuld sein. Ob ich diese Vermutung aussprach und was sie darauf entgegnete, ob sie ihn auch diesmal, wie sie es gewöhnlich tat, in Schutz nahm, ob von ihr selbst, der Krankheit, der Zukunft die Rede war – das alles hatte ich vergessen. Aber ich sah sie auf meinem Bett sitzen und mit mir sprechen, ernst und fest, wie mit einem Erwachsenen, und ich sah mich, durchdrungen von einem neuartigen Selbstgefühl, das das andere, die Gewissheit ihrer Krankheit, vollkommen überdeckte, die Stufen hinunterlaufen zu meinen Geschwistern.

Im Garten hatten wir das alte Spiel gespielt, *unser* Spiel, das wir »Verschwinden« nannten, ein seltsames Spiel, bei dem wir drei Kinder niemals andere Teilnehmer duldeten. Vielleicht ahmten wir dabei auf einfältige Art das Verhalten von Tieren nach, das wir beobachtet hatten. Höchstes Vergnügen hatten uns die Frösche bereitet. Wir hatten die Kaulquappen mit unseren Sandeimern aus einem Bach in der Nähe geholt und verfolgten ihr Wachstum in unserem Teich. Im Sommer war der Teich leer, aber wenn man geduldig genug war, konnte man einige der kleinen Amphibien bewegungslos auf den Seerosenblättern sitzen sehen, wo sie eins wurden mit dem sonnengesprenkelten Braun und Grün der Umgebung. Wir fragten uns auch oft, warum von den Vögeln, die wir tagsüber beobachteten, in der Dunkelheit nichts mehr zu sehen war. Dora behauptete hartnäckig, sie würden in den Himmel fliegen, um zu schlafen; aber unser Vater hatte uns erklärt, dass sie es verstünden, sich irgendwo im Gebüsch unsichtbar zu machen. So bestand auch unser Spiel darin, uns unsichtbar zu machen. Allmählich hatten wir die Lust daran verloren, uns von irgendjemand finden zu lassen, und gaben uns ganz dem sonderbaren Gefühl dieses entkörperlichten Daseins, dem Verschwimmen und Verschwinden im Grau der Dämmerschatten hin, ein Genuss, dem womöglich ein archaischer Instinkt, die Ahnung der Möglichkeit schwebender Kräfte, aufgelöster Grenzen zugrunde lag. Doch er ging auch mit Angst und Beklommenheit einher. Es war, als könnte uns, je länger wir uns dem Spiel widmeten, die Fähigkeit der Rückverwandlung abhandenkommen, sodass wir endlich mit ungeheurer Erleichterung die Stimme unserer Mutter vernahmen, durch die wir wieder wir selbst wurden.

Nur wenige Bücher aus der Wohnung des Vaters hatte ich behalten, darunter auch einige unserer alten Märchenbücher. Als ich sie eines Abends durchblätterte, fiel mir eine Erzählung auf, die ich als Kind oft gehört hatte. Sie war uns vorgelesen worden, doch zu welcher Zeit, und von wem, fiel mir nicht mehr ein.

Das Märchen vom Vogel Greif

Einem armen Mann war die Frau gestorben, und er lebte mit seinen Kindern am Rand eines großen Sees. Da kam eine Bettlerin zu ihm, die sich auf einen Stock stützte und hungrig war. Er hieß sie sich setzen und an seinem Feuer wärmen, er gab ihr zu essen, da fragte sie ihn: »Willst du wissen, wie du reich werden kannst?« Als er bejahte, sprach sie: »Du musst vom Vogel Greif eine Feder holen, damit wirst du reich werden.« Da erschrak er. Sie aber sprach weiter: »Er wohnt auf einem hohen Baum am anderen Ufer des Sees.« Dann ging sie davon und ward nicht mehr gesehen.

Der arme Mann hatte Angst, wie alle, die vom Vogel Greif gehört hatten, denn es hieß, er wisse alles und fresse Menschen. Doch als die Armut immer ärger wurde und er immer weniger zu essen hatte, machte er sich doch auf den Weg über den See. Als er aber mitten auf dem Wasser war, kam plötzlich ein Sturm und wühlte die Wellen auf, sodass sein Boot umschlug und er ertrank.

Die zwei Söhne des Mannes warteten lange auf ihren Vater. Als die Bretter des zerbrochenen Bootes ans Ufer geschwemmt wurden, wussten sie, was geschehen war. Auch sie hatten Angst, aber die Not trieb sie dazu, sich ebenfalls zum anderen Ufer aufzumachen. Sie waren gute Schiffer und hatten ein neues Boot. Nachdem sie ihrer Schwester, die noch klein war, befohlen hatten, auf das Haus aufzupassen, ruderten sie davon. Doch als sie in der Mitte des Sees waren, tauchte plötzlich ein großer Fisch auf, der ihr Boot zerbrach, sodass sie ertranken.

Das kleine Mädchen wohnte viele Jahre allein in dem leeren Haus und nährte sich kümmerlich von Beeren und Wurzeln. Es hatte kein Boot und wusste nichts von der Verheißung, die Vater und Brüder dazu bewogen hatte, zum anderen Ufer zu fahren. Doch weil es sich so nach ihnen sehnte, machte es sich eines Tages auch auf den Weg über den See. Es war Winter, und das Wasser war zu Eis geworden, nur in der Mitte war das Eis ganz dünn und hätte dem Tritt eines Erwachsenen nachgegeben. Dem dünnen Mädchen aber gelang es mühelos, diese Stellen zu überqueren. Nach langer Zeit sah es einen hohen kahlen Baum vor sich, auf dem ein großer Vogel mit schimmerndem Gefieder saß, der auf es herabblickte. Er war so wunderbar, dass es ihm nahe sein wollte und begann, den Baum zu erklettern. Doch je höher es kletterte, desto höher wurde der Baum. Bis in den Himmel erstreckte sich sein Stamm. Nach einiger Zeit hatte das Mädchen keine Kraft mehr zum Klettern und hielt inne. Von hoch oben blickte es durch das spiegelnde Eis des Sees auf den Grund. Da war seine Mutter, die ein schönes Kleid trug, und neben ihr der Vater in einem Anzug mit silbernen Knöpfen, und rechts neben ihnen die Brüder, der große und der kleine, wie sie immer gewesen waren, sie winkten ihrer lieben Schwester zu und hatten Heimweh nach ihr. Das Mädchen vergaß über diesem schönen Bild den Vogel und kletterte den Baum wieder herab, es ging zurück in sein Haus und lebte zufrieden bis an sein Lebensende. Es wuchsen ihm aber im Nacken dichte weiße Federchen, die es im Schlaf zuweilen stachen, und man sagte ihm Hexenkräfte nach.

Beim Lesen spürte ich das schnelle und laute Klopfen meines Herzens in der Brust. Es war, als hätte ich die Antwort auf eine Frage erhalten, die mir seit langer Zeit undeutlich vor Augen stand. Aber so sehr ich grübelte, es gelang mir nicht, mir darüber klar zu werden, was diese seltsame Geschichte mit mir zu tun hatte.

Marta war ständig beschäftigt. Als Leiterin der Theater-AG ihrer Schule musste sie die alljährliche Schüleraufführung vorbereiten. Wenn sie heimkam, war sie zwar müde, doch noch wach genug, um mir Vorwürfe zu machen, weil ich weder die Spülmaschine ausgeräumt noch die Badewanne geputzt hatte und ihr auch noch das Waschen und Bügeln überließ. Ich deutete ihr meine Gedanken an. Ich sprach von meinem Vater. Das ließ sie nicht gelten. »Dein Vater, dein Vater«, sagte sie. »Du hast dich doch früher nie um ihn gekümmert.« Ich schlug vor, eine Putzfrau zu engagieren, was sie nur noch mehr aufbrachte. In ihrem Zorn zeigte sie deutlich, was sie von mir hielt: Ich tat nichts und ging den Problemen aus dem Weg, während sie unablässig anpackte, schuftete und uns alle über Wasser hielt.

Sie erzählte nicht viel von dem diesjährigen Stück, dem sie so viele Unterrichtsreihen und Wochenenden widmete. Ich erfuhr nur, dass es sich um Prometheus drehte und von einem ehemaligen Schüler ihres Gymnasiums verfasst worden war. Marta hatte immer gern viel gearbeitet; wenn sie unter dem Druck von Terminen und Ansprüchen stand, die sie zu erfüllen hatte, und sich dem Rand ihrer Belastungsfähigkeit näherte, schien sie sich erst wirklich lebendig zu fühlen. Die Zeit der Proben begann. Marta wurde immer lauter, anmaßender und ungeduldiger. An den wenigen Abenden, an denen wir mehr als zwei Sätze miteinander wechselten, hielt sie mir vor, wie lange ich für alles brauchte, wie ineffizient und unprofessionell ich sei, weil ich nicht jeden Auftrag annahm, die Redaktionen nicht ständig mit Projektvorschlägen bombardierte (»Man muss zeigen, dass man Biss hat«, »Man darf sich nicht ständig für alles zu schade sein«) und so weiter. Sie schien ein allgemeines Abrutschen vorauszuahnen – und was hätte ich ihr entgegnen können? Wenn ich nachts aufwachte und mir bewusst wurde, dass sich schon so lange kein Redakteur mehr bei mir gemeldet hatte, dass ich mir den eigenen Telefonanschluss im Haus eigentlich sparen konnte, wurde ich von Angst überschwemmt, und am nächsten Morgen – Marta tellerklappernd in der Küche, die Kinder krumm und maulfaul am Tisch, auf den Displays ihrer Telefone die ersten Nachrichten des Tages – schämte ich mich dafür.

Mit meiner Meinung über Martas ehrgeizige theatralischen Unternehmungen hatte ich nie hinterm Berg gehalten. In den Anfangsjahren hatte ich die Schüleraufführungen ein paarmal besucht, dann nicht mehr. Ein erwachsener Mensch konnte diese stümperhaften Veranstaltungen nur ertragen, wenn er die meist völlig talentlosen, steif und hölzern spielenden jungen Leute mit dem verklärenden Blick barmherziger Elternschaft betrachtete. Auch dieses Mal hätte mich »Der Triumph des Prometheus«, wie der Titel des Stücks lautete, völlig kaltgelassen, wenn mir nicht kurz vor der Premiere das frisch gedruckte Programmheft in die Hände gefallen wäre. Ich fand die

Abbildung einer griechischen Vase darin, auf der der schwarze Umriss einer großäugigen männlichen Figur, nackt und gefesselt, zu sehen war; Blut strömte aus einer Wunde in der Brust, und auf ihren gebeugten Knien hatte sich ein großer Vogel mit ausgebreiteten Flügeln niedergelassen. Daneben stand ein kurzer Text, der von der »Theatergruppe der Klassen 12 a-d« verfasst worden war.

> Wer ist Prometheus? Ein Mensch? Ein Gott? Heinrich Morton hat ein schreckliches Doppelwesen in ihm gesehen, das im Lauf einer langen, engen Gemeinschaft zwischen Gott und Tier allmählich heranwächst. Zeus bestraft den Abtrünnigen. Der gewaltige Vogel Ethon frisst die Leber, das Lebensorgan des Bestraften, den mythischen Sitz von Liebe und Zorn, und nimmt damit seine rebellische Kraft in sich auf. Es gibt kein Machtgefälle zwischen ihnen, sie sind gleichgestellt. Sie sehen einander ins Auge. Der eine nährt sich vom anderen. Sie verwandeln sich, verschmelzen zu einem einzigen Wesen, ohnmächtig leidend, aber auch mit dem grenzenlosen Hunger, den göttlichen Kräften, der Strafgewalt eines Ungeheuers begabt. Wer ist Prometheus? Wir kennen ihn nicht, aber wir kennen die Alpträume des jugendlichen Helden, wie Heinrich Morton sie kannte, der den großen Ethon fürchtete und verehrte, deshalb können wir sagen: Prometheus ist uns nah, Prometheus ist unter uns.

Als ich das gelesen hatte, änderte sich meine Stimmung mit einem Schlag. Ich zeigte mich wissbegierig und verkündete, das neue Stück unbedingt sehen zu wollen, worauf Marta tatsächlich etwas nachgab. Ein paar kurze Tage lang hatte ich das Gefühl eines neuen Anfangs. Wenn ich sie berührte, strömten Wärme und Kraft in mich ein, und es war, als wären unsere Wortgefechte, die Versuche, den anderen schwach zu sehen, ihn zu demütigen, über ihn zu triumphieren, nicht von uns selbst ausgegangen, als hätten nicht wir selbst diese Sätze gesagt, sondern andere, die sich wie schattenhafte Doppelgänger unserer Seelen bemächtigt hatten und sich von unseren Empfindungen nährten. Genügte es nicht – da es sich um bloße Einbildungen handelte, Ausgeburten unserer neidischen und rachsüchtigen Phantasie –, uns die Augen zu reiben und vielleicht ein paarmal in schnellem Schritt tief atmend ums Haus zu laufen, um uns von ihnen zu befreien? Meine endlosen Grübeleien, Selbstzweifel, Ängste lösten sich auf. Was sollte passieren? Marta war an meiner Seite, die Kinder – welche Macht sollte sich zwischen uns drängen, uns voneinander losreißen, wenn wir selbst es nicht wollten?

Ich fragte Marta nach Heinrich Morton aus. Es war derselbe Morton, dessen Pharmaunternehmen unsere Stadt reich gemacht hatte. Sie wusste nicht viel von ihm. Ein Klassenfoto aus dem Schularchiv zeigte einen Jungen mit schönen graublauen Augen, der, vielleicht wegen seiner tief gefurchten Stirn, viel älter wirkte als seine Mitschüler und dessen Blick tiefe Traurigkeit verriet. Sein Stück war in einem Kleinverlag erschienen, den es längst nicht mehr gab. Warum bemühte ich mich so sehr, meine Überraschung zu verbergen, als Marta mir das Büchlein zeigte? Die Zeichnung auf dem Umschlag stammte vom Autor selbst, und sie ähnelte auf frappierende Weise den panisch bemalten Blättern des kleinen Amadou, die ich aus der Wohnung seiner Familie entwendet hatte. Ich empfand dieselbe Faszination angesichts der kraftvoll auf das Blatt geworfenen Linien, die sich vervielfachten, bündelten, kreuzten, sodass der Blick erst nach einiger Zeit imstande war, zu erkennen, dass es sich um einen Vogelkopf und Krallen, um Federn, um große ausgebreitete Schwingen handelte.

»Wann hat er das gemalt?«, fragte ich Marta und vermied ihren Blick.

Sie wusste es nicht. Für sie war es nicht mehr als eine belanglose Kritzelei.

Das Stück begann mit einem Zwiegespräch zwischen Prometheus und einem riesigen Adler aus Pappmaschee. Prometheus war ein gut aussehender junger Mann mit tätowierten Armen. Die Tätowierungen stellten blaue Flammen dar. Prometheus sagte, er kenne das Geheimnis der Götter, er habe ihnen das Feuer der Jugend gestohlen, er wisse, dass sie alt seien und bald untergingen, während er, Prometheus, sich befreien und leben werde. Der Adler rollte mit den Augen und schlug quietschend mit den Flügeln. Eine donnernde Bassstimme rief: »Ich bin der Herr der Zeit! Du bist mir Gefolgschaft schuldig!« Ein Handgemenge folgte, darauf Dunkelheit und rhythmisch aufbrausende Klänge in ohrenbetäubender Lautstärke. Verdrehte, verkrümmte Körper, die in schwachem Licht auf der Bühne herumrollten und sich mit Händen und Füßen gegen eine unsichtbare Macht zu wehren schienen; schrille Schmerzensschreie, unterlegt mit elektronisch verzerrten Vogelrufen – ein höchst prätentiöses, ermüdendes Spektakel. Doch meiner rein intellektuellen Abneigung war eine vage und bestürzende Idee, eine Reminiszenz, die zu greifen, zu prüfen mir nicht gelang, beigemischt; sie führte schließlich dazu, dass ich es auf meinem Platz zwischen Marta und dem Oberbürgermeister unserer Stadt (dessen Tochter die Rolle der gütigen, aber idiotischen und machtlosen Zeusgattin Hera spielte) nicht mehr aushielt und schon im ersten Akt die Vorstellung verließ.

Als Marta erschöpft und verschwitzt heimkam, merkte ich, dass alles wieder so war wie zuvor. Der tiefe Spalt, der sich zwischen uns geöffnet hatte, war nicht mehr zu überbrücken. Jener schattenhafte Doppelgänger, der über Wochen und Monate in mir gewachsen war, erwies sich als übermächtig. Ich merkte es sofort, noch bevor wir zu streiten begannen. Marta bezeichnete mich als kalt und herzlos, schüttelte mich und schluchzte hysterisch, während ich innerlich immer weiter von ihr abrückte. Alles kehrte sich auf die seltsamste Weise um; all das, was mir einst Anlass gegeben hatte, sie zu lieben, stand nun fremd und hässlich vor mir, ihr schmaler Körper, ihre Hände, ihr Gesicht – es gelang mir nicht mehr, die Einzelheiten zusammenzusetzen und der Person zuzuordnen, die einmal die vertrauteste der Welt für mich gewesen war. Hatte sie nicht recht? Ich war kalt, herzlos. Ich spürte, wie diese Kälte mich umgab, mich abschloss, mein Blut stocken ließ und die normale, gesunde Verkettung meiner Gedanken und Gefühle mit den Gegebenheiten der Welt, *ihrer* Welt, lähmte. Es gab kein Mittel dagegen. Ich war nur noch ich selbst. Ist es nicht das, was gemeint ist, wenn man davon spricht, den »Glauben« verloren zu haben? Es gelang mir nicht mehr zu glauben, ich war nicht mehr fähig, mit liebenden Augen zu sehen. Ich wusste, dass unser gegenseitiges Vertrauen, unsere Eintracht, unser Zusammensein dieses entsetzliche Gefühl des Ausgesetztseins, der Verlassenheit, das meine Seele aufzehrte, nicht mehr zum Verschwinden bringen konnte. Das Band zwischen uns war gerissen.

Mit dem Bewusstsein, im Innersten bedroht zu sein, warf ich mich auf das, was mir geblieben war. Ich ließ mich von jenem Dunklen locken, das sich mir gezeigt hatte. Ich versuchte, mit klarem Kopf der unklaren Spur zu folgen, las, recherchierte, tastete mich voran. Unerwartet hilfreich war eine freundliche E-Mail von Matthisen, in der er nach der Geschichte fragte, die ich ihm vor Monaten versprochen hatte. Ob sie mit dem verunglückten Jungen, vielleicht mit anderen, ähnlichen Fällen zu tun habe? Es gebe Hinweise darauf, dass der kleine Amadou unter Wahnvorstellungen gelitten habe, die sich neuerdings auch bei anderen Kindern gefunden hätten. Er glaube zwar nicht, dass etwas Hieb- und Stichfestes dahinterstecke, sei aber gern bereit, sich mein Material anzusehen. Ich schrieb ihm höflich und reserviert zurück, deutete an, dass die Ergebnisse meiner Recherchen sich für die ganze Stadt als bedeutsam erweisen könnten, und versprach, mich bald zu melden.

Heinrich Morton, ehemaliger Gymnasiast und Stückeschreiber, jetziger Fabrikbesitzer und Klinikbetreiber, interessierte mich immer mehr. Der Erbe des maroden pharmazeutischen Unternehmens Morton &

Sohn hatte von Kindheit an mit Zuständen schwerster Melancholie zu kämpfen gehabt. Er hatte mehrmals die Schule gewechselt und offenbar nicht einmal das Abitur geschafft. Nach dem Abbruch einer kaufmännischen Ausbildung schickte ihn sein Vater im Auftrag der Firma auf Reisen. »Mein Vater war immer der Meinung, dass die Zukunft unserer Branche davon abhängt, ob wir weiterhin nur Tabletten herstellen, mit denen man oberflächliche Reparaturen durchführt, oder ob es uns gelingt, den Menschen bei der Verbesserung und Intensivierung ihres ganzen Lebens zu helfen«, äußerte Morton in einem späteren Interview. »Wir wollen heute nicht nur nicht krank sein. Wir wollen ohne Einschränkung leben. Wir fordern die Eliminierung alles dessen, was uns an der vollen Entfaltung unserer Kräfte hindert, mit anderen Worten: hundertprozentige Gesundheit.« Auf der Suche nach pharmazeutischen Substanzen für neuartige Medikamente fuhr der junge Heinrich (»Henry« hatte er sich erst nach seiner Rückkehr genannt) auch nach Afrika, wo er offenbar eine lebensentscheidende Begegnung mit einem obskuren Zauberpriester hatte. In einem kurzen, euphorischen Gespräch, das er nach seiner Rückkehr mit dem Reporter eines Klatschblattes geführt hatte, erzählte er davon. Jener Schamane namens Y'lavid (zu Deutsch »Sohn des Morgensterns«, wie er erläuterte), der unter den Angehörigen seines Volkes höchstes Ansehen genoss, habe ihn im Lauf einer »abstoßenden« und »grausamen« Zeremonie (konkretere Angaben wollte er trotz wiederholter Nachfragen nicht machen) in einen Zustand von besonderer geistiger Empfänglichkeit versetzt. Eine Vision sei ihm zuteilgeworden, die ihn von seiner Schwermut geheilt habe. Auch zum Inhalt dieser Vision wollte er sich nicht äußern. Aber er sei jetzt ein neuer Mensch und wisse, was es bedeute, wirklich zu leben, zu wachsen, zu arbeiten. Er habe Großes mit der Firma vor, man werde das bald erkennen.

In den darauffolgenden Jahren hatte Morton es mit seinem Berater Torvyk Allt (dem »bekannten Weltenbummler und Hirnforscher«, wie er in einem frühen Kommentar genannt wurde) tatsächlich geschafft, seine Firma aus den roten Zahlen zu bringen und zu einem globalen Unternehmen auszubauen. Kritiker sprachen von Rücksichtslosigkeit gegenüber Konkurrenten, von undurchschaubarem Finanzgebaren, von brutalen Vertriebsmethoden, von der systematischen Verschleierung negativer Wirkungen bei der Einnahme der Morton-Arzneien – seinem Erfolg tat das alles keinen Abbruch. »Wir haben den Ehrgeiz, unseren Namen mit unseren Produkten auf der ganzen Welt zu verbreiten«, sagte Morton – die Fotos zeigten einen hochgewachsenen, sportlich und smart wirkenden Geschäftsmann – in seiner Dankesrede für die Bürgermedaille in Gold, die ihm nur drei Jahre nach seiner Rückkehr aus Afrika verliehen wurde. Seine Fähigkeit, mit einem Minimum an Schlaf auszukommen und »im Takt einer vollautomatischen Tablettenpresse« zu arbeiten (wie es einer seiner Konkurrenten ausgedrückt hatte, denen er damals den Garaus machte), war legendär. Daneben machte er sich in dieser Zeit als Partylöwe und Lebemann einen Namen. Immer wieder wurde seine warme, sympathische, lebendige Ausstrahlung beschrieben, der offenbar niemand widerstehen konnte. Er tanzte und feierte mit den begehrtesten Frauen, den attraktivsten Bohemiens die Nächte durch, ging in den besten Restaurants ein und aus und verbrachte die Sommerwochen auf einer Insel im Pazifik. Immer wieder suchte er das Gespräch mit Philosophen und Künstlern, und diese zahlten ihm seine großzügige Unterstützung zurück, indem sie publikumswirksam von seinem unfassenden Wissen, seinen anregenden Ideen, seinem phänomenalen Gedächtnis schwärmten. Er züchtete Pferde, sammelte Kunst und gründete die Hilfsorganisation Save the World. Seinen engsten Mitarbeitern zahlte er verschwenderische Gehälter, niemand sagte ein böses Wort über ihn. Merkwürdig war allenfalls, dass er von seiner einzigen Tochter Miranda, deren Geburt er drei Tage lang mit Hunderten Gästen gefeiert hatte, schon nach kurzer Zeit offenbar nichts mehr wissen wollte. Er hatte sie als Kleinkind nach Amerika geschickt, wo sie von unbekannten Pflegeeltern aufgezogen wurde, ohne den Namen ihres Vaters je zu erfahren.

Als er, wie es schien, alles erreicht hatte, was er hatte erreichen wollen, zog er sich aus dem öffentlichen Leben zurück, gab keine Interviews mehr und ließ sich nicht mehr fotografieren. In neueren Berichten und Einschätzungen, die in *Wirtschaft Aktuell* oder der *Börsenwelt* zu lesen waren, wurde über ein neues Wundermedikament spekuliert, das er demnächst auf den Markt bringen werde. Einige Kommentatoren meinten, dass sein Verschwinden damit zusammenhänge; ganz im Geheimen habe er sich nur noch um die Entwicklung dieses Medikaments gekümmert, der Krönung seines Lebenswerks.

In einem sonst nicht weiter erwähnenswerten Blog, in dem sich vor allem unzufriedene Sozialarbeiter und gestresste Erzieherinnen äußerten, fand ich die seltsame Erklärung eines Beiträgers namens »Michi«:

> Hiermit ziehe ich alle Anschuldigungen, die ich in den letzten Jahren gegen die Firma Morton erhoben habe, zurück. Ich erkläre mich ausdrücklich mit der von der Firma Morton zunächst ohne meine Kenntnis veranlassten Löschung meines Blogs einverstanden und werde künftig nicht mehr gegen die mir auferlegten gerichtlichen Anordnungen verstoßen. Meine Beobachtungen über die Tätigkeit von Morton-Mitarbeitern entsprechen in keinem Fall den Tatsachen. Insbesondere die Behauptung der Verbringung von Kindern aus dem Mutter-Kind-Heim, in dem ich eine Zeitlang aushilfsweise arbeitete, in das Städtische Klinikum ist falsch gewesen, wie es auch die Mütter selbst schon zu Protokoll gaben. Ich entschuldige mich bei der Firma Morton für all den Ärger, den sie mit mir hatte. Ich habe inzwischen gelernt, die Firma Morton vorurteilsfrei zu betrachten, und ich freue mich über all ihre Erfolge, die schließlich jedem Einzelnen von uns zugutekommen.

Trotz all meiner Bemühungen fand ich nirgends eine Spur der Auseinandersetzung, die dieser Erklärung vorausgegangen sein musste, und ebenso wenig gelang es mir, den Klarnamen des Verfassers herauszufinden. In einem Forum alleinerziehender Väter las ich Folgendes:

habt ihr euch schon mal gedanken darüber macht, wem diese dauernden »therapien« im klinikum eigentlich nützen? und der berühmte prof, so überaus beliebt bei frauen und müttern, für wen arbeitet der eigentlich???

Ich schrieb mir diese Sätze ab. Als ich am nächsten Tag das Forum wieder besuchte, waren sie verschwunden. In den Verlautbarungen der Firma Morton gab es erwartungsgemäß nichts, was auf Widerstände und Probleme schließen ließ. In einer zwei Jahre alten Pressemitteilung war lediglich die Rede von »gewissen Anschuldigungen«, die von »inkompetenten Quenglern und Tadlern« gegen »unsere Forschungsarbeit im Dienst der Menschheit« erhoben worden seien. Es wurde angekündigt, dass man die Öffentlichkeit von den revolutionären Ergebnissen dieser Forschungsarbeit demnächst in Kenntnis setzen werde. Doch das war bis heute nicht geschehen.

Den Weg kannte ich. Der steinerne Engel am Empfangsgebäude blies mit geblähten Backen seine Posaune. Ich sah Professor Allt ganz in Weiß hinter einem Fenster. Er blickte auf und nickte mir ermutigend zu. Glücklicherweise erinnerte ich mich noch genau daran, wie die Gebäude des Krankenhauses angeordnet waren. Der Eingang zu dem gläsernen Turm, den ich bei meinem letzten Besuch von Allts Zimmer aus gesehen hatte, musste sich in einem Gebäude befinden, das hinter dem Haupttrakt lag. Ich durchquerte den Hof, das erste, das zweite Gebäude – überall waren Leute, aber niemand achtete auf mich –, und stand dann vor einem Aufzug. Als die Aufzugstür sich öffnete, drückte ich auf den obersten Knopf. Ich schwebte aufwärts und stand gleich darauf in einem hohen Raum, in den durch riesige Fenster von oben Licht einströmte. In mehreren großen Vitrinen waren exotische Masken ausgestellt, und an Stellwänden hingen gerahmte Malereien. Nach einem Moment tiefer Stille hörte ich ein Geräusch und fürchtete, dass gleich irgendein Sicherheitsbeamter auf mich zustürzen und mich des Hauses verweisen würde. Stattdessen sah ich ein erschrockenes Gesicht hinter einer der Stellwände hervorlugen. Als ich reglos stehen blieb, zeigte sich, dass es einem hochgewachsenen, breitschultrigen, doch gebeugten Mann gehörte, dessen Anzug an seinem hageren Leib schlotterte. Er stützte sich auf einen Gehwagen.

»Ach«, sagte er mit brüchiger Stimme, »ich dachte schon, es wäre ...«

Langsam kam er auf mich zu. Die weichen graublauen Augen unter der gefurchten Stirn lagen tief in den Höhlen. Ich erkannte ihn. Es musste Morton sein. Aber konnte er es sein? Ich hatte gelesen, dass er nur einige Jahre älter war als ich, doch das eingefallene, bleiche Gesicht gehörte einem alten Mann.

»Sie kommen, um sich die neuen Bilder anzuschauen, nicht?«

Langsam gingen wir nebeneinander her. Ich suchte krampfhaft nach einem Aufhänger, um mit ihm ins Gespräch zu kommen, aber dann fiel mein Blick auf eine der Vitrinen, und die Worte blieben mir im Hals stecken. Die hölzerne Maske, die ich sah, war trotz der abgeblätterten Farbe und anderer deutlicher Verwitterungsspuren riesengroß und fürchterlich. Das Gesicht eines Raubvogels mit einem großen, starken, scharfen Schnabel, einer weißen Federhaube und schwarzen, starren Augen, in denen sich flackerndes Licht spiegelte. Unzweifelhaft handelte es sich um ein Ungeheuer, ein mächtiges, böses, todbringendes Wesen, das keine Gnade kennt. Neben mir hörte ich Mortons pfeifenden Atem. Das brachte mich zu mir selbst zurück. Es wurde mir bewusst, dass es sich um ein Artefakt handelte, ein Sammlerobjekt, dessen bedrohliche Wirkung nicht einem zeitlosen Bösen, sondern der Kunstfertigkeit eines talentierten afrikanischen Handwerkers zu verdanken war. Der scharfe Schnabel war aus weichem Holz. Die schwarzen Augen waren von Punktstrahlern wirkungsvoll beleuchtete Löcher.

Ich fragte Morton nach dem Stand der Forschungen, dem neuen Medikament.

»Ja, ja, es wird bald so weit sein«, murmelte er. »Die letzten Schwächen überwunden ... endgültig ... endgültig ...« Er schien verwirrt zu sein, verlor sich in Gedanken. Dann erinnerte er sich an mich. »Aber deswegen sind Sie doch nicht gekommen?«

»Die Bilder sind – von Ihnen?«, fragte ich, da mir plötzlich auffiel, wie ähnlich sie den Kritzeleien auf dem Buchumschlag waren, den ich gesehen hatte.

Morton schüttelte den Kopf. Er brummelte etwas Unverständliches und tappte weiter, bis er hinter einer Tür verschwand. Ich weiß nicht, wie es kam, dass ich auf einmal nicht mehr neben ihm war. Ich stand allein vor den gerahmten Bildern. Es waren Zeichnungen, die in gewisser Weise auf die Vogelmaske Bezug nahmen, den Eindruck dieses Objekts vervielfältigten, vertieften, und gleichzeitig verwandt waren mit den

Schülerzeichnungen Mortons und dem Gekritzel des kleinen Amadou. Kein Zweifel: Sie stellten die Vollendung dessen dar, was dort nur unbeholfen und skizzenhaft probiert worden war. Ihre Wirkung verdankten sie den entschiedenen und dabei unerhört freien und dynamischen Bewegungen tiefschwarzer Linien; ihr geheimes Zentrum schien eine bestimmte Form zu sein – Vogelschwingen, Engelsflügel –, die jedoch niemals rein zum Vorschein kam, sondern nur in Annäherungen und Auslegungen, Erweiterungen und Revisionen, unablässigem, schwungvollem Probieren ohne Grund und Ziel, sodass auch im Betrachter der Eindruck entstand, keinen sicheren Boden mehr unter den Füßen zu haben, sich taumelnd oder schwebend von dem zu entfernen, was eben noch sein fester Standpunkt gewesen war.

Ebenso sehr angezogen wie zutiefst verunsichert ging ich von einem Bild zum anderen. Wessen Hand hatte diese magischen Linien gezeichnet? Die meisten Blätter waren nicht signiert. Am Rand einer einzigen Zeichnung befand sich ein krakeliger Name. Ich beugte mich vor, um ihn zu lesen, und wich gleich darauf erschrocken zurück. Es war der Name meiner Schwester, Dora Weyde.

Das letzte Telefonat mit Matthisen muss ungefähr in dieser Zeit stattgefunden haben. Ich war ganz der Alte. Vernünftig, zuverlässig, rechtschaffen. Ich teilte ihm mit, dass ich mit Morton gesprochen hätte. Er glaubte mir nicht. Schon so viele hätten versucht, an ihn heranzukommen, aber auch den Erfahrensten, Schlauesten sei es nicht gelungen. Jahrelang habe man

Morton nicht mehr gesehen. Er lebe einsam und abgeschottet in irgendeinem Winkel der Welt, wo niemand ihn kenne. Ich fragte, ob er von den Gerüchten wisse, nach denen Morton Kinder entführte? Sei es nicht möglich, dass er unerlaubte Versuche machte, dass er die Situation armer und unwissender Eltern ausnutzte, um die Kinder in seine Gewalt zu bringen? Es gebe nach den letzten Zuwanderungswellen in den Vierteln am Stadtrand so viel Armut, so viel dunkle Geschäfte, niemand könne das kontrollieren. Und die Träume all dieser Kinder? Man müsse sie nur zu lesen verstehen! Matthisen erklärte mich für verrückt. Von solchen Gerüchten habe er nie gehört. Er verstehe, dass ich meinen Namen gern wieder einmal auf einer der vorderen Seiten lesen wollte, aber diese Mutmaßungen entbehrten jeder realen Grundlage, seien abwegig, absurd. Ich sah seine gequälte Miene vor mir. »Ich verlange von dir, dass du dich professionell verhältst, Lorenz«, sagte er. »Konzentriere dich auf die Tatsachen, sonst streiche ich dich endgültig aus der Kartei.«

Ich wusste, was er von mir erwartete. Für die Reportage über Amadous Unfall war es noch nicht zu spät. Sie hätte gut zu der alljährlichen Spendenkampagne des *Tagblatts* zu Weihnachten gepasst. Ich hätte noch einmal bei Amadous Familie vorsprechen können. Das Schreiben des Artikels hätte nicht lange gedauert, einen Nachmittag, höchstens; am nächsten Tag wäre das Geld dafür überwiesen worden. Marta hätte den Kontoauszug gesehen und wäre besänftigt gewesen. Der Text hätte mit der Beschreibung des Zimmers angefangen – die abgewetzte braune Couch, das Wäschegestell, der Tisch mit der Wachstuchdecke und die darauf gehäuften Dinge. Dann die Schwestern, denen der Bruder fehlte, die Eltern, dürftig lebend, bedrückt von Trauer. Matthisen hätte ihn sofort genommen. Er hätte sich gefreut, dass ich Einsicht zeigte, es hätte ihm geschmeichelt, mich wieder auf den rechten Weg gebracht zu haben. Aber wenn ich an jenen Nachmittag zurückdachte, sah ich die verstörten Mädchen wieder vor mir, die mir Amadous Heft gezeigt hatten, und kam mir vor wie ein Verräter. Etwas steckte hinter diesem Fall, was mit dem schrecklichen Unfall nicht abgeschlossen war und nach Aufklärung – mehr noch, nach *Antwort* verlangte. Nein, ich konnte mich nicht dazu entschließen, Matthisen den geforderten Text zu liefern. Meine Aufgabe war eine andere.

Zu Hause lag ich stundenlang in der Badewanne oder saß am Computer, sah mir dies und das an, las Dinge, die ich nicht begriff. Nachts wachte ich mit klopfendem Herzen auf. Ab und zu nahm ich Tabletten, um schlafen zu können. Philip und Tom sah ich nicht, und ich vermisste sie nicht. Marta traf ich kaum. Manchmal war sie abends in der Küche, mit zerknitterten Kleidern, welkem Gesicht – eine Fremde.

Ich begann auf einer Matratze in meinem Arbeitszimmer zu schlafen. Ich schlief sehr lang, oft zwölf Stunden oder länger, und träumte äußerst lebhaft. Einmal wachte ich auf und wusste nicht, ob das, was mir so deutlich vor Augen stand, ein Traum war oder ob ich in dieser Nacht tatsächlich wieder bei Henry Morton gewesen war. Wie benebelt verbrachte ich den Tag. Und doch blieb eine seltsame, unirdische Klarheit in mir. Ich *wusste* nichts – aber die ganze Welt schien plötzlich hell geworden zu sein, und Dinge, die verborgen gewesen waren, traten auf die selbstverständlichste Weise, rein und zeitlos hervor.

Der Traum kehrte immer wieder. Die Anlage der Klinik lag vor mir wie ein Zauberschloss. Ich war müde von einer langen Suche. Mit angehaltenem Atem ging ich an dem Torhaus mit dem steinernen Engel vorbei, in dem alle Fenster erleuchtet waren. In der Luft wehten die Fragen und Anweisungen der Schwestern und Helferinnen, und ich nahm das drohende Schweigen des Mannes wahr, dem hier alles gehorchte, dem alten Widersacher, der mich herausgefordert hatte. Im Hof stand ein hoher, kahler, schwarzer Baum. Ich schlich mich an der Mauer entlang, bis ich zu den Stufen kam. Sie verwirrten mich. Erst nach einer Weile schien sich mein Körper daran zu erinnern, wie sie zu bewältigen waren, und es dauerte sehr lang, bis ich endlich auf dem Absatz anlangte, wo sich die Tür vor mir öffnete. Das Gebäude, in dem ich mich nun befand, war warm und stickig. Es gab viele Treppen, Nischen, Aufzüge und Korridore, aber es war kein Mensch zu sehen. Nach einiger Zeit nahm ich ein eigenartiges Geräusch wahr, das zunächst wie das Schlurfen von Füßen auf glattem Boden klang; nachdem ich einige Zeit konzentriert gelauscht hatte, verwandelte es sich in eine Art Seufzen oder Klagen. Als ich mich zu dem großen Baum im Hof wendete, sah ich, dass er sich im Wind bog, und nun war mir klar, dass alle Geräusche, die ich gehört hatte, vom Wind verursacht wurden, der sich in dem Hof gefangen hatte. Ich stieg eine Treppe hoch und sah einen Gang vor mir liegen, an dessen linker Wand sich Bahren, Wannen, Toilettenstühle und alle möglichen medizinischen Gerätschaften, teils mit Planen bedeckt, aneinanderreihten. Rechter Hand waren geöffnete Türen, die zu zahllosen kleinen Abteilen führten. Ich ging den Gang entlang, Treppen hinauf, und gelangte in andere Stockwerke. Überall lange Gänge, von denen Zimmerchen abgingen, strahlend weiß und hell erleuchtet. In schmalen Betten lagen Menschen oder menschenartige Wesen, deren gleichartige knochige Profile sich auf den Kissen undeutlich abzeichneten. An ihren Köpfen waren Schläuche befestigt, die zu blinkenden, summenden, tickenden Apparaten führten. Das ganze Gebäude mit seinen zahllosen weißen Zellen glich einem Bienenstock. Doch wo waren die Bienen, die das Ganze am Leben erhielten? Bald hatte ich die Orientierung verloren. Ich hatte den Eindruck, im Kreis zu gehen; überall sah es gleich aus. Ich wollte jemanden fragen, aber es war niemand in Sicht, der mir Auskunft geben konnte. Die Gesichter auf den Kissen ähnelten sich, sie waren faltenlos glatt, blass und ohne jeden Ausdruck, sodass ich nicht unterscheiden konnte, ob die Menschen, denen sie gehörten, jung oder alt, weiblich oder männlich waren. Einige von ihnen schienen aufmerksam zu werden, wenn ich in der Nähe war. Ich merkte, dass sich ihr Ausdruck veränderte – ihre Lider zuckten, ihre Nasenflügel bebten, der Mund öffnete sich – einige setzten zu einem Lächeln an, bei anderen bildeten sich Tränen in den Winkeln ihrer toten Augen –, doch nach ein paar Sekunden sanken sie zurück in ihren puppenhaft-passiven Zustand.

Auf irgendeine Weise gelangte ich in den obersten Stock des Gebäudes. Dort wohnte der Mann, der, wie ich wusste, mein Zwilling war, unter einem hohen, kuppelartigen Glasdach. Er kam mir entgegen, in schleppendem, hüpfendem Gang, mit einem Umhang aus Stofffetzen über den Schultern, der bis zu den Knien reichte, und einer Kappe aus Federn auf dem Kopf. Das Gesicht war hinter der Vogelmaske versteckt. Die runden seitlichen Löcher ließen seine Augen sehen, schöne große Augen mit dunklem Glanz.

An diesem Punkt endete der Traum. Manchmal wurde ich, kurz bevor ich ganz wach war, blitzartig von Einsichten überwältigt, die mich selbst, meine Kindheit, aber auch die Geschichte meines Vaters und meiner Mutter und früherer Generationen umfassten; ich hatte den Eindruck, nicht mehr auf der Erde zu sein, sondern in einer anderen Sphäre zu leben, in der das Rauschen des Windes mir mehr sagte als die menschliche Sprache; manchmal meinte ich die brüchigen und spöttischen Stimmen zukünftiger Lebewesen zu vernehmen, die die Dunkelheit bevölkerten, oder ich nahm wunderbare Gedanken wahr, Bilder, deren geheimnisvolle Komplexität mich entzückte. Sobald ich jedoch versuchte, das alles in Worte zu fassen, zerrann es mir unter den Händen, und ich schämte mich der banalen Sätze, die ich zu Papier brachte.

Ein andermal befand ich mich wieder mit Henry Morton in seinem Turmgeschoss. Diesmal war er nicht alt und gebrechlich, sondern kräftig und im besten Alter, mit einem angenehmen männlichen Gesicht. Wir sprachen miteinander. Wir verstanden einander. Wir waren beide Väter, wir wussten, wie es ist, in schlaflosen Nächten unruhige Kinder durch dunkle Zimmer zu tragen oder in gelbem Lampenschein an Betten zu sitzen und vorzulesen, bis die Augen zufallen. Unsere Kinder brauchten uns. Sie sahen zu uns auf. Sie wollten von uns lernen, und wir wollten ihnen etwas beibringen, Kopfrechnen oder Fahrradfahren oder die Namen der Bäume im Wald. Im Winter fuhren wir mit ihnen Schlitten, im Sommer tauchten wir mit ihnen auf den Grund des Sees. In unserem Gespräch ließen Morton und ich diese und andere Dinge, die zum Vatersein gehörten, Revue passieren. Wir sprachen über die Besonderheiten unserer Kinder, darüber, wie sehr die Welt sich freuen könne, dass es solche prachtvollen und interessanten Kinder gab. Unsere Schritte schienen länger zu werden, während wir das sagten, unsere Schultern wurden breiter, unsere Blicke schienen große Entfernungen mühelos zu überwinden. Das Vatersein gab uns Gewicht. Wir sahen unsere zitternden Kinder, ihre ängstlichen Blicke, die Zickzackwege ihrer erschrockenen Flucht, und beschlossen, ihnen zu Hilfe zu kommen. Sie hatten nur uns. Wir mussten sie retten.

Ich hielt einen Brief von Thedor in der Hand, in dem es um einen Vogel ging, der seine Jungen frisst. Henry Morton war neben mir. Er wollte den Brief auch lesen, aber ich wollte ihn ihm nicht zeigen und verabschiedete mich schnell. Er rief mir nach, wann er mich wiedersehe, und als ich mich umdrehte, trug er die schreckliche Maske und das Federkostüm, und ich kannte ihn nicht mehr.

Träume und traumartige Zustände nahmen mich mit. Alles in mir war gereizt, wie entzündet, und ich fand keine Ruhe mehr, weder tagsüber noch nachts. Einmal, früh am Morgen, flüchtete ich mich zu Marta. Ich sehnte mich danach, ihren Körper neben mir zu spüren, ja, ich glaubte in diesem Moment, dass sie der einzige Mensch wäre, der mich vor dem ungreifbaren Schatten schützen konnte, von dem ich mich bedroht fühlte und der, wie ich wusste, die ganze Stadt bedrohte.

Ich hatte Angst, sie zu erschrecken, und setzte mich neben dem Bett auf den Boden. »Marta«, flüsterte ich. Obwohl sie tief geschlafen hatte, hörte sie mich sofort. Sie sagte nichts und regte sich nicht, aber ich sah, dass sie die Augen geöffnet hatte. Ich bat sie, mir zuzuhören. Ich erzählte ihr von meiner ungeheuerlichen Entdeckung. Ich sagte ihr, welches Geschäft Morton betrieb, dass er behauptete, ein Wundermedikament zu entwickeln, aber in Wahrheit etwas ganz anderes tat, dass er Kinder betäubte und willenlos machte und ihre Gehirne anzapfte, um sich von ihrer Kraft zu nähren, dass er im Dienst eines Vogels stand, der das von ihm verlangte, dass dieser schreckliche und gefräßige Vogel, der viele Namen hatte, aber immer derselbe war, uns alle bedrohte, dass ich es sah und spürte, dass man es überall sehen und spüren konnte, wenn man nur aufmerksam genug war, überall diese Ermattung und Entkräftung, dieses unaufhaltsame heimliche Dahinsiechen, auch wenn auf den ersten Blick alles seinen gewohnten Gang ging, die Leute in ihren Büros saßen, in Geschäfte gingen und Dinge kauften und sich abends beim Essen unterhielten und zu wissen glaubten, wer vor ihnen saß ...

Sie hatte noch nichts gesagt und lag immer noch reglos da in der Dunkelheit.

»Du bist krank«, sagte sie endlich.

Ich wusste sofort, dass ich einen furchtbaren Fehler gemacht hatte. Es nützte nichts, dass ich am nächsten Tag von den Angelegenheiten redete, die sie kannte und mit denen sie umgehen konnte. Binnen kurzer Zeit hatte sie einen Arzt ausfindig gemacht, der mich behandeln sollte. Es war schrecklich für mich, zu sehen, wie resolut, fast munter sie das »Problem« anpackte. Sie machte mir keine Vorwürfe, lamentierte nicht, nörgelte nicht, verlangte nichts von mir. Eine Zeitlang gelang es mir, sie zu täuschen. Ich behauptete, beim Arzt gewesen zu sein, Tabletten zu nehmen. Ich verhielt mich still, zog mich zurück. Dann kam sie mir auf die Schliche. Sie sagte, wir seien doch immer noch die, die wir einmal gewesen waren, Marta und Lorenz, Mann und Frau; sie sehe das in mir, was ich selbst vielleicht schon aufgegeben hätte; es werde nie einen anderen für sie geben; bald werde alles wieder so sein wie immer.

Sie ahnte nicht einmal, wie unerträglich mir dieses Gerede geworden war. Es gab keinen anderen Weg, ich musste fort.

Ich spürte die Luft, die über meinen Körper strich, eine Strömung, der ich mich überließ. Ich hatte endgültig den Halt verloren – aber wie hatte ich glauben können, ich bräuchte einen Halt? Ich gehörte doch zu den Luftwesen, die Luft war mit mir verbündet, sie half mir, sie trug mich. Es war ein klarer, frostiger Tag, ein großer Tag. Ich fiel – fing mich – schwebte, entfaltete mich nach einer langen, überlangen Zeit der Hemmung, der Befangenheit. Langsam, mühelos, als hätte ich kein Gewicht, beschrieb ich dicht über dem Boden einen Kreis. Die strömende Luft trieb mich – hob mich – ich überließ mich ihr – schraubte mich höher – in weiteren Kreisen – höher – höher – bis nur noch das kühle Blau um mich war, kühle, flimmernde Helligkeit. Ich war ganz offen, gehörte der Luft, diesem neuen Stoff, den ich mit jeder Bewegung erkundete. Und wie hatte ich glauben können, in der Höhe wäre nichts? Dieses Nichts war Luft, unendliche Bewegung, strömendes Wogen, Fluten, Gleiten, Branden, und mein Körper, einst so schwer, schwer wie ein Stein, an die Erde gefesselt, hatte sich in ein Instrument verwandelt, den grenzenlosen Himmel zu erkunden. Ich gehörte dieser Grenzenlosigkeit. Ich war jung – und gleichzeitig alt, so alt wie die ältesten Götter, deren weit ausgespannte Flügel Freude symbolisierten, reine, jubelnde, erhabene Freude! Ich war Prometheus, der Vater, der Helfer, und ich war der Jäger, der Fresser, der sich vom Fleisch des Prometheus nährt und eins wird mit ihm. Die Kraft des Himmels war in mir, der Hunger meiner Einsamkeit. Ich stieß einen gellenden Laut aus, der die Erde erschreckte. Die Stadt lag unter mir, sie glich einer Ruinenlandschaft, von Gewalttaten verheert, öd und leer, oder einem Abfallhaufen, rauchend wie frischer Dung. »Wir werden sehen, was *ihr* einmal aus unserer Welt macht«, hatte mein armer Vater einmal zu mir gesagt. Felder, Hügel, Straßen, Flüsse – bis zum Horizont lag nun alles, was ich sah, in diesem neuen, kalt-gleißenden Licht, das nicht mehr die Sonne zu spenden schien, sondern ein stürzender Stern.

Ich musste oft daran denken, wie sehr ich mich als Jugendlicher von Bettlern und Obdachlosen angezogen gefühlt hatte. Und nun gehörte ich selbst zu ihnen. Verborgen, verstoßen, wie sie, lebte ich in den dunklen Winkeln dieser so eitlen und selbstzufriedenen Stadt. Das Schwerste war, den Behörden zu entkommen, den Polizisten, Therapeuten, Sozialarbeitern, die ihre fürsorglichen Krakenarme nach mir ausstreckten. Für diese Leute gab es nichts anderes als die Gesellschaft der Erfolgreichen, der Realitätstüchtigen, in deren Dienst sie standen, und sogar die anderen, jene, die aus dem Tritt gekommen, entgleist, verirrt waren, schienen sich oft nichts anderes wünschen zu können, als wieder Aufnahme zu finden bei den guten Bürgern, die sich als Herren der Wirklichkeit aufspielen.

Die durchdringende Klarheit und Freude, die ich zuweilen empfand, wechselte ab mit Zuständen von Niedergeschlagenheit und Schwäche. So fand mich Clara. Sie nahm die Brille ab, und ich sah in ihre schwarzen, spiegelnden Vogelaugen. Sie erzählte mir Geschichten aus ihrer Heimat, und manchmal kam es mir vor, als wäre ich schon einmal dort gewesen, als würde ich diese grünen Berge kennen, die grauen, nachlässig gebauten Häuser, die großen Felsblöcke in den Wiesen, die schillernden Spinnenfäden, die durch die Luft schweben, als hätte ich auch an den seltsamen Zeremonien schon einmal teilgenommen, die sie dort feiern und bei denen die Treue zum einzigen Herrn, den sie anerkennen, bekräftigt wird. Wenn ich ihren Worten lauschte, fühlte ich mich beruhigt, getröstet, denn mein Leben war schwerer geworden als je zuvor. Ich fürchtete mich aber auch vor ihrer Überlegenheit; ja, sie schien mir kalt und unberührbar zu sein, und mit nie gekannter Zärtlichkeit dachte ich an Marta zurück, wie es heißt, dass die Schatten im Hades sich an die Lebenden erinnern.

Früher hatte ich am Boden geklebt. Ich war durch die Straßen gegangen, hatte mir die Berufe, die Frauen, das Glück der Passanten vorgestellt, die mir entgegenströmten, und sie um alles beneidet, was sie besaßen. Jetzt erkannte ich, dass mir nichts fehlte. Die leere Geschäftigkeit der Leute, die Verschlossenheit ihrer müden Gesichter – sie ahnten, dass die Erde sie nicht brauchte, und fürchteten sich vor nichts so sehr wie vor ihrer Bedeutungslosigkeit. Ich gehörte zu ihnen, ich kannte sie und teilte ihre Angst, aber was sie fesselte, galt nicht mehr für mich. Mein Schatten lag über der Stadt, und sie huschten davon, flohen vor mir wie Mäuse in ihre Löcher. Die Welt war groß, und Grenzen schien es nicht mehr zu geben. Ich sah einen mächtigen Fluss. Das war der zugefrorene Lorenzstrom, dem ich meinen Namen verdankte. Unter der Eisdecke sah ich Marta. Sie hatte den Mund geöffnet, als wartete sie darauf, von mir geküsst zu werden, oder als würde sie schreien, um mich zu verjagen. Dort waren die Jungen, Philip und Tom, meine Söhne. Sie starrten zu mir hinauf. Ihre Lippen bewegten sich.

> Vater, lass die Augen dein
> über meinem Bette sein

beteten sie, wie ich einst gebetet hatte. Ich wusste, dass sie mir nicht entkamen. Die Kraft des Himmels war in mir, der Schatten meiner Schwingen verdunkelte das Licht.

Mein Bruder Thedor hat ein Zimmer in einem Sanatorium am Stadtrand. Der Arzt sagt mir, er habe einen großen Schrecken erlebt, von dem er sich wahrscheinlich nie mehr erholen werde. Am Anfang habe er unablässig phantasiert und herumgeschrien, sich aufgeführt wie ein Berserker. Einmal habe er sich auf eine Schwesternschülerin gestürzt, und wenn es ihr nicht gelungen wäre, Hilfe herbeizuholen, hätte er ihr womöglich etwas angetan. Man habe ihm dann Medikamente gegeben, die ihn beruhigten. Ursache alles dessen sei ein schwerer Verfolgungswahn, der ihn unberechenbar mache. In Gesprächen mit dem Arzt habe er immer wieder wirre Reden geführt, habe behauptet, in Afrika gewesen zu sein, und von einem Rebellenführer gesprochen, dem er sich anschloss. Dieser Mann sei ein teuflischer Zauberer und Menschenfresser gewesen, er habe alle verhext und ebenfalls zu Menschenfressern gemacht, und er verleihe ungeheure körperliche Kräfte, sodass man vor nichts mehr Angst habe und Hass und Feindschaft gegenüber geliebten Menschen empfinde. Ich spreche mit dem Arzt, ich lasse mir das alles erzählen, es sieht aus, als stünde ich auf *ihrer* Seite. Aber dann gehe ich zu Thedor – ein Blick genügt, und wir verstehen uns.

Mein kleiner Bruder! Er ist noch schmaler, zarter geworden, als er früher war. Nur seine Augen sind besser geworden, er braucht keine Brille mehr. Ich bin oft bei ihm. Dora ist auch da. Sie trägt das grünsamtene Kleid unserer Mutter. Ihr blondes Haar ist gesträubt, sie fürchtet sich, aber sie ist jetzt nie mehr allein. Wie sehr liebe ich meinen Bruder, meine Schwester. Wie habe ich ihnen früher alles missgönnt, wie dumm und blind bin ich immer gewesen. Nun sitzen wir bleichen Kinder einträchtig zusammen in dem kahlen dunklen Zimmer, und es ist, als wäre es wieder wie früher, wenn wir uns an den Boden oder an den Stamm der Eiche drückten, um, in Schatten verwandelt, von der Dämmerung aufgesogen zu werden. Ja, es ist, als wäre der alte Garten wieder da und als würden wir zwischen den schwarzen Ästen die Augen der Vögel wieder glänzen sehen. Wer ist es, der uns sucht, uns jagt? Wir wissen: Wir müssen verschwinden. Wir sehen leuchtende Schatten, schwebende Federn, Botschaften des Himmels. Wir träumen, erwachen, träumen, sinken, steigen auf und lassen uns treiben. Wir spielen. Etwas anderes haben wir nie getan, zu etwas anderem taugen wir nicht.

INHALT

Prolog	5
I Im Land der Aza	27
II Die Madonna mit der Walderdbeere	109
III Kinderträume	189

SUSANNE RÖCKEL
Kentauren im Stadtpark
Drei Erzählungen

224 Seiten, gebunden, € 22,–
ISBN 978-3-99027-235-0

Als eine »Rumpelkammer« hat ein großer Religionshistoriker einmal den Mythos bezeichnet, ein Raum des Halbdunkels, der Unordnung und Uneindeutigkeit. Die mythischen Ereignisse und Konstellationen, über die ich nachdachte, verloren ihre Wörtlichkeit. Sie glichen rätselhaften Gemälden, denen ich mit der Taschenlampe meiner unbeholfenen, eigenen, heutigen Fragen zu Leibe rückte. Was ist eigentlich der Grund für Daphnes Flucht und Verwandlung? Woran stirbt Herakles? Wovon singen die Sirenen? *You can imagine the opposite!* Ich weiß: Mythen lehren nichts. Aber sie können den Glauben an die Unverrückbarkeit des Bestehenden untergraben. So verstand ich sie: als Wegweiser und Werkzeug auf dem Weg zu jenem Anderen der Realität, genannt Literatur.